本书为"长春理工大学基地著作资助计划"著作成果

理学观念与
叶适的文学思想

郑　慧◎著

人民日报出版社

北京

图书在版编目（CIP）数据

理学观念与叶适的文学思想 / 郑慧著 . —北京：
人民日报出版社，2021.1

ISBN 978-7-5115-6871-7

Ⅰ.①理… Ⅱ.①郑… Ⅲ.①叶适（1150—1223）—
文学研究 Ⅳ.①I206.442

中国版本图书馆 CIP 数据核字 (2020) 第 265002 号

书　　名：理学观念与叶适的文学思想
　　　　　LIXUE GUANNIAN YU YESHI DE WENXUE SIXIANG

作　　者：郑　慧

出 版 人：刘华新
责任编辑：刘　悦
封面设计：人文在线

出版发行：人民日报出版社

社　　址：北京金台西路 2 号
邮政编码：100733
发行热线：（010）65369527　65369512　65369509　65369510
邮购热线：（010）65369530
编辑热线：（010）65363105
网　　址：www.peopledailypress.com
经　　销：新华书店
印　　刷：廊坊市海涛印刷有限公司

开　　本：710mm×1000mm　　1/16
字　　数：238 千字
印　　张：14.75
印　　次：2022 年 1 月第 1 版　　2022 年 1 月第 1 次印刷

书　　号：ISBN 978-7-5115-6871-7
定　　价：65.00 元

前 言

　　叶适是永嘉学派的集大成者，他不仅使得永嘉学派在历史和学术地位上有了一席之地，更发扬了永嘉学派的道统观和唯物思想。他继承了薛季宣、陈傅良等人的思想，将未成形的永嘉之学发展成为一个令朱熹都感到忧虑的思想体系。叶适不但在学术思想上发扬了永嘉学派，而且积极参与文学创作与文学活动，获得了"集本朝文之大成者"的美誉。叶适可谓兼具了政治家、学者和文人三重身份的一代大师，他的思想也是兼容并蓄的一个复杂有机体，不同的思想在叶适的体系中相互碰撞、融合。他的思想体系虽然兼容但是却又独树一帜，承上启下，为后世研究儒学铺垫出宽广的道路，也提供了切实可行的方法。

　　本书以叶适的学术思想与文学思想之间的关系为主要研究论题，间杂叶适在政治、历史和传承上的溯源析流。首先，分析了叶适对理学家继承儒家之道的正统的问题提出的质疑，指出叶适以"推见孔氏之学以上接圣贤之统"为目的，批评了理学家的"道统"论。在此基础上，叶适继承了儒家道统的治道思想，奠定了注重经世致用的学术基础。叶适以永嘉学派的学者身份参与到了文学创作与文学理论活动中，对文道关系问题提出了独特的见解，形成了"合周程欧苏之裂"的文道观，并且在文学实践中形成了为文有益教治的文学思想和"为文不能关教事，虽工无益"的作文原则。叶适理性看待理学先贤的武断学说，更是上升到对孔子、曾子的学术传承上阐述自己的疑问。扩展了对儒学思想历史溯源的思考和研究。

　　其次，论述了叶适与道学、心学的辩论过程中提出的唯物主义的观点，这些观点是永嘉事功思想形成的基础。他的唯物主义思想具有朴素性和辩证法的雏形，主观上成为程、陆正统的唯心论与之抗衡的思想主张。他认为道存在于现实的物中，以辩证的发展观认识世界，并以辩证发展的观点进行文学批评活动，针对理学家的"尊古"诗论，提出了"尊古不陋今"的发展文学观。他的发展文学观突出表现在对南宋后期"永嘉四灵"的提携和奖掖方面。

再次，探究了叶适道德与功利统一的思想所折射出的"德艺兼成"的文学批评观。叶适的学术思想以道及道统的探寻为理论出发，在人的生活和实践过程中不断向外寻找，同时，外部世界是人内在德性的体现，外部世界与人的内在德性需要和谐统一，人的内在德性需要与社会功利生活相结合，也就是叶适所宣扬的道德与功利的统一。道德与功利的统一，反映在文学批评中，就是既要兼顾内在道德的提高，又要兼顾外在艺术的表现，"德艺兼成"是叶适的文学批评观。在这一文艺观的指导下，叶适形成了崇律体、倡唐诗的诗学取向。这一观点也是有宋一代对诗歌的主流要求。

最后，阐释了叶适的"中和"思想特征与平淡的文学创作追求。叶适思想的"中和"特征影响了他的审美追求，他追寻着我国传统社会最高审美标准的"中和之美"，表现在他的文学创作和文学批评中对"温柔敦厚"诗教思想的充分认同。"中和"的精神内涵十分丰富，平淡而自然的审美追求是"中和"之美的具体表现。"中和"既符合儒学的基本原则，又符合叶适在以上层面的主张要求。

叶适作为南宋时期一位伟大的思想家、文学家，他的思想是一个巨大的宝库。研究他的学术思想与文学思想不仅可以为传统思想注入新的生机和活力，也为文学批评研究拓展了新的领域。在深厚的文化背景下，多元化、立体化的考察一位人物的学术思想与文学思想，是跨领域、跨学科研究日益发展的学术背景下的一个可行之举。

目　录
CONTENTS

▌ 绪　论 ▐

　　本书以叶适的学术思想与文学思想的关系及叶适的文学批评为研究对象。从叶适独特的学术思想出发观照其文学思想及文学批评的意义，是目前研究中比较薄弱的领域。叶适的学术思想在南宋理学思想的大背景下呈现出了特殊性，其士人、学者、文人的多重身份表现于文本之中，增加了其思想的复杂性。叶适的学术思想在南宋学术发展源流中，表现出与理学主流思想的冲突性，他的文学思想也没有流入同时代的文学艺术审美主流中，因而揭示叶适的学术思想与文学思想的关系既是一个问题又会涉及散落在学术与文学两个领域的多个小问题。本书试图在南宋理学的学术思想背景与南宋诗歌的文学发展潮流中，以叶适深厚的儒学思想基础上形成的永嘉功利思想为重心，以叶适的文学思想为主线，梳理叶适的学术思想与文学思想的关系，并展开多层次的论述。

一、南宋文化与文学发展概述

　　儒家学说自先秦发端至宋代发生了转折，它通过强调道德的自我完善逐渐形成理想的人格，产生了理学系统严密的理学体系。理学的出现使两宋文化披上了人文主义的外衣，"宋朝不仅在政府和社会组织方面，而且在思想、信仰、文学、艺术方面，还有在通过印刷术普及学术方面，都标志着近代的到来。这是人文主义的时代，一个同时是诗人、艺术家、哲学家的学者政治家的时代。"①

---

　　① ［美］威廉·兰格：《世界史编年手册》，三联书店，1981年，第666页。

王国维、陈寅恪、钱穆、邓广铭等多位研究文化史的先生，都认为华夏的文化造极于赵宋之世，认为宋人是近代学术的发端之源。王国维《宋代之金石学》说："宋代学术，方面最多，进步亦最著。"① 严复认为，宋人造就了近代史；赵铁寒认为，宋代三百年是近代文化史之根源。两宋时期中国文化全面繁荣，一方面得益于政治的大力提倡，另一方面也因为多领域的互相影响与渗透。

北宋时期，理学初创，私人授受为主要传播形式，除了出名的北宋五子，在浙东地区则有"永嘉九先生"。到了南宋，理学呈现繁盛局面，出现了湖湘学、闽学和陆学等理学诸派，直至宋理宗时期朱熹为代表的理学成为官方的正统学术；浙东地区则产生了吕祖谦的金华学派、陈亮的永康学派，还有叶适的永嘉学派等。浙东学术不但重视涵养德性也注意经世实用，章学诚的《文史通义》中关于浙东学术的论述奠定了今人认识浙东学术的主要基调。宋人多集官员、学者、文人多重角色于一身，学术思想与文学发展交相融合，尤其是南宋时期，在理学日趋走向巅峰的同时，对同时代文学创作、文学思想及未来的发展走向产生了巨大影响。以永嘉事功学为例，强调事功是永嘉学派的根本特色，由事功转向文学，学者朱迎平在《永嘉文派考论》一文中作了详细的分析论述。

文学本来并没有被以讨论天理、人性等人生问题为根本的理学所包含在内，但是文学作为人学及理学家不可避免的一个主题。"事实上，理学家不仅发表了各自的文学见解，而且亲身从事文学创作。理学与文学的关系还不仅止于此，它在更广阔的一个层面上折射出所谓的宋型文化对文学的制约与影响作用。理学与文化的这种交互作用表现在文道关系、吟咏性情、自然风格和兴的强调等诸多方面。"② 从总体上看，由于受到理学思想的影响，文道关系问题突出的展现于南宋的理学家与文学家的面前，重道轻文是理学家的主要文学观念，然而，具体到不同的学者身上如周敦颐的"文以载道"和程颐的"作文害道"，表明了对于文道关系的重视程度存在着明显差异，在这一问题面前，理学家们的态度并不统一。南宋的文坛也面临文道关系的问题，朱熹集理学之大成，他的文道

① 王国维：《王国维遗书》，上海书店，1983年，第70页。
② 黄宝华，文师华：《中国诗学史·宋金元卷》，鹭江出版社，2002年，第213—218页。

观与"二程"也一脉相承，他提出的"道文一贯"思想看似将"道"与"文"二者放在了平等的地位，其实他要表达的仍然是"不必著如此文章，但须明理。理精后，文字自典实"①的观念。将"理"位于首位，统辖"文"。然而对于"文"也没有偏废，他推崇欧阳修、曾巩的文章，增进了濂洛之学的道统与欧曾之学的文统之间的联系。"文"虽然处于被统辖的地位，但仍然受到重视。

二、叶适生平及生活的时代

叶适，字正则，因中年后定居于永嘉县城郊水心村（今温州市鹿城区水心街道），故人称水心先生。叶适生于南宋高宗绍兴二十年（1150 年），经历了南宋高宗、孝宗、光宗、宁宗四朝，卒于宁宗嘉定十六年（1223 年）。他主要的政治活动和学术研究大多在孝宗至宁宗三朝，发生在这三朝期间的政治和学术上的重要历史事件，如孝宗朝的禁道学、光宗朝绍熙内禅、宁宗朝的庆元党禁、开禧北伐等，叶适都曾亲身经历。叶适的一生大体可以分为三个阶段，早年是他的求学生活时期，直至淳熙五年中进士第二名，他开始了从政之路。从在平江首任幕职，叶适的从政之路起起伏伏到开禧三年被弹劾罢官宣告结束。之后，叶适隐居水心村开始了十六年的晚年治学生活，他全面考察了儒家文献典籍，对永嘉学术的学理加以阐发，将晚年的全部心血结晶成了《习学记言序目》一书。

叶适的祖先居住于处州龙泉，因此它的不少文章有"龙泉叶适"的署名。据《通志·氏族志》的记载，叶姓在宋代已成为当时的"著姓"之一。叶适出生的时候，他的祖上已经从处州龙泉迁到了瑞安，"贫匮三世矣"。据周梦江先生《叶适年谱》，叶适"父光祖，未仕，积封至朝请郎，赠正议大夫。母杜氏，先封安人，后赠硕人。叶适未出仕前家中生计艰难"。在《母杜氏墓志铭》中，叶适记载了当时生活的艰难，"夫人既归而岁大水，飘没数百里，室庐什器偕尽。自是连困厄，无常居，随僦辄迁，凡迁二十一所。所至或出门无行路，或

---

① （宋）黎靖德：《朱子语类》，中华书局，1986 年，第 3320 页。

栋宇不完，夫人居之，未尝变色，曰：'此吾所以从其夫也。'"①在这样艰苦的环境中，母亲时常告诫叶适："吾无师以教汝也，汝善为之，无累我也……废兴成败，天也，若义不能立，徒以积困之故受怜于人，此人为之缪耳。汝勉之，善不可失也。"②正是母亲的这种言传身教，鼓励着叶适从小就苦读经书，以超乎常人的毅力坚持不懈，才能有日后取得的成绩。据《温州府志》记载，叶适自幼"资禀茂异，风度澄肃，十岁能属文"，他先是出于家教，后常去邻居林元章家，寄学在那里听林家请来的文士名流讲学。正是在林家，当时十四岁的叶适与陈傅良相识，并开始了与其长达四十年的交游；并且深受陈的影响，也成为陈氏思想的集大成者。叶适求学的时期恰逢一个较为理想的时代环境，时局渐趋稳定。孝宗继位后虽然发动了北伐，力图实现收复北方之志，然而经历了几次胜败之后，宋金双方都已无力在军事上压倒对方，宋金关系进入了相对稳定的时期。稳定的社会经济和繁荣的学术文化，为少年叶适的求学提供了一个有利的环境。除了长期的问学于陈傅良之外，叶适少年时代问学的对象涵盖了永嘉地区当时品行、学识杰出的众多学者，如他曾问学于永嘉楠溪的隐者刘愈，给他留下了"以人利害为身苦乐"的印象。还有永嘉学术的领军人物郑伯熊、郑伯英兄弟，程氏三传弟子的门人刘凤、刘朔兄弟，永嘉学者陈烨、戴溪、王楠等，这些师友朋辈大多人品端正，学有根底，叶适既学其为人又师其学问，效其文章，为日后的立身治学打下了坚实的基础。正如叶适自己所说："自古尧、舜旧都，鲁、卫故国，莫不因前代师友之教，流风相接，使其后生有所考信。"③在家境的逼迫下，叶适在广泛地问学于前辈师长的同时，还开始了江西游学之路。在这期间，他最大的收获就是结交了薛季宣、陈亮、吕祖谦三位著名的学者，也正是因为认识了这几位重要的儒学大师，叶适后来成为永嘉学派的领导者和集大成者并向其问学，这对叶适的思想发展产生了深远的影响。在母亲的殷切期望、师友乡邻的陆续鼓励下，叶适第一次来到临安，到京城开始寻找自己的用武之地。当时的孝宗皇帝励精图治，屡屡下诏请求直言，征询的

---

① （宋）叶适：《叶适集·水心文集》，中华书局，2010年，第509页。
② （宋）叶适：《叶适集·水心文集》，中华书局，2010年，第509—510页。
③ （宋）叶适：《叶适集·水心文集》，中华书局，2010年，第598页。

问题正是叶适平时所学习和研究的。叶适便向枢密院上书，论事言志，这就是《水心文集》中保存的叶适的第一篇重要论著《上西府书》。这次上书是叶适十余年求学和思考的一次阶段性的总结，其中提出的观点切中时弊，凸显了永嘉之学重事功、谋实务的本色，也为他日后进入仕途作了准备。但是他并没有立刻被人用入仕，皇帝也没有即可召见，而是在上书后就回到了永嘉，这时的叶适才二十多岁，但学问已很可观，在寻找与等待之中，叶适的机会来了。在翰林学士周必大的帮助下，叶适以其门客的身份有幸参加了淳熙四年的漕试，并名列前茅，取得了发解资格。在准备参加第二年春天的省试之前，叶适完成了终身大事，娶了与自己家境相似、门风相当的高氏为妻。

叶适在经历了十五年的苦读之后，终于在省试和殿试中一举成名，取得了进士第二名的好成绩。这也印证的古代学者对美好的追求，"洞房花烛""金榜题名"，可以说是双喜临门。叶适得以高中榜眼的殿试对策答卷就是至今仍被保存的《水心别集》中《廷对》一文。虽然叶适在不到一年的时间里，经历了"洞房花烛夜，金榜题名时"的士大夫最幸福的时刻，但是母亲杜氏在他衣锦还乡之际撒手人寰，在大喜大悲之后，叶适再次沉静下来，在从政之路尚未开始之际，一向崇尚实事实功的叶适，在三年丁忧期间居家守制，仍然继续着读书交游活动。守制满后，他以初入仕途，应脚踏实地地干起为名，辞掉了武昌军节度推官，改授浙西提刑司干办公事。这是一个闲职，在公事之余叶适有很多时间治学交游，其有名的一组文章《进卷》大概就完成于任职平江的初期。在平江任职三年多后，叶适被召为太学正，离开平江之前又写了一组重要的政论文章，就是收入《水心别集》中的由洋洋洒洒四十余篇文章构成的《外稿》六卷。对于撰写的目的，叶适自述是为了赴京之后准备接受皇帝关于"治道"的"问质"，可见叶适在政治上是积极努力的。这段经历可以看出叶适少年老成，低调谦和的性格特征。只有经世致用的决心，没有年轻气盛的浮躁。在政治生涯的开始就奠定了坚实的基础，在阅历、交友、理论等方面都做好了充足准备。

初入仕途的叶适，怀着满腔改革的热忱积极谋划治国的宏伟理想，但是，民富国轻的南宋稳定的政治局面在外部势力的不断干预和朝廷政局逐渐不稳定的双重压力下，国势日衰，凋敝丛生，君主更替，朝臣结党，政治斗争是残酷的。其间叶适作了《辩兵部郎官朱元晦状》，在兵部侍郎林栗弹劾朱熹时上书为朱熹辩护。根据张义德先生的分析，叶适并没有针对朱熹道学的观点本身进行辩护，叶适为朱熹辩护不是独为朱熹一人，而是针对林栗以强权压制学术的做法，是为学术界同林栗进行辩护，体现了叶适能抛开门户之见的无私精神和高尚品质。叶适的这种行为，无疑是受到了传统的儒学道统的影响，就犹如王安石和苏轼，政治立场上的矛盾，没有影响人性。在光宗执政后，叶适请求外补，获得了添差湖北安抚司参议官的任命。在江陵参议任上，叶适没有多少具体职责，在闲暇时"读浮屠书尽数千卷。于其义类，粗若该涉"①。次年叶适又被差知蕲州，开始担任一州的最高长官知州。针对蕲州当地的情况，叶适落实了淮西铸钱事宜，体现了他不但具备议事论证的能力，也具备处理具体政务的能力。宋光宗绍熙三年，叶适被召回临安，任尚书左选郎官。在此任内，他参与了南宋历史上的一起重大政治事件"绍熙内禅"。宁宗即位后，叶适被升为国子司业，又除显谟阁学士兼充馆伴史，并兼实录院检讨官。面对朝内赵汝愚的居功自傲和韩侂胄的咄咄逼人，叶适请求外补，认以太府卿总领淮东军马钱粮之职。但是，他没有躲过朝廷内部权力斗争的风波，庆元二年，叶适被监察御史胡纮弹劾，遭遇了仕途的第一次重大打击。随后的庆元党禁中，叶适被列入"伪学逆党"，深受打击。

庆元四年，叶适开始隐居水心村，生活看似闲散，仍不忘读书讲学，不幸的是，他遭到了疾病的折磨。随着党禁政策的调整，叶适先后被任命为湖南转运判官、知泉州、赴行在入对、权兵部侍郎等，叶适也预感到了朝廷的重新启用，向宁宗上了三道奏札，为国家结束朝政分裂的状态进行了一系列的分析，为解除党禁发挥了重要作用。不料，其间叶适的父亲病逝，他只能回家守制。在守制其间，不但去为陈傅良奔丧，还完成了四十余篇的《外稿》的编次，并撰写了跋文。开禧二年服除，叶适被召至临安，面对朝廷计划北伐之举，叶适上奏应该"修实政，行实德"②，提出"备成而后动，守定而后战"③的方针，但是没有被朝廷采纳，宋金之间仓促开战了。他又提出"防江之议"，认为应当守

---

① （宋）叶适：《叶适集·水心文集》，中华书局，2010 年，第 599 页。

② （宋）叶适：《叶适集·水心文集》，中华书局，2010 年，第 5 页。

③ （宋）叶适：《叶适集·水心文集》，中华书局，2010 年，第 6 页。

住长江，以防万一，但仍然没有被朝廷采纳。直到建康告急，叶适临危受命，到建康任职，他稳定民心，鼓舞士气，制定了合理的作战计划，出击胜利，保住了长江防线，力挽狂澜，扭转了战局。后来叶适又经营两淮，建立了三大坞堡，措置屯田，为朝廷立下了汗马功劳，然而却被诬陷而落职，在投降派把持朝政的背景下回到永嘉，开始了晚年十六载的人生历程。晚年的叶适开始执着著文，辛勤授徒 ①，叶适经十六个春秋写成了《习学记言序目》五十卷。此外，还有《水心文集》《水心别集》，中华书局将此二集合编为《叶适集》。

三、叶适的学术思想与文学思想的研究现状

思想史和文学史在表面上表现出了各自的形成原因和发展走向，但从更深的层次来说，两者之间存在深刻的、内在的联系。在宋代，无论是理学家还是文学家，他们都有浓厚的学术关怀和坚定的道德实践，对社会发展充满了浓厚的责任意识。叶适出生时，宋王朝已经南渡，偏安于东南的半壁江山之中，他生活在政局相对稳定，以屈辱的"和议"换来的短暂的和平时期。然而，民族矛盾和阶级矛盾仍然是现实问题，忍辱偷安的痛苦激发着南宋的有识之士北伐的意志，收复国土的梦想一刻也没有消失。社会的使命感和责任意识激发了士人、学者、文人广泛的思考，永嘉学派为此注入了求真务实的精神气象。永嘉文人、学者辈出，他们所形成的"永嘉文派"积极进取的事功精神，凌厉纵横、雄深淳厚的文风，与永嘉特定人文环境下形成的士人品格相一致。②

叶适作为永嘉学派的领军人物，早年受到了洛学影响，与洛学思想相近。在他入仕直至罢官的三十多年的仕宦生涯中，叶适经历了起起伏伏、诸多忧患。虽然他能够专心研究学术的时间相对较少，但是他的学术思想也在不断的发展变化，逐渐认识到理学存在着诸多问题。嘉定元年（1208 年），叶适被罢官，隐居永嘉水心村，潜心研究学术，自居家中，"根抵《六经》，折衷诸子，剖析

---

① 朱迎平：《永嘉巨子——叶适传》，浙江人民出版社，2006 年，第 157 页。

② 马茂军：《宋代散文史论》，中华书局，2008 年，第 194 页。

秦汉，迄于五季，以吕氏《文鉴》终焉"①，直到嘉定十六年（1223年）逝世。十六年的闭门研究，结合三十多年的政治实践经验，叶适深入发展和丰富了永嘉事功之学，形成了永嘉功利主义的思想体系。他居于水心村，潜心研究经史诸子，在未罢官之前就已经辑录成的经史百家条目的基础上，玩研群书，独立思索产生了不少创造性的观点，加入了很多评论，形成了《习学记言序目》一书，书中记述了他的学术思想以及对于理学思想的批判。

对于叶适思想的研究，早在20世纪30年代就初见端倪，如吕振羽先生在《中国政治思想史》中就初步探讨了叶适的哲学、政治思想问题，并且为中华书局辑刊的《叶适集》作了序——《论叶适思想》。在这篇文章中，吕先生指出，"在我国思想史上，永嘉学派的叶适（水心），是南宋时期主要的正面代表人物，在哲学、史学、政论以及文学等方面，都代表了其时的进步倾向，而受到儒学正统派的非难。"②吕振羽认为，叶适的思想在哲学与认识论上是唯物主义的，他与唯心主义作斗争，具有突出的批判精神。在政治上，他与保守派、主和派作斗争，是具有进步倾向的改良主义流派。他的思想中充满了发展变化的观念，在此指导下形成了很多具体的实政措施的观点，为解决当时社会的各种矛盾做出了很大的贡献③。

据学者张洁考察，进入20世纪60年代后，国内的诸多专家学者对叶适的思想展开了较为系统的研究，他在《南宋叶适思想研究概述》（载于《浙江学刊》2000年第1期）一文中，从关于叶适事功思想的学术渊源及其内涵研究、关于叶适的哲学思想研究、关于叶适的政治和管理思想研究、关于叶适经济思想研究、关于叶适的史学思想研究、关于叶适的教育思想研究、关于叶适的其他思想研究七个方面梳理了从20世纪60年代至20世纪末期研究叶适所取得的成果。这些成果有专门研究叶适的专著，如楼宇烈先生、张义德先生和周梦江先生分别著有《叶适评传》，尤其是周梦江先生，以研究叶适及永嘉学派为主要研究课题，发表了研究论文二十余篇，还有专著《叶适与永嘉学派》《叶适年

---

① （宋）叶适：《习学记言序目》，中华书局，1977年，第759页。

② （宋）叶适：《叶适集》，中华书局，2010年，第2页。

③ 参见（宋）叶适：《叶适集》，中华书局，2010年，第1页。

谱》出版，成为全国叶适研究的知名学者。在一些思想史、学术史的著作里，还出现了专门研究叶适思想的章节，如侯外庐先生主编的《中国思想通史》第四卷（下），侯外庐、邱汉生、张岂之主编的《宋明理学史》（上卷），任继愈先生主编的《中国哲学史》第三册，冯友兰先生主编的《中国哲学史新编》第五册，张岱年先生的《中国哲学史大纲》，陈少峰先生的《中国伦理史》上册，韦政通先生的《中国哲学史》，贾丰臻先生的《中国理学史》等。从张洁的概述中，我们了解到大量的学者在叶适思想的研究领域还产生了众多的论文成果，但在叶适的军事思想、民族思想尤其是文学思想方面的研究还是相对薄弱的，这些方面的研究被后人所关注，因而在 21 世纪初至今的二十多年时间里，对于叶适思想的研究出现了新的趋势与特色。

何俊的论文《叶适的士风与学风》发表于浙江大学浙东学术研究中心创办的浙东学术第一辑上，他认为生平事迹往往只是勾勒出有形的过程，寓于其中的无形的精神气质与学术风格却容易被忽视，而对于理解一个传统士大夫兼思想者的思想与行动来说，它们实在是不可或缺的重要参照，甚至直接构成了某些特征。何俊从"自负与理智，徇于道与由于学，为学自善与唯道之求，释老之妄与朱、陆之病"四个方面入手，希望从士风与学风两个维度尝试着勾勒作为士大夫兼思想者的叶适的精神气质与学术风格。他认为："自负可谓叶适一生的基本精神气质，然而从叶适独上封事为朱熹辩护和在北伐问题上的语默进退两件事上，又看出了叶适在'自负'的精神气质下还有相当理智的成分。"叶适自己说："士在天地间，无他职业，一徇于道，一由于学而已。道有伸有屈，生死之也；学无仕无已，始终之也。集义而行，道之序也；致命而止，学之成也。""徇于道"与"由于学"，正是令叶适自负又理智的内在依据与支撑。何俊认为，叶适并没有严格意义上的师承，学贵自善，而他在没入仕途之前就进行了"治道"的系统研究。尤其难得的是，叶适的学风充溢着崇尚智识的理性精神。叶适以经制事功之学立足，成为"永嘉学派"的集大成者，因而他的事功思想、道统思想是历来学者研究的重点。近年来在这一方面的研究更加深入，如林孝瞭的《叶适对孔子"道一"思想的继承与发展——兼对叶适学说性质的探讨》（载于《孔子研究》2012 年第 2 期）一文，讨论了叶适所认为的"道"并非是"实体性的物，而是具体的、最高的统一性原理。叶适所强调的是具有实践意义的'道',具体表现为义理与事功、知道与行道等的统一,而不是实体性的认识对象"。汤勤福的《试论叶适的道统论》(载于《中州学刊》2001年第3期)也认为叶适有一个自尧舜禹至孔子的明确的道统次序的思想,叶适倡导人们通过读经就可以继承存在于六经之中的道统。何俊的《叶适论道学与道统》(载于《中山大学学报(社会科学版)》2009年第1期)一文,分析了叶适的道学的多层面内容以及他所确立的与传统理学家截然不同的道统论。他认为:"叶适强调道学源于民间,是本于公心以发公论的独立自主的学术活动,因而它与垄断与独断相排斥。"同时,叶适以知识的习得为儒学成圣的唯一道路,以"总述讲学大旨"论证了儒家之道。陈远平、肖永明的《论叶适经治事功之学的渊源及其与理学的分歧》(载于《湖南师范大学学报》2001年12月第4期)一文,追溯了叶适所倡导的永嘉事功之学的源流,指出了叶适所主张的义利统一的事功之学与传统的理学学者超功利主义的价值观形成了对立。叶适晚年所作的《习学记言序目》在对历代典籍评论的同时,表现出了强烈的批评意识,这一批判精神也成了近年学者关注的热点问题。郭淑新和臧宏的《论叶适的学术批判精神》(载于《孔子研究》2001年第4期)一文,分析了叶适对于历代典籍的批判,突出了叶适学术研究中的批判精神,并指出了这种批判的学术态度对于中国学术批判史的重要意义。这些学者的研究深化了叶适批判理学思想、强调事功的思想。

向世陵的《叶适的虚实观及其对理学的批评》(载于《中国社会科学院研究生院学报》2011年5月第3期)一文,以叶适为代表探讨了虚实关系这一宋代的重要理论课题,指出了叶适在梳理《易传》的基础上否定了《易传》均为孔子所作的观点。在叶适的眼中,理学的"实"实际是虚,因为支撑理学理论的《易传》诸说"与佛老的专以心性为宗主走到了一起,从而泯灭了尧舜以来作为学术正途的内外交相成之道"①。对于叶适易学思想的研究也是近年来的一个热点,学者孙金波分别发表了《叶适易学思想研究》(载于《华侨大学学报》2005

---

① 向世陵:《叶适的虚实观及其对理学的批评》,《中国社会科学院研究生院学报》,2011年第3期,第34页。

年第 1 期）和《叶适易学的经世特征》（载于《北方论丛》2007 年第 3 期）两篇论文，论述了叶适通过考证孔子与《易传》的关系，否定理学家所建构的儒家本体宇宙论模式，以经世的精神与其事功思想相统一，与理学家相对立。蒋伟胜的《"乾，物之主也"——叶适的易学形上学》（载于《周易研究》2006 年第 6 期）一文，认为"乾道"是叶适建立的形上学理论的核心概念，具有主导性与能动性。蒋伟胜的论文《叶适经典诠释的旨趣与方法》发表在浙江大学浙东学术研究中心创办的浙东学术第二辑上，他认为，叶适体认的儒家之道外在于人文世界之中，人们致道成德的路径是通过习学的方式"学自外入"。叶适对儒家之道的独特体认是"通过儒家经典诠释的方式呈现的，以醇儒姿态，通过对儒家元典的阐释，把儒家之道解释为经世济民、开物成务的外在之道，同时坚持儒家内圣理想，提出习学成德的内圣新路径。这一经典诠释的旨趣又是借助于以经解经、经史参合、经典联系现实三种具体方法"。叶适的《习学记言序目》是因看到了时代学术的偏颇，有感而发集成的，所以在一定程度上，不但在南宋乾淳之际的学术中有纠偏导正的意义，在今天也给我们很多启发和思考。

此外，近年来叶适研究的突出贡献，在于对前期研究的比较薄弱的方面的加强，例如叶适的政治思想、经济思想、教育思想、文学思想等方面的研究，产生了一定数量的研究论文。虽然这些研究论文的总数还相对较少，但相比 20 世纪的研究状况而言，关注叶适哲学思想之外的其他方面的思想渐渐地被更多的学者所重视。叶适的经济思想突出表现在义利观上，叶坦在《宋代浙东实学经济思想研究——以叶适为中心》（载于《中国经济史研究》2000 年第 4 期）中认为，"叶适的功利是与义理相结合的，同时也没有忽视仁义的基础，从而达到利与义的统一"。张家成的《析叶适的富民论》（载于《华东师范大学学报》2002 年第 2 期）认为，"叶适的事功之学是在批判传统儒学义利观的基础上形成的，叶适以'富民论'为经济思想的核心，以民富为目的，这种经济思想与封建正统的经济思想相对立"。他又在另一篇文章《析叶适的重商思想》（载于《中国哲学史》2005 年第 2 期）中，分析了叶适与当时社会格格不入的商品经济意识，从根本的立场与思想渊源来看，仍然没有脱离儒家思想的基础，这些思想在今天仍然具有鲜明的现实意义。近代学者对叶适的经济思想的研究，更加注重其与当代人们生活的现实意义的联系，将叶适的义利观、富民论、货币思想等与当下的社会发展现状相联系。如孙金波的《叶适事功思想与现代温州人精神》（载于《青海社会科学》2007年第4期）一文，通过分析"理财"与"聚敛"的差别，突出了"理财"这一贯穿了千百年的重要财政思想。因为对财富的重视，所以叶适对传统的"重本轻末"思想就会有所批评。孙立君在《叶适的反抑商思想》（载于《东北财经大学学报》2000年第1期）中指出叶适重视商业活动，提倡保护商人，允许富民的存在。叶适重商的传统不但带动了南方商品经济的发展，为日后南方发达的商业发展播下了种子。

在叶适浓厚的功利主义影响下，他的教育观也充满了实用色彩。他注重学生的创新意识，立足于实现学以致用的教育目的。这对后世的空谈理论，纸上论道起到了一定纠正，值得学习。肖正德的《略论叶适的功利教育思想》（载于《宁波大学学报》2003年第2期）一文，指出了叶适教育弟子"要端正学习态度，还身体力行，以刻苦虚心的态度，实现远大的志向"。叶适不但提出了注重实用性的教育观，他以实际效果来检验学习成果的教育方法也值得现代人的借鉴。

随着叶适经世思想的成熟，他在文学方面也产生了成熟的理论观点，其文学理论中包含了许多经世思想。吴晟的《南宋理学家与江西诗学的离与合》（载于《广东外语外贸大学学报》2011年3月第2期）一文，认为"对江西诗学的知性反省，是南宋诗学的自觉意识，不少理学家也参与其中"。他选择了一些有代表性的理学家，从诗歌传达上倡导儒家"温柔敦厚"的诗教等方面，考察了他们与江西诗学主要是黄庭坚诗学思想的离与合。其中论及叶适说，他与朱熹、陆九渊二派的分歧主要在"义理之外兼重事功。……叶适既重事功又重辞藻，与理学家的诗学思想有着明显之差异"。近年来对于叶适的文学思想以及创作风格等方面的研究有所开拓，也取得了一定数量的研究成果。周梦江在《叶适文学思想续论——兼谈〈宋诗选注〉对叶适的批评》（载于《温州师范学院学报》2001年第1期）一文中，重申了他对于叶适文学思想的看法，并继续谈了关于叶适的时文，驳斥了《宋诗选注》中对叶适的批评，对叶适的文学思想作了比较全面的总结。胡雪冈在《叶适的文学思想》（载于《温州师范学院学报》2004年第4期）一文中以"意特新、语特工、韵趣特高远"的"三特"说来概括叶适"德艺兼成"的文艺观，对于"德艺兼成"的研究还有郭庆才的《叶适

"德艺兼成"的诗学思想初探》（载于《廊坊师范学院学报》2007 年第 2 期）一文，他认为叶适所主张的"德"的要求以《诗经》为最高典范，"艺"则以唐诗尤其是盛唐、中唐的诗歌为最高标准。虽然叶适的诗学主张可谓是"德艺兼成"，然而其晚年的研究中还是流露出了德重于艺的理论倾向。陈心浩在《文德 文术 文变——论叶适的文学思想》（载于《温州大学学报》2008 年第 2 期）一文中，分析了叶适"德艺兼成"的辩证的文德观，他认为叶适"德艺兼成"的审美观照是辩证的"文德"观，是我国古代文论中一笔宝贵的精神财富。他以"三特"理论概括为"文术"的要求，还提出了尊古不陋今的批评观和创新的文变观，这些"是宋代进步文学理论的重要组成部分，具有历史意义和现实意义，直接或间接地反映了永嘉学派事功思想的性质和功能。"[①] 在文章的创作上，闵泽平《叶适文章风格论》（载于《浙江海洋学院学报》2007 年第 1 期）论述了叶适的散文创作、文章思想、文章体裁、文章风格等四个方面，评论了叶适的文章特色。刘春霞在《叶适散文的"纵横"品质》（载于《古典今读》2006 年第 10 期）一文中称赞叶适的散文有雄肆辩丽的"纵横"品质，通过对南宋的社会现实提出了改革的可行策略，继承了永嘉学术"必弥纶以通世变"的精神。

此外，关于叶适的文学思想研究的论文成果还有《叶适"集本朝文之大成者"刍议》（载于《文学遗产》2012 年第 2 期）、《南宋浙东学者的文道思想述论——以吕祖谦、叶适为中心》（载于《湖州师范学院学报》2011 年第 3 期）、《叶适的中和文艺美学观》（载于《中共中央党校学报》2008 年第 2 期）、《叶适与永嘉四灵之关系论》（载于《广州大学学报（社会科学版）》2003 年第 11 期）、《叶适〈白石净慧院经藏记〉读后记——一种乡土文化式的解读》（载于《古典文学知识》2003 第 11 期）、《叶适散文思想及创作》（载于《廊坊师专学报》2000 年第 5 期）等。除了数量众多的研究论文，在关于叶适研究的著述中，也有一定的篇幅论述关于叶适上述的思想。如上海财经大学的朱迎平教授著的

---

① 陈心浩：《文德 文术 文变——论叶适的文学思想》，《温州大学学报》，2008 年第 2 期，第 75 页。

《永嘉巨子——叶适传》一书中，在分析了叶适思想支柱的基础上，对于叶适的政治思想、经济思想、军事思想、教育思想分别作了分析和论述，并用一章的篇幅论述了叶适"诗坛领军、一代文宗"的历史贡献，对于叶适的文学活动作了层层深入的分析，对于叶适的文学思想作了充分的肯定。另外，还有周梦江教授的《叶适与永嘉学派》一书，以永嘉学派为背景，全面系统地分析了叶适的哲学思想以及其在永嘉学派的特殊地位。2000年11月，"纪念叶适诞辰850周年暨永嘉学派国际学术研讨会"在温州市举行，会上提交的50余篇论文最终集结为《纪念叶适诞辰850周年暨永嘉学派国际学术研讨会论文》出版，这一论文集涵盖了叶适暨永嘉学派的功利主义思想、经济思想以及其与儒家传统的关系等研究成果。同年，《叶适与永嘉学派论集》也结集出版。关于叶适思想的研究还产生了十余篇的学位论文的成果，其中包括两篇博士学位论文，分别是刘漪的《叶适功利哲学研究》和沈尚武的《叶适儒学思想研究》。在前人研究的基础上，笔者看到了对于叶适思想的研究具有很大的学术价值，尤其在其文学思想研究方面还有很多值得挖掘的空间。

四、本书的研究思路与方法

（一）研究思路

基于上述分析，本书确立了如下研究思路：在南宋理学思想独尊的语境下，以叶适的文学思想为主线，探究叶适的学术思想与文学思想的关系，凸显他的学术思想底蕴与文学艺术旨趣，揭示叶适文学思想与批评理论的真实面目与历史意义。

循着这一思路探寻叶适的学术思想与文学思想的关系，涉及的不仅仅是叶适这样一位人物，而是会展示出一幅南宋学术与文学的宏大画卷。叶适被誉为一代大儒，他与集理学之大成的朱熹几乎同时代，繁荣的乾道、淳熙年间盛行于世的不仅有程朱理学一派，还有郑樵史学、陆氏心学、吕氏婺学与史学、五峰南轩的湖湘学等，叶适于纷繁的诸多学派中继承并发扬了永嘉事功之学，与诸多学术领袖并称于世。宏大的学术背景为叶适思想的发展提供了丰富的资源，也造就了他成为一代文学宗师的业绩，尤其他在文学批评方面敢于指出南宋文坛的种种弊病，试图以儒家的治道思想为作文的根本，以淳朴之风矫正浮诡风气，以艺术之美矫正理学对文学发展产生的不良影响。

叶适的学术思想与文学思想之间的关系紧密而头绪纷繁，大体可以分为四个层次。首先，从儒家道统论引发的为文有益治道的文学思想。程朱理学从北宋起发端，到了南宋已经成为社会普遍的学术思潮，叶适所继承的永嘉学派有异于传统的理学思想体系而被排斥。宋代理学讲求"道统"论，理学家以"道统"为儒家思想的传承统系，以此来凸显学术上对于儒家之道的正统的继承。北宋时期，理学排斥"新学""蜀学"，到了南宋则排斥陆学和永嘉、永康之学。对此叶适曾说过："'道学'之名，起于近世儒者，其意曰：举天下之学皆不足以致其道，独我能之，故云尔。其本少差，其末大弊矣。"① 叶适批评理学家的道统论，并在此基础上形成了为文有益教治的文学思想。其次，叶适大力提携南宋后期"永嘉四灵"，这与他的唯物主义观点密不可分。叶适的唯物主义思想主要体现在永嘉事功思想上，他与道学、心学进行了诸多辩论，在这个过程中提出了很多唯物主义的观点。唯物主义的思想影响了叶适看待文学问题也从辩证唯物主义的角度出发，这明显地区别于理学家形成的"尊古而陋今"的文学观。针对这一观点，他提出"尊古不陋今"的发展文学观。再次，叶适思想体系的出发点源于他对于道以及道统的探寻，外在的道的认识需要内化为内在的德性，融合个体的本质，才能统一外部世界与人的内在德性。然而，人的内在德性提升也不是根本目的，在人的生活与实践中体现内在的德性与社会的功利生活相结合，才是叶适所宣扬的道德与功利的统一。道德与功利的统一反映在文学思想中，就是既要兼顾内在道德的提高，又要兼顾外在艺术的表现，"德艺兼成"是叶适的文学批评观。在这一文艺观的指导下，叶适形成了"崇律体、倡唐诗"的诗学取向。最后，叶适充分赞同儒家的"中和"理论，他的"中和"思想具有丰富的精神内涵。在"中和"思想的影响下，叶适推崇儒家"温柔敦厚"的文学审美风格，提倡情感抒发的中和之美，因而，他追求平淡而自然的文学创作标准。

---

① （宋）叶适：《叶适集·水心文集》，中华书局，2010年，第554页。

　　上述的研究思路形成了本书的四个主要章节，这样做的目的是力图梳理叶适学术思想与文学思想的基本面貌，挖掘它的学术意义与现实价值。

　　（二）研究方法

　　考察叶适的学术思想与文学思想的关系，揭示二者之间的联系和在南宋学术和文学发展中的价值和意义，势必会涉及南宋甚至整个宋代的学术发展情况。从学术发展源流看，叶适的学术思想与程朱理学也有一定渊源，因而书中多处探讨了理学思想的形成和发展，以及横向的各个学术派别之间的思想比较。同时，南宋江西诗派的影响之大，是研究当时的文学问题时不可绕开的客观存在。总之，本书以叙述与分析、论证相结合的方式，阐述叶适的学术思想与文学思想，运用文献分析和历史考证相互参政的研究方法，展开叶适的学术思想与文学思想之间关系的论证，以达成预期的研究目的。

第一章
叶适的道统论与文道观

理学"道统"论是宋代理学的一大特色，理学家以此为儒家思想的传承统绪，从而凸显其学术上对于儒家之道的正统的继承，它在北宋排斥了"新学""蜀学"，在南宋排斥了陆学和永嘉、永康之学。叶适所继承的永嘉学派，对理学提出了诸多不满，"'道学'之名，起于近世儒者，其意曰：举天下之学皆不足以致其道，独我能之，故云尔。其本少差，其末大弊矣。"[①]叶适以"推见孔氏之学以上接圣贤之统"为目的，批评了道学家的"道统"论，并在此基础上形成了独特的文道观及为文有益教治的文学思想。

第一节　叶适与永嘉学派

在南宋理学的展开与集成过程中，永嘉学派因"言事功"、主"功利"之说成为与理学对立的一面出现，对理学思潮的最终集成起到了不可忽视的作用。永嘉学派继承了关、洛经世致用的学统，以经制言事功，通过儒家经典和三代礼制系统阐发出功利之说。叶适作为永嘉学派的杰出代表，集永嘉事功思想之大成，以经学对永嘉学派前辈治史以言事功的学术道路进行了洗礼，"使功利思

---

① （宋）叶适：《叶适集·水心文集》，中华书局，2010年，第554页。

想根抵于《六经》，折衷于孔孟，成为与心性义理同等重要的'开物成务之伦纪'"①。这是叶适对永嘉学派的最重要的贡献。

一、永嘉学派的发展源流

南宋时期的永嘉学派，并不是一个单纯的地域概念，而是一个学术称谓，并不是所有永嘉地区的学者都可以归之为"永嘉学派"。根据张义德先生的研究，我们可以用"永嘉之学"来泛指自北宋以来籍贯在永嘉地区的学者而言，而"永嘉学派"则特指由薛季宣、陈傅良等到叶适所构成的一个学派，也称永嘉事功之学。②永嘉，温州的古称，在东晋时为郡名，宋代称温州，下辖永嘉、瑞安、平阳、乐清四县。南宋时期，随着宋人南迁，经济中心和政治中心的南移，带动了温州经济、政治、文化教育事业的繁荣。

"温之学者，繇晋唐间未闻有杰然出而与天下敌者，至国朝始盛，至于今日，尤号为文物极盛处。"③是时人对温州学者之盛的感慨。众多的学者聚集于温州，在他们的学习和生活中，产生了切磋与交流，这为永嘉学派的形成奠定了必要的人才基础。从北宋中期开始，就有学者在温州设立书院，据全祖望说："永嘉师道之立，始于儒志先生王氏"④，这里的"儒志先生王氏"就是王开祖。王开组，字景山，仁宗皇祐五年（1053 年）进士，无意为官而退居乡里，设立东山书院，收徒讲学。他的弟子将其思想言论编辑整理为《儒志编》一书，许及之在《儒志编》序中说："永嘉之学，言宗师者，首王贤良焉。"陈谦在《儒志先生学业传》中推举王开组"此永嘉开山祖也"，王开祖仅在世三十二年，因此影响的程度有限，其后人对其的称赞难免有些夸大。但是开山之功功不可没。

---

① 张立文，祁润兴：《中国学术通史（宋元明卷）》，人民出版社，2004 年，第 399 页。

② 张义德：《叶适评传》，南京大学出版社，1994 年，第 107 页。

③ （宋）韩彦直：《橘录》，影印文渊阁《四库全书》本，第 845 册，台湾商务印书馆，1986 年，第 161 页。

④ （清）黄宗羲，全祖望：《宋元学案·士刘诸儒学案》，商务印书馆，1933 年，第 7 页。

后人对永嘉学派的发展脉流，主要源于叶适的观点。叶适在《温州新修学记》中记录了温州太守留茂潜于嘉定七年说的两段话：

> "昔周恭叔首闻程、吕氏微言，始放新经，黜旧疏，挈其俦伦，退而自求，视千载之已绝，俨然如醉忽醒，梦方觉也。颇益衰歇，而郑景望出，明见天理，神畅气怡，笃信固守，言与行应，而后知今人之心可即千古之心矣。故永嘉之学，必兢省以御物欲者，周作于前而郑承于后也。……故永嘉之学，必弥伦以通世变者，薛经其始而陈纬其终也。"①

这里我们看到了"永嘉之学"的两条线索，一条是从周行己到郑伯熊，一条是从薛季宣到陈傅良。周行己与许景衡、刘安节、刘安上、沈躬行、戴述、赵霄、张辉、蒋元中等九位永嘉人，于宋神宗元丰年间在开封太学读书，号称"永嘉九先生"。其中"六人及程门，其三则私淑也"。全祖望评论周行己说："永嘉诸先生从伊川者，其学多无传，独先生尚有绪言。南渡之后，郑景望私淑之，遂以重光。"②黄百家也说："伊洛之学，东南之士，龟山定夫之外，惟许景衡、周行己亲见伊川，得其传以归。景衡之后不振，行己以躬行之学，得郑伯熊为之弟子。"③因为有郑景望作为私淑弟子，周行己被认为"永嘉学问所从出也"。④郑景望名伯熊，与其弟郑伯英（字景元）在程氏之学遭禁的时候在永嘉传播程氏学说，对于郑氏兄弟在学术上所起的作用，叶适评论道：

> "余尝叹章、蔡氏擅事，秦桧终成之，更五六十年，闭塞经史，灭绝义理，天下以佞谀鄙浅成俗，岂惟圣贤之常道隐，民彝并丧矣。于斯时也，士能以古人源流，前辈出处，终始执守，慨然力行，为后

① （宋）叶适：《叶适集·水心文集》，中华书局，2010 年，第 178 页。
② （清）黄宗羲，全祖望：《宋元学案·周许诸儒学案》，商务印书馆，1933 年，第 78 页。
③ （清）黄宗羲，全祖望：《宋元学案·周许诸儒学案》，商务印书馆，1933 年，第 78 页。
④ （宋）陈振孙：《直斋书录解题》，上海古籍出版社，1987 年，第 515 页。

生率，非瓌杰特起者乎？吾永嘉二郑公是也。"[1]

从周行己到北宋元丰"永嘉九先生"到南宋郑伯熊、郑伯英，在这一百年左右的时间里，这些永嘉学者把"二程"、张载的思想传播到永嘉地区。在永嘉既有的学术思想尚未理论化、系统化的时候，洛学作为一种较定型的理论体系刺激了在特定文化背景中有着自身独特思想传统的永嘉学者，为永嘉开创了良好的学术氛围，为日后永嘉学派成为独立的学派奠定了文化基础和前提条件。从这里我们可以看出，周行己和郑伯熊的学术思想没有跳出"必兢省以以御物欲"的圈子，永嘉学派和正统道学发生分歧，形成"弥纶以通事变"的特色，是由薛季宣开创的。这也是叶适思想的源流。

薛季宣注重事功，全祖望评论说："永嘉之学统远矣，其以程门袁氏之传为别派者，自艮斋薛文宪公始。……其学主礼乐制度，以求见之事功。"[2] 薛季宣（1134—1173），字士龙，亦作士隆，号艮斋。少年时问学于湖襄间著名学者袁溉，受到袁溉影响很大。袁溉乃程颐弟子，"自六经百氏，下至博弈、小数、方术、兵书，无所不通"[3]。薛季宣受袁溉的影响也是很大的。由薛季宣开始，永嘉之学别开生面，自成一家，黄宗羲说："永嘉之学，教人就事上理会，步步着实，言之必使可行，足以开物成务。盖亦鉴一种闭目合眼，曚瞳精神，自附道学者，于古今事物之变，不知为何等也。"[4] 故永嘉事功之学由程门别传而转为独立学派，清代四库馆臣评论薛季宣的《浪语集》说："季宣少师事袁溉，……晚复与朱子、吕祖谦等相往来，……然朱子喜谈心性，而季宣则兼重事功，……其后陈傅良、叶适等相祖述，而永嘉之学遂别为一派。"[5] 薛季宣反对道学家们

---

① （宋）叶适：《叶适集·水心文集》，中华书局，2010 年，第 216 页。

② （清）黄宗羲，全祖望：《宋元学案·艮斋学案》，商务印书馆，1933 年，第 79 页。

③ 北京大学《儒藏》编纂与研究中心：《儒藏（精华编二二五）》北京大学出版社，2012，第602 页。

④ （清）黄宗羲，全祖望：《宋元学案·艮斋学案》，商务印书馆，1933 年，第 85 页。

⑤ 北京大学《儒藏》编纂与研究中心：《儒藏（精华编二二五）》，北京大学出版社，2012 年，第 31 页。

空谈义理的学风，他认为离开"物"与"事"来谈论"道"，割裂了"道"与"事物"的关系，他提出道不离器的观点，他说："曰道曰器，道无形埒，舍器将安适哉？且道非器可名，然不违物，则常存乎形器之内。昧者离器于道，以为非道遗之，非但不能知器，亦不知道矣。"①他以唯物主义的观点看待道与器的问题，与当时的程朱理学观点相对立，标志着薛季宣开创的永嘉学派是自成一家的。

陈傅良是继承薛季宣思想的第一人，陈傅良（1137—1203），字君举，号止斋。陈傅良曾求学于郑伯熊、薛季宣，据《宋史·陈傅良本传》记载："当是时，永嘉郑伯熊、薛季宣皆以学行闻，而伯熊于古人经制治法，讨论尤精，傅良皆师事之，而得季宣之学为多。"陈傅良虽然师事郑伯熊和薛季宣，实际上是陈傅良先受学于郑伯熊，后郑伯熊将陈傅良介绍给薛季宣。对于郑伯熊、薛季宣，陈傅良"以克己兢畏为主，敬德集义。于张公尽心焉。至古人经制，三代治法，又与薛公反复论之。"②从全祖望在《宋元学案》按语中所论"止斋实从艮斋分派，而非弟子"③，可知，陈傅良并不是薛季宣的真正弟子。薛季宣在《答陈同甫书》中也说："某自戊子入都，得左右之文于景望、四三哥之舍。……及趋召、道宛陵，四三哥寄朋友书二：其一左右，一君举也。泊访旧知于学，则闻二陈之名籍甚京师。"④从这里我们知道陈傅良当时与陈亮已经并称二陈，可能在某些问题上向薛季宣有所请教和讨论，但并不是严格的师生关系。叶适以"师友"称陈傅良与薛季宣的关系还是恰当的。陈傅良的功利之学引起了朱熹的不满，据黄百家所说，由陈傅良所发展的薛季宣之学，"此亦一时灿然学问之区也，然为考亭之徒所不喜，目之为功利之学。"⑤可见永嘉学派是由洛学进

---

① 北京大学《儒藏》编纂与研究中心：《儒藏（精华编二二五）》，北京大学出版社，2012年，第381页。

② （宋）叶适：《叶适集·水心文集》，中华书局，2010年，第299页。

③ （清）黄宗羲，全祖望：《宋元学案·止斋学案》，商务印书馆，1933年，第97页。

④ 北京大学《儒藏》编纂与研究中心：《儒藏（精华编二二五）》，北京大学出版社，2012年，第381页。

⑤ （清）黄宗羲，全祖望：《宋元学案·艮斋学案》，商务印书馆，1933年，第80页。

入到永嘉之后，受洛学的刺激并与之对抗的产物。

陈傅良主张事功、通经致用，这一点在当时已经被理学家张栻、吕祖谦等人所注意，张栻明确指出："士龙正欲详闻其为人，事功固有所当为，若曰喜事功，则喜字上煞有病。"①陈傅良为人谦虚，并没有在思想上提出明确的反对当时理学家的其他学派的观点，他说："所贵于儒者，谓其能通世务，以其所学见之事功。"②无意于在道德与事功之间拼个你死我活，只是以自身所学虚心请教，刻苦研究。由于薛季宣早逝，陈傅良进一步对薛关于田赋、兵制、地形、水利等方面的问题进行研究，在制度的改进中贯彻务实的思想。"年经月纬，昼验夜索，询世旧，编吏牍，搜断简，采异闻，一事一物，必稽于极而后已"。③他的晚辈叶适称赞他学问踏实，推崇他的事功之学说：

> "公既实究治体，故常本原祖宗德意，欲减重征，捐末利，还之于民；省兵薄刑，期于富厚。而稍修取士法，养其义理廉耻为人才地，以待上用。其于君德内治，则欲内朝外廷为人主一体，群臣庶民并询迭谏，而无壅塞不通之情。凡成周之所以为盛，皆可以行于今世。视昔人之致其君，非止以气力负荷之，华藻润色之而已也。呜呼！其操术精而致用远，弥纶之义弘矣。"④

永嘉的学术思想受到了永嘉地区士风民俗的很大影响，永嘉既有的学术思想传统，以"修己治人"为实践目标，强调经世致用。以道德本体为主的伊洛学说，不但没有改变永嘉学说经世致用的本色，反而自然的使体用两个方面各自展开，尤其在"用"上下功夫。以"用"为实在需要研究的目的，功利只是被作为一种立场提出。薛季宣、陈傅良虽然开创了永嘉学派的事功特色，但是

---

① （清）黄宗羲，全祖望：《宋元学案·艮斋学案》，商务印书馆，1933年，第85页。

② （宋）陈傅良：《止斋集》，影印文渊阁《四库全书》本，第1150册，台湾商务印书馆，1986年，第604页。

③ （宋）叶适：《叶适集·水心文集》，中华书局，2010年，第299页。

④ （宋）叶适：《叶适集·水心文集》，中华书局，2010年，第299—300页。

没有系统的加以梳理，只是专于在经制上下功夫，在具体的问题上务实的为事功找到落脚点。永嘉学派最终在叶适那里得以完成，并发展成为与朱陆鼎足而三的一个著名学派。

二、叶适集永嘉学派之大成的地位

叶适师承薛季宣、陈傅良，他继承了"弥纶以通世变"的事功主义，并将其进一步推进，同时，他也受到了"兢省以御物欲"思想的影响。随着宋室南迁，本来就有着发达的经济基础的两浙地区，在政治文化和学术教育方面也渐渐发展起来，诸多学派的思想都对这一地区产生过影响。叶适在吸收和融和其他学术思想的基础上，立足于永嘉事功之学的根本，从而使永嘉学派发展到一个新的阶段。

叶适在《宋元学案·水心学案》中被归于郑伯熊之门，对此叶适说："某之于公，长幼分殊；登门晚矣，承教则疏。"① 并不认为与郑伯熊有师生关系。他虽然否定了自己处于郑伯熊门下，但是对于由周行己到郑伯熊的这条思想源流是充分肯定的，实际上，他确实也受到了这一支流的影响。虽然叶适也表现出了对于程、朱道学的不满，但由于周、郑思想根源于关学和洛学，因此叶适在思想上也无法彻底消除程朱道学影响的痕迹。全祖望指出：

> "水心较止斋又稍晚出，其学始同而终异。永嘉功利之说，至水心始一洗之。然水心天资高，放言砭古人多过情，其自曾子、子思而下皆不免……遂称鼎足。"②

叶适的思想与薛、陈"始同而终异"，在薛季宣去世时，叶适二十四岁，从薛季宣《浪语集》中的《答叶适书》，我们可以推测出叶适早年曾欲求学于薛季

---

① （宋）叶适：《叶适集·水心别集》，中华书局，2010 年，第 564 页。

② （清）黄宗羲，全祖望：《宋元学案·水心学案》，商务印书馆，1933 年，第 4—5 页。

宣，但被薛婉言谢绝了。叶适和陈傅良之间有着长时间的密切的交往。叶适在《宝谟阁待制中书舍人陈公墓志铭》中说："余亦陪公游四十年，教余勤矣。"[①]在《祭陈君举中书文》中也提到："自我获见，四十余冬。"[②]可见二人之间有四十多年的交往。叶适对薛、陈二人的思想不但有继承，也加入了自己独特的见解，对其有一定的发展。尤其在唯物主义，和对孔、孟、曾源流的溯源分析上。可以说，陈傅良之学是叶适思想学术最直接的渊源。前文提到了，在《宋元学案》中薛、陈被认为"凡夫礼乐兵农，莫不该通委曲。真可施之实用。"说明他们二人有着丰富的礼制、兵制、田赋等方面的事功知识，但是他们都没有把学习的事功知识上升为事功精神，在学术思想中还差言功利，如陈傅良写的《行状》就说薛季宣"尝掇拾管、乐事为传，语不及功利。平生所谁尊，濂溪、伊洛数先生而已。"[③]这说明陈傅良认为薛季宣的理论仍然没有脱离理学的牢笼，也可以认为是对他们二人的总体评价。薛季宣和陈傅良对于事功知识的积极研究和实践，引导了叶适事功主义的先河，叶适最欣赏的是陈傅良对历代制度的考订和现实政治痼疾的考察，以及他"所欲记之空言，又曰不如载之行事"的学术特点。[④]

"永嘉功利之说，至水心始一洗之。"这一观点需要辩证的分析，乍一看"一洗之"，可能会认为是说叶适反对永嘉的功利之说，对其提出了否定和排斥，但是从实际情况来看，叶适没有排斥功利之说，在薛、陈功利之说的基础上，深化了理论阐释，使永嘉事功之学发展得更为系统、完整。因而，这个"一洗之"并不是指叶适否定和反对功利之学而言的。叶适在永嘉前人的影响下，尤其是薛、陈对于事功知识的热衷，启发了叶适把对事功知识的研究和对现实政治的研究相结合，冲出了理学的思想束缚，将事功精神渗入学术思想之中。从

---

① （宋）叶适：《叶适集·水心文集》，中华书局，2010 年，第 300—301 页。

② （宋）叶适：《叶适集·水心文集》，中华书局，2010 年，第 573 页。

③ 北京大学《儒藏》编纂与研究中心：《儒藏（精华编二二五）》，北京大学出版社，2012 年，第 686 页。

④ 王伦信：《略论叶适思想的学术渊源和地位》，《浙江学刊（双月刊）》，1994 年第 1 期，第 61 页。

这一层面来说，叶适之前的薛、陈等人只是学习事功知识，并没有开创具有事功精神的思想。到了叶适，他不但在政治上体现事功的原则，以解决当时国家所面临的实际问题，而且在理论上努力为事功思想奠定理论基础。事功思想在儒学产生之初就有所表现，"子罕言利"，"王何必曰利，亦有仁义而已矣"。但是经过汉代的董仲舒"正其谊不谋其利，明其道不计其功"的观点，功利思想成为被儒家所摒弃的内容。宋代理学家继承了这一观念，并积极的倡导、发扬，纷纷以不言功利为保持道的醇正和德的高尚的现象。

叶适对这种超功利的思想十分不满，他认为义和利不是相互对立的，不应该否定利而专谈义，应该义利结合，实现统一。他指出："昔之圣人，未尝吝天下之利。"①趋利避害之心人皆有之，不能一概的否定利，处理二者的关系可以通过道义的调节使利达到合理。他说："古人之称曰：'利，义之和'；其次曰：'义，利之本。'"②认为后世将义利分割开实际是有违古圣贤的原意的，叶适以托圣人立言的方式提出了义利统一的观点。并针对董仲舒的"正谊明道"说提出"古人以利与人而不自居其功，故道义光明。后世儒者行仲舒之论，既无功利，则道义者乃无用之虚语尔；然举者不能胜，行者不能至，而反以为垢于天下矣。"③将董仲舒及其以后只言义而讳言利的学者作为批评对象，认为没有了功利道义就成为"无用之虚语"，空悬而无物所依，脱离了实际，而且也违背了古圣贤的本意。针对现实生活中忽视事功、专尚义理的状况，叶适也进行了揭露和批评。在给皇帝的札子和应诏中提到了社会中存在的崇尚空谈之风，"高谈者远述性命，而以功业为可略"④，"虽有精微深博之论，务使天下之义理不可逾越，然亦空言也。"⑤并在此基础上提出了自己的义利观。针对理学家以人心之正为解决社会现实问题的根本观点，叶适认为这些看似严谨细密的理论因为忽视了功利的一面，对于现实社会的矛盾问题没有实际意义，应该以"务实而不

---

① （宋）叶适：《叶适集・水心别集》，中华书局，2010 年，第 672 页。

② （宋）叶适：《习学记言序目》，中华书局，1977 年，第 155 页。

③ （宋）叶适：《习学记言序目》，中华书局，1977 年，第 324 页。

④ （宋）叶适：《叶适集・水心别集》，中华书局，2010 年，第 832 页。

⑤ （宋）叶适：《叶适集・水心别集》，中华书局，2010 年，第 759 页。

务虚"的态度来解决社会矛盾问题，将理之大义与国之大业结合起来，做到义理与功利的统一，形成了事功的思想。叶适"一洗"永嘉事功之学学习具体事功知识的面貌，将其发展到了建立事功理论的高度。

叶适在治学上走的是一条治经的道路，由永嘉功利之学的治史转为了治经，也是叶适"一洗"永嘉之学的一个表现。叶适与薛季宣、陈傅良"其学始同而终异"，这个"异"首先表现在上文分析的叶适与薛、陈在功利思想方面的发展程度不同，叶适更进一步的将功利精神渗入学术思想之中。其次，表现在治学道路的歧异。再次，表现在叶适对程朱理学的理论基础作了比较系统的批评。① 从《宋元学案·艮斋学案》中所说的："季宣既得道洁之传，加以考订千载，凡夫礼乐兵农莫不该通委曲，真可施之实用。又得陈傅良继之，其徒益盛。"② 可以推知，薛季宣、陈傅良是沿着一条"治史"的道路来建立"功利之学"的。在永嘉治史的学术道路中，叶适开创了以治经来明功利的新角度。在《习学纪言序目》中，叶适对大量的史籍作了分析，这显示了他深厚的史学功夫，但是，他的思想建立于儒家经典之上，他以"解经"的形式阐发理论。他以上古三代为文的最高标准，将尧到孔子的道的传承视为正统。这与我国古代学术传统治学之路不同，没有从"考订千载"的史实着手来建立"可施之实用"的功利之学。在"经"与"史"的问题上，叶适见解独到，他说："盖笺传之学，惟《春秋》为难工。经，理也；史，事也。《春秋》名经而实史也。专于经则理虚而无证，专于史则事碍而不通，所以难工也。"③ 他认为经史既有区分，又有联系，将二者结合，以经明史，在对儒家经书阐发的基础上，建立功利思想。根据张义德先生的说法，叶适的治学道路是对"革新政令"和"创通经史"的兼有，以创通经史而倡言革新政令，亦由治经而明功利，从而把义理与功利结合起来④。

叶适义理与功利的结合主张，引起了传统理学学者的不满，因为叶适并没

---

① 张义德：《叶适评传》，南京大学出版社，1994年，第123页。

② （清）黄宗羲，全祖望：《宋元学案·艮斋学案》，商务印书馆，1933年，第80页。

③ （宋）叶适：《叶适集·水心文集》，中华书局，2010年，第221页。

④ 张义德：《叶适评传》，南京大学出版社，1994年，第123页。

有像薛季宣、陈傅良那样，只是为了阐发功利思想而对道学空谈义理的现象进行一般的批判，而是深入地批评了道学的理论基础。朱熹比叶适年长20岁，他在世时叶适尚没有提出系统的思想理论，但他已经敏锐的觉察到了叶适思想与理学之间的严重分歧。朱熹在与陈亮和叶适的书信中，分别表达了对于自己和叶适之间学术观点存在差异的看法。例如，朱熹在绍熙二年（1191年）给叶适的回信中说：

> "但见士子传诵所著书，及答问书尺，类多笼罩包藏之语，不惟他人所不解意者，左右亦自未能晓然于心，而无所疑也。……而吾党之为学者，又皆草率苟简，未曾略识道理，工夫次第，便以已见挦量凑合，撰出一般说话，高自标置，下视古人，及考其实，则全是含糊影响之言，不敢分明道着实处。"[1]

这里所说的"士子传诵所著书"指的是叶适作的《进卷》，这是流传于士子中的，叶适早年创作的应试文章中的优秀篇目。在《进卷》中，叶适多处流露了事功思想，如《进卷·总义》中说"无验于事者，其言不合"，《进卷·大学》中说"性命道德未能超然遗物而独立者也"，指出了道德与物二者缺一不可的关系。这样与道学唱反调的言论势必引起传统理学家的不满，朱熹曾不留情面地指出，"叶正则说话，只是杜撰，看他《进卷》，可见大略。"[2]叶适不但针对当时理学存在的问题提出看法，还批评和否定曾子、子思、孟子这个系统对于孔子之道的继承。这样一来，道学家所标榜的"道统"就不具有继承孔子之道的正统地位，这是对道学家的一个沉重打击。因此，叶适在系统、深入批评道学的基础上，确立了永嘉学派的学术地位。

叶适特殊的家庭背景和成长经历，使他不能长期的跟从一个老师问道解惑，学无常师的求学经历恰恰成了一个优势，使他能接触到各个学派的思想，也因

---

① （宋）朱熹：《朱子文集》，商务印书馆，1937年，第80页。

② （宋）黎靖德：《朱子语类》，中华书局，1986年，第2967页。

此能将各种学术思想进行比较，于是非之间选择自己所认同的发扬下去。与叶适同时代的学者中，吕祖谦和陈亮对叶适思想的形成也有不可忽视的作用。博才众家之长，终成一人的独到之处。吕祖谦以文史见长，一生大多作的都是史官，醉心于著书讲学，著名的《皇朝文鉴》就是吕祖谦搜摘编成的。因身份与年龄的迥然，叶适并没有与吕祖谦有过太多接触，但是叶适敬慕吕祖谦的学问，因此他以对吕祖谦《皇朝文鉴》的评论作为《习学记言序目》一书的结束。叶、吕二人的一些思想不谋而合，吕祖谦重视史学，叶适也重视史学。二人在抗金问题上都表现出要"备成而后动"，精细考察，周密部署之后才能行动的主张。对于人才的培养，二人也都主张以实学为主，反对虚声。叶适早年与陈亮有密切交往，他赞赏陈亮的英雄气概，同情他的坎坷遭遇，但是对于陈亮提出的具体学术主张却并不认同。"余最鄙且钝、同甫微言，十不能解一二。"① 尽管这样，叶适对陈亮的唯物主义思想是有深刻体会的，他认为陈亮"见圣贤之精微常流行于事物，儒者失其指，故不足以开物成务，其说皆今人所未讲，朱元晦竟有不与，而不能夺也"，不能离物而言道也是叶适的学术主张②。

　　叶适的思想可谓兼容并蓄，博采众家之长，在南宋学者如林的背景下，以独特的功利主义思想体系，在学林独树一帜，以永嘉学派的集大成者身份取得了与朱熹、陆九渊鼎足而立的位置。永嘉功利主义思想虽然在宋代因为历史的原因渐趋式微，但是在明末清初和晚清时期又两度被重新点燃，叶适留下的宝贵的精神遗产在后来人中被发扬光大。

　　叶适的功利主义思想其实一直影响到建国后浙商的兴盛、温州商人的成功，这不是夸大之词。永嘉自南宋就有了自己学术根基，不是形而上，而是形而下的实用主义。慢慢成为主要的思想主要脉络。温州商品经济的腾飞甚至带动了当时整个中国的小商品经历。这与一千多年前的以叶适为代表的永嘉学派鼎立形成也颇为相似。

---

① （宋）叶适：《叶适集·水心文集》，中华书局，2010年，第208页。

② （宋）叶适：《叶适集·水心文集》，中华书局，2010年，第565页。

三、叶适的学术思想概说

宋代是我国社会经济发展的重要时期，被我国著名历史学家漆侠誉为"两个马鞍型"高峰之一[①]。生活于南宋时期温州地区的叶适，不但对社会经济发展有所关注，而且对于南宋偏居一隅的政治状况积极思考，以改弱就强的改革之路实现恢复故土的理想。并且在学术思想上重振致用的学风，以事功之学纠理学之偏，在经学研究中实现了经术与政事的统一。他从唯物主义思想的角度出发，提出了文学有益治教的思想，并在文坛上享有"在南渡卓然为一大家"的美誉。

地处东南沿海的温州，在南宋时期商品经济十分发达，叶适的思想对时代的前进，经济的发展多有涉及。永嘉学派被理学家斥为不成学问的"功利之学"，正是因为它对经济发展的重视。叶适认为"古人之称曰：'利，义之和。'其次曰：'义，利之本。'其后曰：'何必曰利？'然则虽和义犹不害其为纯义也，虽废利犹不害其为专利也，此古今之分也。"[②]指出了古圣贤曾提出的义利统一的思想，圣人以利和议，小人言利而害义。北宋新政在义利的关系上发挥了管仲"衣食足而知礼义"的观点，主张利民、利国之公利，不废义之利，但是在后来的实际推行当中被一些不知义的小人所利用，以至于失败。程朱理学鉴于此，将义与利，理与欲相联系，宣扬重义轻利的思想，叶适面对历史与现实，总结了北宋新政推行失败的原因和程朱理学的偏失，以"崇义以养利"的统一观反对言利者不顾义以病民和不言利只言义的空谈。同时，还指出了"抑末厚本"的思想观念的不合理性，认为应该发展工商业，促进商品经济的发展和增长。在经济发展的基础上，面对南宋始终处于政治危机笼罩的状况，叶适提出君权的实现需要臣民的辅佑，君臣同德。他认为，宋朝的集权是国家积弊丛生的根源，专制的极端化，造成了宋朝对外作战的屡屡失利。他坚持抗金、收复失地的主张，提出了权力要适当向下分配，对于冗兵、冗费、冗官的问题

---

① 漆侠：《宋代社会生产力的发展及其在中国古代经济发展过程中的地位》，《中国经济史研究》，1986 年，第 1 期，第 29 页。

② （宋）叶适：《习学记言序目》，中华书局，1977 年，第 155 页。

提出解决的办法和建议。“北宋学术，不外经术、政事两端。大抵荆公新法以前，所重在政事，而新法以后，则所重尤在经术。”[①] 到了南宋，朱熹等理学家为学更是偏重经义一端，以道德说教来维护封建统治。叶适以治经之路，将经术与政事结合了起来，将事功之学建立在经义的基础上，有体有用。

叶适晚年隐居水心村，完成了《习学记言序目》一书，他对以往的经、史、百家作了认真的研究，提出了独特的见解，这本书在当时是一部体制新颖的学术著作。是时，活跃于乾、淳年间的著名学者相继谢世，叶适有条件对南宋直至前朝历代的学术作出批评性的总结。这部专著引起了后人的注意，南宋的陈振孙说该书“自孔子之外，古今百家，随其浅深，咸有遗论，无得免者。”[②] 纪昀在《四库全书提要》中指出：

> “所论喜为新奇，不屑摭拾陈语，故陈振孙《书录解题》谓‘其文刻峭精工，而义理未得为纯明正大’；刘克庄……亦称其‘讲学析理，多异先儒’。今观其书，如谓太极生两仪等语为‘文浅义陋’，谓《檀弓》‘肤率于义理而謇缩于文词’，谓孟子‘子产不知为政’，‘仲尼不为已甚’，‘语皆未当’，此类诚不免于骇俗；……言‘《国语》非左氏所作’，以及考子思生卒年月，斥汉人言《洪范》五行灾异之非，皆能确有所见，足与其雄辩之才相副。至于论《唐史》诸条，往往为宋事而发，于治乱通变之原，言之最悉，其识尤未易及。”[③]

认为《习学记言序目》体现了叶适“不屑摭拾陈语”的批判和创新精神，由宋事而发而论唐史的做法，是书中论史的一个指导思想。

《习学记言序目》共五十卷，包括《周易》《尚书》《周礼》《毛诗》《仪礼》《礼记》《论语》《春秋》《孟子》等经书十四卷，《老子》《子华子》《荀子》《杨子太玄》《管子》《孙子》等诸子七卷，《史记》《国语》《前汉书》《后

---

① 钱穆：《中国近三百年学术史》，九州出版社，2011 年，第 5 页。

②（宋）陈振孙：《直斋书录解题》，上海古籍出版社，1987 年，第 313 页。

③（宋）叶适：《习学记言序目》，中华书局，1977 年，第 767—768 页。

汉书》《魏志》《吴志》《蜀志》《晋书》《隋书》《唐书》《五代史》等史书二十五卷，文四卷。宋人陈振孙的《直斋书录解题》评论此书为："自六经、诸史、子以及《文鉴》，皆有论说，大抵务为新奇，无所蹈袭。"①叶适于《习学记言序目》中提出的观点和心得都是他独立思考的成果，这些观点大多有异于前辈及同辈学者，充满了创造性。同时，他在对儒家经典和历史典籍的评论中表现了对于政治、经济、军事等多方面的主张，可谓其一生思想的结晶和其精神的集中体现。

叶适对《经》的论述是以《周易》开其端的，他对六十四卦的大义都作了解说，对"十翼"也作了解释与评论，其中有许多独到的见解，"多异先儒"。首先，他否定了关于《周易》著述的"人更三圣，世历三古"的传统之说，即否定了"伏羲画八卦""文王演为六十四卦"。根据《周礼》所述，《周易》自始就有经卦与别卦，是"知道者所为"，不是伏羲时才有八卦；文王也没有推演八卦，因为《周易》是藏于太祝的书，假如是文王所作，就不应该被视为卜筮之书，如果文王作了卜筮之书，也是不符合王朝的体统的。叶适否定了《周易》与圣人之间的联系，他认为"十翼"中只有《彖》《象》是孔子作的，而这两篇正是宋代道学家所不重视的篇章，他们往往讲诵《彖》《象》之外的篇章，这样就抽掉了道学家立论的依据，从而抬高了自己解释儒家经书的权威，而且这两篇中所蕴含的刚健有为、自强不息的精神，与孔子提倡的儒家之道相一致。叶适对于《易传》中的大多数卦进行分析论证，得出了《易》之道在于用的结论。他否定了被道学家奉为"宗旨秘义"的"易有太极"说，认为孔子并没有说到"太极"的问题，"太极"是道家的概念，因此道学家又偏离了儒家的"道"。他以"八物"来解释"八卦"的起源，从唯物主义的角度出发提出了先有事物的产生后有卦象的观点，并将太极的理解落实于人伦日用。叶适侧重主取易中的象说，将物或物象置于第一位，将义理置于第二位，得出了事物之理不能脱离事物之象存在的道理，也就是叶适唯物主义的道器观，这一思想对叶适的文学思想也产生了重要影响，在下文将有专章论述。除了《周易》之外，叶适对于

---

① （宋）陈振孙：《直斋书录解题》，上海古籍出版社，1987年，第313页。

《书》《诗》《周礼》《春秋》等书都提出了自己的看法。他认为"《诗》《书》不因孔子而后删","孔子之于《春秋》，盖修而不作"。叶适对于孔子思十分尊崇的，但是，他并没有无限的夸大孔子的功绩，而是实事求是的评判孔子的功绩，将孔子放在一定的历史环境中来看待。

对于记载孔子言论的《论语》，叶适通过评论《论语》的《里仁》《泰伯》两段，反对曾子独得孔子之道。叶适说：

> "然余尝疑孔子既以一贯语曾子，直唯而止，无所问质，若素知之者；以其告孟敬子者考之，乃有粗细之异，贵贱之别，未知于一贯之指果合否？曾子又自转为忠恕。忠以尽己，恕以及人，虽曰内外合一，而自古圣人经纬天地之妙用，固不止于是，疑此语未经孔子是正，恐亦不可便以为准也。"①

"一以贯之"的思想孔子曾对弟子两次谈及，一次是对子贡说过，一次是对曾子说过，"参乎！吾道一以贯之"②，曾子理解为"忠恕而已"，这里的"忠恕"即"忠以尽己，恕以及人"，就是不仅要使人与己之间贯通，更要使天与人之间，文与道之间实现一以贯之，使"文章"和"性与天道"实现贯通。

叶适分析了孔子所说的"一以贯之"与曾参以"忠恕"来说的意思不符，又指出了曾参重修身而轻视器物的思想又与"一贯"之指不合，所以说曾子独得孔子所传之道是不符合实际的，只是部分的自传其所得之道。既然曾参没有独得孔子所传的道，那么道学家所继承的曾参的道也不是孔子之道了。叶适认为，道虽隐而不显但可以文章的方式得以言说，这一观点与其文论偏重于义理和教化的主张是相一致的。在批评道学家背离了道统的同时，彰显了其自身上接儒家之统绪的学术目的。子思、孟子继承了曾参的思想，孟子的所谓"心官贱耳目之说"就是对曾参"欲求之于心"的再发挥，叶适批评这种夸大心的作

---

① （宋）叶适：《习学记言序目》，中华书局，2009 年，第 178 页。

② 杨伯峻：《论语译注》，中华书局，2009 年，第 38 页。

用的观点，提出了"内外交相成"的认识论。虽然《四书》在宋代已经被抬高到了与五经相当的地位，但是叶适并没有将《大学》《中庸》作为专书进行专章的分析，而是将其还原至《礼记》中的两篇文章，对比叶适早年写作《进卷》时，《大学》和《中庸》还是作为专书而专章列论的，这说明了他自身的思想也是一个不断发展的过程。对于二程和朱熹对于《大学》的改写，叶适表示反对，尤其是对"格物穷理"说，叶适持有与朱熹不同的看法，认为把格物说成是穷理是不对的。叶适还对《中庸》里的性、命、道等概念提出了不同的解释，并对《中庸》的重要概念"过"与"不及"进行了分析，指出"过"与"不及"都是不合于道的篇，改正这两种偏向归于"中"就是道之兴。

叶适的学术思想，对于他的文学思想的形成有很大的影响。从永嘉事功学的思想出发，叶适认为作文也应该有益教治。在南宋理学家极力贬低文的价值，宣扬文以载道的文艺观的背景下，叶适提出了对文的价值的关注与重视，强调为文应该"奇妙殊中"，应该"瑰富精切，自然新美，使读之者如设芳醴珍肴，足饮厌餍而无醉饱之失也"[1]。他在唯物主义道器观的基础上，提出了发展的文学观，反对尊古陋今的诗坛风气，主张古今之作并重的观点，在诗坛上对"永嘉四灵"的奖掖和提携，留下了一段诗坛佳话。在文学创作上，实践着"经欲精，史欲博，文欲肆，政欲通，士擅其一而不能兼也"[2]的观点。

叶适另有《水心集》传世，分为《水心文集》和《水心别集》两部分。《水心文集》由门人赵汝谠以编年法编成，收录了札、状、奏议、记、序、诗、铭以及杂著等篇章上百之多。《四库全书》赞评他"文章雄瞻，才气奔逸"。《水心别集》共十六卷，其中《进卷》九卷，《廷对》一卷，《外稿》五卷，《后总》一卷，针对政治、经济、军事、法制、人事等多方面的问题提出了一系列的改革方案和切实的治理措施。

叶适的两部传世作品是他思想体系的总体展现，对此周予同先生认为，"按初期浙学，如陈亮之精疏，傅良之醇恪，其功力与辩难，自非朱熹之敌。但自

---

① （宋）叶适：《叶适集·水心文集》，中华书局，2010年，第205页。

② （宋）叶适：《叶适集·水心文集》，中华书局，2010年，第225页。

叶适之《习学记言》出，不仅与朱、陆二派鼎足而三，而且有将破坏朱氏全部哲学之势。"①

第二节　叶适的道统论分析

道统是儒家道的传承之本统，理学家自诩其接续了上古三代圣人之道，继承了儒家的道统。叶适在承认尧至孔子所传的"一贯之道"的前提下，分析了孔子之后直至两宋道学家的道的传承体系，着重批评了曾子对孔子之道的承接关系，经过曾子到子思、孟子所传的道，就更加偏失了道统的根本，在此基础上叶适形成了独特的道统观。

一、道统论的思想渊源及后世影响

"道统"是儒家思想传承的统绪，是一个事实的存在，它揭示并确认了中国历史和中华文化的事实，有关道统之说即成为道统论。"道统"作为中国文化发展过程中出现的一种独特的文化现象，其实质是中国古代知识分子为描述儒家思想的传承历史而人为构拟的历时性谱系。②其实，道统观念由来久远，对上下有序的有道生活十分向往的孔子，在对尧、舜、禹、文王、周公赞美的同时，已经隐约地勾勒出了一个尧、舜、禹、文王、周公相传承的道统谱序，而其本身自觉地继承了这一延续，并在三代以及文王、周公相承接的基础上有了质的突破。

孔子在《论语》的《尧曰》篇提到"尧曰：'咨！尔舜！天之历数在尔躬，允执其中。……舜亦以命禹。"由此以后，传至文武周公。其"允执其中"，即

---

① 周予同：《经学史论著选集·朱熹》，上海人民出版社，1983年，第178—179页。
② 潘志锋：《试析儒家"道统"的文化论证功能》，《江西社会科学》，2006年第10期，第78页。

《虞书·大禹谟》的"允执阙中"。孔子揭示了尧舜禹以"允执其中"为内容的相传系统，自觉地成为开辟道统观念的先行者。孔子"以'文王既没，文不在兹乎'（《论语·子罕》）之'志于道'（《论语·述而》）的自觉，观殷夏所损益，追迹三代之礼，删定《六艺》，仁体礼用，仁智双彰，'尽人道之极致，立人伦之型范'"①。他在删定六艺的同时阐释了道的本质内容，礼作为西周文化的核心，是孔子作为西周文化继承者所继承的实质内容。孔子认为，对于个人而言，"不学礼、无以立"，礼是人的立身之本，舍此则无法立己立人。对于国家而言，"道之以政，齐之以刑，民免而无耻；道之以德，齐之以礼，有耻且格。"②礼是统治社会与国家的现实社会制度。对于西周的礼，孔子并没有一味因循，他将不下庶人之礼确定为所有人都应该遵循的规范，将礼普遍化，"恭而无礼则劳，慎而无礼则葸，勇而无礼则乱，直而无礼则绞。君子笃于亲，则民兴于仁。故旧不遗，则民不偷。"③孔子对礼的普遍化的阐释，是在继承西周"礼治"的基础上的突破，礼成为人的立身之本和一切道德规范的核心。同时，孔子为作为人的外在规范的礼找到了一个内在的依据，以"仁"为礼的内在美德。"人而不仁，如礼何？人而不仁，如乐何？"④孔子强调仁还是从维护礼的目的出发的，以文武周公之道的继承者自居的孔子，思想的中心仍是礼，仁是孔子的礼乐崩坏之时为礼找到的一个依据，在圣人如三代及文武周公只能对礼作历史的解释的背景下，仁德修养成为了礼乐的基础。孔子的仁、礼涵盖了人生修养、立身处世等内容，是一剂解决人生困境和社会矛盾的良方，他的系列学说开辟了一个精神领域，自觉地成了道统的启蒙先驱，成了儒家道统谱系中的承前启后的中心人物。他上承上古三代的历史文化，向下开启了其后两千五百年的历史文化，如朱熹所说："此道更前后圣贤，其说始备。自尧、舜以下，若不生个孔

① 罗义俊：《儒家道统观发微》，《与孔子对话——新世纪全球文明中的儒学——上海文庙第二届儒学研讨会论文集》，2004年，第227—228页。
② 杨伯峻：《论语译注》，中华书局，2009年，第11—12页。
③ 杨伯峻：《论语译注》，中华书局，2009年，第77页。
④ 杨伯峻：《论语译注》，中华书局，2009年，第24页。

子，后人去何处讨分晓？"①

孔子的道统观念直接启发了孟子，孔子称颂古代圣人时每称尧舜禹汤文武周公，到孟子时将孔子列入，孟子把历史和道统对接，把从上古三代直到孔子的传承清晰地勾勒出一幅儒家历史文化的承传谱系，并以捍卫圣人之道的卫道士自居，儒家的道统学说雏形具备。孟子以孔子的仁政思想为基础，发展了儒家的道统观。强调"内圣"的孟子把自己置于道统传承的承接点上，以此传承为己任，他言必称尧舜，以尧舜作为其性善论的有力支持，圣贤们的道德行为成了他对人的道德生命强调的历史证明，性善的道德生命有了深厚的历史意识。孟子亦自觉地承担起平治天下之重任，他说："夫天未欲平治天下也。如欲平治天下，当今之世，舍我其谁也？"②孟子从儒家历史文化的千年传承中总结出了"故天将降大任于斯人也，必先苦其心志，劳其筋骨，饿其体肤，空乏其身，行拂乱其所为，所以动心忍性，曾益其所不能"③的超凡抱负与承受力。并进一步将忧患意识与平治天下相联系，他说："舜，人也；我，亦人也。舜为法于天下，可传于后世，我由未免为乡人也，是则可忧也。"④

继孟子之后，韩愈提出了明确的道统论思想。唐代佛老盛行，韩愈在"儒门淡薄"的颓势下，在同佛老学说的斗争中，申明了儒学的传道系统，重新确立了儒学的正统地位。他明确提出儒家有一个始终一贯的有异于佛老的"道"。韩愈认为"道"概括地说，也就是指作为儒家思想核心的"仁义道德"。他说："博爱之谓仁，行而宜之之谓义，由是而之焉之谓道，足乎己，无待于外之谓德。……斯道也，何道也？曰：斯吾所谓道也，非向所谓老与佛之道也。"⑤仁是内在的道德，义是外在的表现，尊仁行义就是道，德是对仁义的自觉遵守。从上古三代起，君王就以此教导天下，以达到天人和谐，家国安定的局面。韩愈在《原道》中将道的传承关系概括为"尧以是传之舜，舜以是传之禹，禹以是

---

① （宋）黎靖德：《朱子语类》，中华书局，1986年，第2350页。

② 杨伯峻：《孟子译注》，中华书局，2008年，第82页。

③ 杨伯峻：《论语译注》，中华书局，2009年，第231页。

④ 杨伯峻：《论语译注》，中华书局，2009年，第152页。

⑤ 卞孝萱，张清华编选：《韩愈集》，凤凰出版社，2006年，第270—272页。

传之汤，汤以是传之文、武、周公，文、武、周公传之孔子，孔子传之孟轲，轲之死，不得其传焉。"①这个传承系统类似于佛教所说的"法统"，宋代朱熹将儒者之"道"的传授系统命名为"道统"。道统说表明，儒学之道的产生远早于佛，是华夏文化之正统。韩愈的道统论"在批佛老中重新确立儒学的主导地位；上承孔孟儒家圣人之道，下开宋代理学道统论之先河；以师儒统道代替帝王统道，具有限制君权、从道不从君的意义。"②韩愈将道统的发生源头追溯于尧、舜、禹、汤，说明他理解的儒学全面地继承了上古时代的文化，而不仅限于孔子所总结的儒家思想，所以他并没有以孔子为道统论的发生源头。

他认为"轲之死，不得其传焉"，认为在孟子之后，道统失去了继承者，韩愈之所以这样说与他对道的理解有关，韩愈理解的道是"仁与义，为定名；道与德，为虚位。……凡吾所谓道德云者，合仁与义言之也，天下之公言也"。所以他提出的道的本质是仁义道德，如前文提到的，仁义是尧、舜、禹、汤、文、武、周公、孔子一脉相传的道，孟子在孔子之后继承并发扬了仁义。但是接下去韩愈却说"荀与扬也，择焉而不精，语焉而不详"，荀子究竟是没有传承孟子的儒家之道？还是并非不得传只是传的不精不详？笔者认为，韩愈在这里看似矛盾的两句话是从不同的角度出发说的，说"轲之死，不得其传焉"，是从历史的角度来看，荀子算不上是圣人，他没有达到在"害至患生"之际"有圣人者立，然后教之以相生养之道"的高度，在孟子以后没有出现一位圣人继承儒道的历史传承。韩愈在谈到荀子在孟子之后对道统"择焉而不精，语焉而不详"时，是从广义的文化角度来思考的，韩愈在《原道》中提到：

> "其文《诗》《书》《易》《春秋》，其法礼乐刑政，其民士农工贾，其位君臣、父子、师友、宾主、昆弟、夫妇，其服麻丝，其居宫室，其食粟米、果蔬、鱼肉，其为道易明，而其为教易行也。是故以之为己，则顺而祥；以之为人，则爱而公；以之为心，则和而平；以之为

---

① 卞孝萱，张清华编选：《韩愈集》，凤凰出版社，2006年，第272—273页。
② 蔡方鹿：《中华道统思想发展史》，中华道统出版社，1996年，第308—313页。

天下国家，无所处而不当。"①

他将儒道由思想意识层面扩展到物质社会结构层面，乃至整个生活方式上来，体现着儒家的现实关怀从而对抗了佛老的虚空，所以从广义的文化角度来理解儒道，荀子可谓继承了孟子，只是在程度上不精不详而已。尽管韩愈道统论的出发点在于反佛，但同时他也希望在梳理清楚儒家道统传承系统的同时提升儒家的理论地位，使儒学在较高的地位层面与佛道抗衡。正如陈寅恪曾言：

"中庸一篇虽可利用，以沟通儒释心性抽象之差异，而于政治社会具体上华夏、天竺两种学说之冲突，尚不能求得一调和贯彻，自成体系之论点。退之首先发见小戴记中大学一篇，阐明其说，抽象之心性与具体之政治社会组织可以融会无碍，即尽量谈心说性，兼能济世安民，虽相反而实相成，天竺为体，华夏为用，退之于此以奠定后来宋代新儒学之基础。"②

韩愈将儒家文化视为一种传统，儒道的存在具有合理性，真实性，并且被代代相传承。韩愈重述了孟子之旨归，确认了孟子的道统地位，并隐然传承了孟子之道统，其观点也被同样有弘道意识的宋代理学家所接受，开了宋儒如程颢、程颐、朱熹等道统说的先河。

宋儒程颢、程颐以循孔孟之道为目的，以天理来论证道统，将尧舜以来的儒学之道发扬光大。程颢逝世时，公卿大夫号其曰"明道"。程颐为其墓刻石，认为周公之后圣人之道不行于世，是因为圣人有德无位，不再是圣人居帝王位的上古三代的情况，流行于士阶层的道在孟子之后可谓彻底失传了，而"二程"兄弟恰传承了这失传一千多年的圣人之道，表明了二人的理想与抱负，同时也隐隐表明了理学道统论的确立非"二程"兄弟莫属。这样一来，"二程"的道统论就将

---

① 卞孝萱，张清华编选：《韩愈集》，凤凰出版社，2006 年，第 272 页。

② 陈寅恪：《陈寅恪先生文史论集（上卷）》，文文出版社，1972 年，第 12 页。

韩愈、周敦颐等人排挤在外，可以说儒学的道统论经"二程"才得以确立。具体来看，"二程"道统论的道是与天理相等同的，"二程"说："盖上天之载，无声无臭，其体则谓之易，其理则谓之道，其用则谓之神，……形而上为道，形而下为器，须著如此说。器亦道，道亦器，但得道在，不系今与后，己与人。"① 在"二程"看来，无声无臭的天之理就是道，道是形上的，"有形皆器也，无形惟道"② 道贯穿在历史与未来，人与物之中。他们以天理为宇宙的本体，在以"天者理也"为天的主宰之义的前提下，认为圣人之道是循理而行的，程颐说："天有是理，圣人循而行之，所谓道也。"③ 可见天理与道是相互关联的，天理作为宇宙秩序，圣人也要循而行之，"又问天道如何？曰：只是理，理便是天道也"。④ 从这个意义上看，天理即道，道亦即理。程颢说："吾学虽有所受，天理二字却是自家体贴出来。"⑤ "二程"将古已有之的理等同于道，作为哲学的最高范畴，标志着宋代理学体系的初步建立。"二程"将天理作为宇宙本体的同时，并没有抛开儒家道的伦理道德的含义。"自性而行，皆善也。圣人因其善也，则为仁义礼智信以名之；以其施之不同也，故为五者以别之。合而言之皆道，别而言之亦皆道也。"⑥ 五常是道的内涵，违背了五常，就是违背了道。不仅五常为道，而且五伦关系也是道，程颐说："道之大本如何求？某告之以君臣、父子、夫妇、兄弟、朋友，于此五者上行乐处便是。"⑦

"二程"以圣人一脉相传的继承者自居，对《论语·尧曰》关于尧、舜、禹三圣人相传以"允执其中"的中庸思想加以继承，以道为中庸，程颐说："天地之化，虽廓然无穷，然而阴阳之度、日月寒暑昼夜之变，莫不有常，此道之所以为中庸。"天地万物变化无穷，然而一切变化皆有常，也就是不违背事物固有

---

① （宋）程颢，程颐：《二程集》，中华书局，1981年，第4页。
② （宋）程颢，程颐：《二程集》，中华书局，1981年，第1178页。
③ （宋）程颢，程颐：《二程集》，中华书局，1981年，第274页。
④ （宋）程颢，程颐：《二程集》，中华书局，1981年，第290页。
⑤ （宋）程颢，程颐：《二程集》，中华书局，1981年，第424页。
⑥ （宋）程颢，程颐：《二程集》，中华书局，1981年，第318页。
⑦ （宋）程颢，程颐：《二程集》，中华书局，1981年，第187页。

的规律，这个常，这个规律就是中庸。所以程颐说："中即道也。若谓道出于中，则道在中外，别为一物矣。"① 作为圣人相传环节中的重要内容，中庸规范了仁义道德的尺度，"二程"强调中庸的意义也正在于此。"二程"的思想是随着宋代理学思潮的形成，并在前人思想的积淀之上发展起来的。

宋初理学的奠基人邵雍（1011—1077年），认为理是从属于道的，他说："所以谓之理者，物之理也。所以谓之性者，天之性也。所以谓之命者，处理性者也。所以能处理性者，非道而何？"② 理还只是"物之理"的具体表现，没有上升为概括儒家规范的独立哲学范畴。周敦颐（1017—1073年）与邵雍一样，没有把理作为其哲学的最高范畴，他将理看成儒家的伦理道德的礼，并没有宇宙本体的意义。"二程"以儒家伦理为本位，将具体意义的理提升到"天者，理也"的高度，认为"万物皆只是一个天理"，把天理作为宇宙秩序和最高哲学范畴，独立于万物之上，又具有儒家伦理的内涵。既为儒家伦理原则提供了本体论的哲学依据，又从本体的高度赋予了儒家道德规范以合理性。宋代理学的最终确立，也在于"二程"把儒家的纲常伦理原则与哲学本体论统一到理上来。

儒学的道统论经"二程"得以确立，而由朱熹发展完善，集其大成。朱熹在《中庸章句序》中说：

> "中庸何为而作也？子思子忧道学之失其传而作也。盖自上古圣神继天立极，而道统之传有自来矣。其见于经，则'允执厥中'者，尧之所以授舜也；'人心惟危，道心惟微，惟精惟一，允执厥中'者，舜之所以授禹也。尧之一言，至矣，尽矣！而舜复益之以三言者，则所以明夫尧之一言，必如是而后可庶几也。"③

他认为，儒家之道，在尧舜之前，可推至黄帝、神农、伏羲；尧舜之后，

---

① （宋）程颢，程颐：《二程集》，中华书局，1981年，第606页。

② （宋）邵雍：《皇极经世书》，中州古籍出版社，1992年，第262页。

③ （宋）朱熹注，王浩整理：《四书集注》，凤凰出版社，2008年，第14页。

至孟子而失传，直至北宋周、程、张诸子接续了孟子以来的道统正传，儒家之道才得以彰显。朱熹道统论中的"道"，是指摘自《尚书·大禹谟》中的"十六字心传"，朱熹对道的认识在其思想中处于核心地位，与其整个思想体系都有关联。朱子将道分体与用来看待，而体与用又是一源而不可分的，道的存在就在于自身的发用流行之中。体用一源、理一分殊，是朱熹整个思想体系的方法论原则和思维方式。这个一体、一理就是道，它既是唯一的，又是普遍存在的，具有至高无上的地位，它与朱熹思想中的理、太极相等同，也与天、命、心、性等观念是同一本体的。道即是理，此理是事物皆有之理，它无处不在，无时不有；道即是太极，不但万物可以归为一太极，每一物自身也是一太极。道体流行，发育万物，自然而成，而道统的传承却需要有能力之人的刻意修养，努力才能达到。道学与道统之间之所以存在差异，是因为道统传承是人对道学的体认过程，道在人间的传承，需要有能力之人通过格物致知、居敬存诚等修养工夫才能达到，朱熹将伊洛诸公作为道统的正传，他在孟子之后传承儒家道统的人便是二程兄弟。他在《中庸章句序》中说：

> "异端之说，日新月盛，以至于老、佛之徒出，则弥近理而大乱真矣。……故程夫子兄弟者出，得有所考，以续夫千载不传之绪，得有所据，以斥夫二家似是之非"。

朱熹认为二程能得"千载不传之学"，在于二程的气质禀赋使然，他说"千百年来无人晓得，后都黑了。到程先生后，说得方分明。"[1] 可以说在朱子看来，二程之所以能继道统是因为他们在道之不传千百年后能得儒家之真精神。其学生蔡季通云："天先生伏羲尧舜文王，后不生孔子，亦不得；后又不生孟子，亦不得；二千年后又不生二程，亦不得。"[2] 把二程与孔孟相提并论，即是以圣贤地位看待二程。朱熹以继承二程自居，他说："吾少读程氏书，则已知先

---

① （宋）黎靖德：《朱子语类》，中华书局，1986 年，第 2464 页。

② （宋）黎靖德：《朱子语类》，中华书局，1986 年，第 2350 页。

生之道学德行，实继孔、孟不传之统。"① 在《大学章句序》中，朱熹又说："宋德隆盛，治教休明，于是河南程氏两夫子出，而有以接乎孟氏之传……然后古者大学教人之法、圣经贤传之指，粲然复明于世。虽以熹之不敏，亦幸私淑而与有闻焉。"朱熹在此比较含蓄地说明自己得道统之嫡传，弟子们则将朱熹的意思明确地提了出来，黄干《朝奉大夫华文阁待制赠宝谟阁直学士通议大夫谥文朱先生行状》说：

> "窃闻道之正统，待人而后传，自周以来，任传道之责，得统之正者，不过数人，而能使斯道章章较著者，一二人而止耳。由孔子而后，周、程、张子继其绝，至先生而始著。盖千有余年之间，孔孟之徒，所以推明是道者，既以煨烬残缺，离析穿凿，而微言几绝矣。"②

在《徽州朱文公祠堂记》中黄干又指出了：

> "尧、舜、禹、汤、文、武、周公生而道始行；孔子、孟子生而道始明。孔孟之道，周、程、张子继之；周、程、张子之道，文公朱先生又继之，此道统之传，历万世而可考也。"③

程朱理学所提出的道统论不但有效的应对了当时来自释、道的挑战，解决了儒学所面临的新问题，而且程朱理学建立的道统谱系，自孔子以下没有帝王列于其中，旨在提升道学群体的地位的同时，也强调了儒家之德对于君王之势的对抗，理学家"正君心"反映的也是这一意图。同时，程朱理学道统论明确

---

① （宋）朱熹撰，朱杰人，严佐之，刘永翔主编：《朱子全书》，上海古籍出版社，安徽教育出版社，2002年，第3732页。

② （宋）黄干：《勉斋集》，影印文渊阁《四库全书》本，第1168册，台湾商务印书馆，1986年，第428页。

③ （宋）黄干：《勉斋集》，影印文渊阁《四库全书》本，第1168册，台湾商务印书馆，1986年，第215页。

了儒者的使命，认同了儒者的身份，增强了儒学的凝聚力。

二、叶适对理学道统观的批判

理学以道统论为群体凝聚力增强的有力武器，在南宋得到了充分的发展，奠定了坚实的基础。理学成为南宋主流的社会思想，在《郭府君墓志铭》中，叶适记述了当时的情况：

> "昔周、张、二程考古圣贤微义，达于人心，以求学术之要，世以其非笺传旧本，有信有不信。百年之间，更盛衰者再三焉。乾道五六年，始复大振。讲说者被闽、浙，蔽江、湖。士争出山谷，弃家巷，赁馆贷食，庶几闻之。"①

然而，理学的主流地位并不是无可非议的，以叶适为代表的永嘉学派就对那些空谈道德性命而轻事功的道学家们很不满意，其中以对理学道统论的批判最为突出。这也成为叶适最积极的学术主张之一。

道统论可谓两宋道学家的一大特色，前文提到，为了与唐代佛教的传播相抗衡，韩愈等人仿照佛教"定祖"的方法建立了儒家的道统，到了宋代，朱熹明确提出了"道统"一词，列出了从尧、舜、禹、汤、文、武、周公至程氏兄弟所接续的道统体系。这里不但描述了儒家学术上的一般承继关系，还掺杂了两宋理学家主观臆断与想象，牵强附会的联系，以及盲目的排斥异己学派，以学术的正统自居，狂妄断言独得道之真传。对此，叶适认为"不能言统纪者固非，而能言者亦未必是也。"②他曾说："'道学'之名，起于近世儒者，其意曰：举天下之学皆不足以致其道，独我能之，故云尔。其本少差，其末大弊矣。"③叶适首先抓住了道统说中薄弱的环节曾子予以批判，他并不否认从尧至

---

① （宋）叶适：《叶适集·水心文集》，中华书局，2010 年，第 246 页。
② （宋）叶适：《习学记言序目》，中华书局，1977 年，第 246 页。
③ （宋）叶适：《叶适集·水心文集》，中华书局，2010 年，第 554 页。

孔子所传的"一贯之道"，也不否定从曾子到子思，再到孟子，以至两宋道学家的传承关系，他否认道统在孔子之后由曾子等人继承过，从而间接地也否认了二程至朱熹等理学家继承了孔孟的道统。叶适分析指出，"言孔子传曾子，曾子传子思，必有谬误"。①

> "按孔子自言：德行颜渊而下十人，无曾子，曰'参也鲁'。若孔子晚岁独进曾子，或曾子于孔子后殁，德加尊，行加修，独任孔子之道，然无明据。又按：曾子之学，以身为本，容色辞气之外不暇问，于大道多所遗略，未可谓至。又按：伯鱼答陈亢无异闻，孔子尝言'中庸之德民鲜能'，而子思作《中庸》；若以《中庸》为孔子遗言，是颜闵犹无是告，而独闳其家，非是；若子思所自作，则高者极高，深者极深，宜非上世所传也。"②

从孔子传道的授受形式上来看，孔子门下弟子三千贤者七十二人，孔子本着"因材施教"的教育思想对其门生进行授课，其门下学生对孔子思想都有着各不相同的理解，具有充分的自主性。因此，从曾子个人的角度出发，他所能理解与接受的只是他个人对于孔子思想的部分理解，并不能以此来作为孔子思想本身的代表，更谈不上是对孔子思想的独传。如果《中庸》是孔子的遗言，但不对颜回、闵子骞等主要弟子讲，而"独闳其家"，是没有道理的。如果说《中庸》是子思所作，那就与"上世所传"相矛盾。也就是叶适所说的：

> "自尧、舜、禹、汤、文、武、周公、孔子，所传皆一道，孔子以教其徒，而所受各不同。以为虽不同而皆受之于孔子则可，以为尧、舜、禹、汤、文、武、周公、孔子之所以一者，而曾子独受而传之人，大不可也。"③

---

① （宋）叶适：《习学记言序目》，中华书局，1977 年，第 739 页。
② （宋）叶适：《习学记言序目》，中华书局，1977 年，第 738—739 页。
③ （宋）叶适：《习学记言序目》，中华书局，1977 年，第 188 页。

叶适曾经将自己与二程之间的讲学做过了区别："程氏诲学者必以敬为始，……以余所闻，学有本始，如物始生，无不懋长焉，不可强力也。"①叶适认为道德的培养应该在主体的社会实践中得到落实，"复礼"成为这种落实的具体指示。虽然二程也承认并强调主体的道德培养，但二程将"主敬"作为主体道德培养的标志，更重视主体精神层面的锻造。在儒家之道是"复礼"还是"主敬"的问题上，叶适与二程产生了分歧，而这种分歧正是曾子对孔子所传之道的误解所导致的，因此，"礼"被淹没于历史的尘埃中而使今人无所凭借。对此，叶适论述道：

> "孔子教颜子'克己复礼为仁。'请问其目，曰：'非礼勿视，非礼勿听，非礼勿言，非礼勿动。'颜子曰：'回虽不敏，请事斯语矣。'是则复礼者，学之始也。教曾子曰：'安上治民，莫善于礼。礼者，敬而已矣。故敬其父，则子悦；敬其兄，则弟悦；敬其君，则臣悦，敬一人，而千万人悦。'是则敬者，德之成也。学必始于复礼，故治其非礼者而后能复。礼复而后能敬，所敬者寡而悦者众矣，则谓之无事焉可也。未能复礼而遽责以敬，内则不悦于己，外则不悦于人，诚行之则近愚，明行之则近伪；愚与伪杂，则礼散而事益繁，安得谓无！此教之失，非孔氏本旨也。"②

叶适从孔子对颜渊、曾参的教导中，得出了为学的顺序应该从"复礼"开始，而不是二程所说的"敬"这一认识，可谓有理有据。叶适批评"未能复礼而遽责以敬"，"诚行之则近愚，明行之则近伪"，在愚伪相杂的情况下二程所讲的"敬"，与孔夫子的原意相去甚远。

叶适否认了曾子独得尧至孔子一脉相传的道，因而从曾子至子思、孟子等传承的道，叶适认为也偏离了根本之传统。他说：

① （宋）叶适：《叶适集·水心文集》，中华书局，2010年，第163页。
② （宋）叶适：《叶适集·水心文集》，中华书局，2010年，第163—164页。

"按：后世言'道统'相承，自孔氏门人至孟、荀而止，孔氏未
尝以辞明道，内之所安则为仁，外之所明则为学，学则《六经》也，
门人之志于《六经》者少。至于内外不得而异称者，于道其庶几矣。
子思之流，始以辞明道，《中庸》未必专子思作，其徒所共言也。辞
之所之，道亦之焉，非其辞也，则道不可以明。孟子不止于辞而辩胜
矣。荀卿本起樱稷下，凡有所言，皆欲挫辩士之锋，破滑稽之的，其
指决割，其言奋呼，怒目裂眦，极口切齿，先王大道，至此散薄，无
复淳完。或者反谓其才高力强，易于有行；然则诛少正卯，戮俳优，
无怪乎陋儒以是为孔子之极功也。学者苟知辞辩之未足以尽道，而能
推见孔氏之学以上接贤圣之统，散可复完，薄可复淳矣。不然，循而
下之，无所终极，断港绝潢，争于波靡，于道何有哉！"①

曾参因"欲求之于心"，偏离了"道"，传到子思、孟子偏失就更大了，
"古之言道者，以道为止；后之言道者，以道为始。以道为止者，周公、孔子
也；以道为止者，子思、孟轲也。"②所以叶适反对将子思、孟子纳入道统中来，
他明确表示："然自周召既往，大道厘析，六艺之文，惟孔子能尽得其意，使上
世圣贤之统可合。自子思孟子犹有所憾"③，因为子思、孟子不能完全理解先王
圣贤之意，所以也就不能继承道统。他说："古之圣贤无独指心者。孟子始有
尽心知性心官贱耳目之说。"④又说："盖以心为官，出孔子之后，以性为善，自
孟子始；然后学者尽废古人入德之条目，而专以心性为宗，致虚意多，实力少，
测知广，凝聚狭，而尧、舜以来内外交相成之道废矣。"⑤

宋代从二程开始就对子思、孟子加以推崇，朱熹更将子思与孟子这一道统
视为自己学术理论的生命线，认为周程诸儒承继二者之后，而自己也当仁不让

---

① （宋）叶适：《习学记言序目》，中华书局，1977 年，第 654 页。
② （宋）叶适：《习学记言序目》，中华书局，1977 年，第 659 页。
③ （宋）叶适：《习学记言序目》，中华书局，1977 年，第 105 页。
④ （宋）叶适：《习学记言序目》，中华书局，1977 年，第 652 页。
⑤ （宋）叶适：《习学记言序目》，中华书局，1977 年，第 207 页。

地自继于二程之后：

> "宋德隆盛，治教休明。于是河南程氏两夫子出，而有以接乎孟
> 氏之传，实始尊信此篇而表章之，既又为之次其简编，发其归趣，然
> 后古者大学教人之法、圣经贤传之指，粲然复明于世。虽以熹之不
> 敏，亦幸私淑而与有闻焉。"①

朱熹还编订了四书《大学》《中庸》《论语》《孟子》与五经并列。对此叶
适并不认同，他在《习学记言序目》中将《大学》《中庸》还原为《礼记》中
的两个篇章加以评点，认为"学者不足以知其统而务袭孟子之迹，则以道为新
说奇论矣。"②程颐断言"《中庸》之书，是孔门传授，成于子思。"③叶适对此表
示怀疑，他说："汉人虽称《中庸》子思所著，今以其书考之，疑不专出于子
思也。"④程颐在《大学》的按语中首称"《大学》孔氏之遗书，而初学入德之门
也。"朱熹认为《大学》是为学"纲目"，"修身治人底规模"，并为《大学》补
写了"格物致知"一章，阐发程颐"格物穷理"的观点。朱熹说："于今可见古
人为学次第者，独赖此篇之存，而《论》《孟》次之。学者必由是而学焉，则
庶乎其不差矣。"叶适评论《大学》说："意可形也，心可存也；在意为诚，在
心为正，夫然后修其身，齐其家，以至于天下，而是书不言焉。"⑤叶适还批评
道："然仁必有方，道必有等，未有一造而尽获也。一造而尽获，庄、佛氏之妄
也。"⑥他认为格物只能达到致知，尚不能达到穷理。

> "程氏言：'格物者，穷理也。'按此篇心未正当正，意未诚当诚，

---

① （宋）朱熹注，王浩整理：《四书集注》，凤凰出版社，2008 年，第 2 页。

② （宋）叶适：《习学记言序目》，中华书局，1977 年，第 739 页。

③ （宋）程颢，程颐：《二程集》，中华书局，1981 年，第 160 页。

④ （宋）叶适：《习学记言序目》，中华书局，1977 年，第 110 页。

⑤ （宋）叶适：《叶适集·水心别集》，中华书局，2010 年，第 730—731 页。

⑥ （宋）叶适：《叶适集·水心文集》，中华书局，2010 年，第 326 页。

知未至当致，而君臣父子之道各有所止，是亦入德之门尔，未至于能穷理也。若穷尽物理，矩矱不逾，天下国家之道已自无复遗蕴，安得意未诚、心未正、知未至者而先能之？《诗》曰：'民之靡盈，谁夙知而莫成！'疑程氏之言亦非也。若以为未能穷理而求穷理，则未正之心，未诚之意，未至之知，安能求之？又非也。然所以若是者，正谓为《大学》之书者自不能明，故疑误后学尔；以此知趋诣简捷之地未能求而徒易惑也。"[①]

穷理必须经过致知、正心、诚意等阶段才能达到，没有"简捷"途径可循。

叶适从理学的道统说废弃了"尧舜以来内外相成之道"为由，指出了其道统说并没有真正的继承三代以来的圣人之道。对此，叶适遗憾地表示："自孔氏之高弟不足以知之，各因其质之所安而谓道止于此。"[②] 叶适否认了孟子对道统的继承，这里叶适的学生孙之弘在《习学记言序目序》中的一句话可以帮助我们理解叶适的原意，"叶适认为'以孟轲能嗣孔子，未为过也，舍孔子而宗孟子，则于本统离矣'"[③]，可见叶适反对的主要是"舍孔子而宗孟子"这一观点，实际上就是对宋儒如周敦颐、二程、朱熹等尊崇思孟学派的理学家继承道统加以否定。这里需要补充的是，叶适只是反对子思、孟子对于道统的继承，并没有全盘否定子思、孟子的行为。他对孟子认定的尧舜之道"非不可为"的观点就是肯定的，"'孟子道性善，言必称尧舜。'按子思独演尧舜之道，颜曾以下为善有艺极者所不能也，故自孟子少时，则固已授之矣。尧舜，君道也，孔子难言之；其推以与天下共而以行之疾徐先后喻之，明非不可为者，自孟子始也。"[④]（以上一段话在钱穆的书中有明确介绍，可以作为资料。《宋明理学概述》）

程朱理学派一向自诩所传儒家之道是纯粹的，在叶适看来："道者，天下共

---

① （宋）叶适：《习学记言序目》，中华书局，1977 年，第 113—114 页。

② （宋）叶适：《习学记言序目》，中华书局，1977 年，第 246 页。

③ （宋）叶适：《习学记言序目》，中华书局，1977 年，第 759 页。

④ （宋）叶适：《习学记言序目》，中华书局，1977 年，第 200 页。

由之途也。使有人焉，以为我有是物也，将探而取之，而又曰我得之矣，则其统已离矣"①，认为二程等理学家自以为继承了道统，其实已经离远了。叶适指出，程颢的《定性书》杂有佛老思想，

> "按程氏答张载论定性，'动亦定，静亦定，无将迎，无内外'；
> '当在外时，何者为内？''天地普万物而无心，圣人顺万事而无情'；
> '扩然而大公，物来而顺应'，'有为为应迹，明觉为自然'；'内外两
> 忘，无事则定，定则明'；'喜怒不系于心而系于物'，皆老佛庄列常
> 语也。程张攻斥老佛至深，然尽用其学而不自知者……子思虽渐失古
> 人本统，然犹未至此。孟子稍萌芽，其后儒者则无不然矣。且佛老之
> 学，所以为不可入周孔圣人之道者，盖周孔圣人以建德为本，以老谦
> 为用，故其所立能与天地相始终，而吾身之区区不与焉。佛老则处身
> 过高，而以德业为应世，其偶可谓者则为之，所立未毫发，而自夸甚
> 于丘山。……嗟夫！未有自坐佛老病处，而揭其号曰'我固辨佛老以
> 明圣人之道者'也"。②

因为叶适曾"读浮屠书尽数千卷，于其义类，粗若该涉"，③所以才能够将程氏兄弟与佛家的联系寻找出来，才能够脱去《定性书》的字里行间中儒家的语言，露出所蕴含的佛老思想。这样一本充满佛家语言和思想的书，与程氏兄弟所自诩的批判佛老以维护孔夫子之道的行为，形成了鲜明的反差，打破了程朱理学派所继承的纯儒之道。

叶适还进一步指出，两宋道学是子思、孟轲思想与易传、佛老之说相结合的产物。他说："近世之学，虽曰一出于经，然而泛杂无统，洄洑失次，以今疑古，以后推前，尊舜、文王而不知尧、禹，以曾子、子思断制众理……"④曾

---

① （宋）叶适：《叶适集·水心文集》，中华书局，2010 年，第 431 页。
② （宋）叶适：《习学记言序目》，中华书局，1977 年，第 751—752 页。
③ （宋）叶适：《叶适集·水心文集》，中华书局，2010 年，第 599 页。
④ （宋）叶适：《习学记言序目》，中华书局，1977 年，第 60 页。

子、子思的思想在道学家那里有着特殊的地位，"断制众理"全靠它，叶适认为子思、孟子的思想不合于从尧到孔子的一脉相承之道，所以源于子思、孟子的道学家思想其实是"不知其统"的，"学者不足以知其统，而务袭孟子之迹，则以道为新说奇论矣"[①]。道学家的另一思想渊源是《易传》即《十翼》，叶适认为"自颜曾而下，讫于子思孟子，所名义理，万端千绪，然皆不若《彖》《象》之示人简而切，确而易行。"[②] 但是历代以来对于《彖》《象》都不十分重视，对此叶适也批评道：

> "故《彖》《象》掩郁未振，而《十翼》讲诵独多。魏晋而后，遂与老庄并行，号为'孔老'。佛学后出，其变为禅，喜其说者以为与孔子不异，亦援《十翼》以自况，故又号为'儒释'。本朝承平时，禅说尤炽，儒释共驾，异端会同。其间豪杰之士，有欲修明吾说以胜之者，而周张二程出焉，自谓出入于佛老甚久，已而曰：'吾道固有之矣'，故无极太极、动静男女、太和参两、形气聚散、氤氲感通、有直内、无方外，不足以入尧舜之道，皆本于《十翼》，以为此吾所有之道，非彼之道也。及其启教后学，于子思孟子之新说奇论，皆特发明之，大抵欲抑浮屠之锋锐，而示吾所有之道若此。然不悟《十翼》非孔子作，则道之本统尚晦；不知夷狄之学本与中国异，而徒以新说奇论辟之，则子思孟子之失遂彰。……呜呼！道果止于孟子而遂绝耶？其果至是而复传耶？"[③]

叶适在对理学道统论的批判之中，指出其背离了自尧至孔子一脉相传之"道"，而其自身对道统的论证，对学术思想史的研究，正是要力求"推见孔氏之学以上接圣贤之统"，从而恢复醇正的道的统续。叶适通过类似考据家的推演，历史家的严谨和思想家的思辨，为儒学的源流进行理性的思辨。

---

① （宋）叶适：《习学记言序目》，中华书局，1977 年，第 739 页。
② （宋）叶适：《习学记言序目》，中华书局，1977 年，第 35 页。
③ （宋）叶适：《习学记言序目》，中华书局，1977 年，第 740—741 页。

三、叶适的"治道"研究

叶适在对理学道统说批判的同时，通过对"治道"的研究也确立了其自己的道统观。叶适认为，道统存在于六经之中，六经存在于世那么就是道统存在于世，他说："道者，自古以为微渺难见；学者，自古以为纤悉难统。今得其所谓一，贯通上下，应变逢原，故不必其人之可化，不必其治之有立，虽极乱大坏绝灭蠹朽之余，而道固常存，学固常明，不以身没而遂隐也。"[①]

叶适的道统论主要体现在其关于儒学宗旨的根本性总述"总述讲学大旨"之中，叶适说："道始于尧，'钦明文思安安，允恭克让'"，这句引文出自《尚书·尧典》，一般解释为表彰尧以敬明文思四德安定天下，并且信恭能让。叶适认为，始于尧之道，是尧躬身践履的社会伦常："'安安'者，言人伦之常也，'允恭克让'，所以下之也，此所以为人道之始也。"[②]舜在尧之后继承了尧建构儒家之道的精神与方法，叶适引用《尚书·舜典》中的"浚哲文明，温恭允塞，在璿玑玉衡，以齐七政"来表证舜的建构。叶适特别强调："舜之知天，不过以器求之，日月五星齐，则天道合矣。"[③]在舜的时代，人们对自然的认识已经发展到"以器求之"，但从本质上来说舜在建构儒家之道的方法上与尧的精神实质是一脉相承的。叶适接在尧、舜以后阐释禹时，摘引了《尚书·大禹谟》中的两句话来概括禹对道的继承："次禹，'后克艰厥后，臣克艰厥臣。惠迪吉，从逆凶，惟影响'。"认为君臣能知艰难，天下始能治理，而且强调治理天下，顺道则吉，逆道则凶，其效应如影响。对此叶适解释道：

> "《洪范》者，武王问以天，箕子亦对以天，故曰'不畀鲧洪范
> 九畴'，'乃锡禹洪范九畴'，明水有逆顺也。孔子因箕子、周公之言，
> 故曰'凤鸟不至，河不出图'，叹治有废兴也。自前世以为龙马负图
> 自天而降，《洛书》九畴亦自然之文，其说怪诞。甚至有先天后天之

---

① （宋）叶适：《习学记言序目》，中华书局，1977 年，第 178 页。
② （宋）叶适：《习学记言序目》，中华书局，1977 年，第 52 页。
③ （清）黄宗羲、全祖望：《宋元学案·水心学案》，商务印书馆，1933 年，第 10 页。

说，今不取。"①

在这里，叶适转论自然之神迹问题，旨在剔除笼罩在天道上的神灵性，从而置治道于理性的基础之上，不因为治道艰难而乞灵于某种神秘性。对于这种神秘性的津津乐道，是宋代理学家建构道德形上学的基础。

朱熹的《中庸章句序》在尧、舜、禹三代之后列举了成汤、文、武诸君，以及皋陶、伊、傅、周、召诸臣，叶适的"总述讲学大旨"亦于此相对应，叶适对于这一历史时期的儒家之道建构，作了详尽的阐释。叶适指出，从皋陶开始，儒家之道的建构进入了一个以"训人德以补天德，观天道以开人治，能教天下之多材"②为特征的新时期。这种时代特征的揭示，主要是针对禹的时期治道艰难而言。叶适说："禹以材难得人难知为忧。皋陶言亦行有九德，亦言其人有德，卿大夫诸侯皆有可任，翕受敷施，九德咸事，以人代天，典礼赏罚，本诸天意，禹相与共行之，夏商周一遵之。"③皋陶在文明创建的艰难之中辅佐舜、禹两代君王，使"卿大夫诸侯皆有可任者"，最后"治成功立"，确立儒家之道。叶适接着指出："至夏、商、周，一遵此道。"更加明确了此道的传承。

虽然叶适的"总述讲学大旨"与朱熹在《中庸章句序》中建构的儒家之道几乎是对应的，但是对于朱熹的玄远妙论是截然相反的，叶适认为：

> "按《中庸》言'鸢飞戾天，鱼跃于渊，言其上下察也'；'德辐如毛，毛犹有伦，上天之载，无声无臭，至矣'。夫鸟至于高，鱼趋于深，言文王作人之功也；'德辐如毛'，举轻以明重也；'上天之载，无声无臭'，言天不可即而文王可象也。古人患夫道德之难知而难求也，故自'允恭克让'，以至'主善协一'，皆尽己而无所察于物也，皆有伦而非无声臭也。今颠倒文义，指其至妙以示人；后世冥惑于性

---

① （清）黄宗羲，全祖望：《宋元学案·水心学案》，商务印书馆，1933年，第10页。

② （清）黄宗羲，全祖望：《宋元学案·水心学案》，商务印书馆，1933年，第10页。

③ （清）黄宗羲，全祖望：《宋元学案·水心学案》，商务印书馆，1933年，第11页。

命之理，盖自是始。不可谓文王之道固然也。"①

再次强调"皆尽己而无所察于物也，皆有伦而非无声臭也"，认为性与德在于日常生活的具体事物中，是世俗的社会伦常与制度工具。

根据《尚书》"若稽古四人"的记载，叶适认为儒家之道经过尧、舜、禹、皋陶已基本成形，后经汤、伊尹时代进一步执守。叶适说："次汤，'惟上帝降衷于下民，若有恒性，克绥厥猷惟后'，其言性盖如此。次伊尹，言'德惟一'，又曰'终始惟一'，又曰'善无常主，协于克一'。"②叶适强调"其言性盖如此"，认为汤、伊尹以"性"与"德"作为日常生活的一部分，而且"有恒性""始终惟一"。因此，"性"与"德"的问题进入日常生活之中，在人的生活中得到体现，这与朱熹等理学家赋予道德性命问题以至高无上的神圣地位所区分，叶适还慨然断曰："呜呼！尧、舜、禹、皋陶、汤、伊尹，于道德性命，天人之交，君臣民庶，均有之矣。"③

叶适认为，文王"'肆戎疾不殄，烈假不瑕，不闻亦式，不谏亦入'；'雍雍在宫，肃肃在庙，不显亦临，无射亦保'；'无然畔援，无然歆羡，诞先登于岸'；'不大声以色，不长夏以革，不识不知，顺帝之则'。文王备道尽理如此，则岂特文王为然哉？固所以成天下之材，而使皆有以充乎性，全乎命也。"④与上文提到的汤、伊尹之性与德具有世俗性一样，叶适认为文王的圣贤君主形象实际上是一种社会完美形象的塑造，从而起到引导天下的范式作用。这一主张其实是对朱熹的空洞理论的驳斥。

对周、召时代的道的完备，叶适称誉：

> "次周公，治教并行，礼刑兼举，百官众有司虽名物卑琐，而道德义理皆具。自尧、舜以来，圣贤继作，措于事物，其该括演畅，皆

---

① （清）黄宗羲，全祖望：《宋元学案·水心学案》，商务印书馆，1933 年，第 11 页。

② （清）黄宗羲，全祖望：《宋元学案·水心学案》，商务印书馆，1933 年，第 11 页。

③ （清）黄宗羲，全祖望：《宋元学案·水心学案》，商务印书馆，1933 年，第 11 页。

④ （清）黄宗羲，全祖望：《宋元学案·水心学案》，商务印书馆，1933 年，第 11 页。

不得如周公。不惟周公，而召公与焉，遂成一代之治，道统历然如贯
联算数，不可违越。"①

周公、召公"成一代之治"，在他们那里制度体系得以完备，而这正是中
华文明的最初形态。叶适十分看重道在制度层面的形成，他早在淳熙五年中进
士廷对时便断言："以庸君行善政，天下未乱也；以圣君行弊政，天下不可治
矣。"②叶适还对周公平武庚之叛的功业大加赞赏，认为此举是符合王道的："武
庚弗顺可也，四国多方，胡为而迪屡不静乎？以是知纣之存亡为世道之大变矣。
周公虽尽心力以行王道，而自是以后，圣人之治终不复作，乃世变之当然，不
可不知也。"③由此可以看出叶适认为周公继承了道统，也是因为他的行为符合
"圣人之治"的要求。叶适在之后的讲学中非常重视对于《周礼》的讲解，他认
为《周礼》是阐述周之道最相近的典籍，在《宋厩父墓志铭》中他谈到，"时诸
儒以观心空寂名学，徒默视危拱，不能有论诘，猥曰'道已存矣'。君固未信，
质于余。余为言学之本统，古今伦贯，物变终始，所当究极"④。叶适认为：
"儒者之述道，至秦、汉以下则阙焉，其意以为唐、虞、三代之圣人能自为之
欤？……后世之儒者，以为六经，孔氏之私书而已；仁、义、礼、乐，唐、虞、
三代之所独有而已。训释之，参究之，竭其终身之力于此而不能至也，何暇及
于当世之治乱乎？"⑤

对于治道，"本不如是之易言也，而陛下必以言求之。使臣而少言之
欤？……而天下之不知者又将强言之，于是天下之言杂然并进，而其上莫能择
也，则一切以为空言而尽废之。"⑥由此可知，言治道是不易的。叶适的"治道"
研究并没有单纯局限于言论，而是落实到了行动中。叶适在"行年二十有五"

---

① （清）黄宗羲，全祖望：《宋元学案·水心学案》，商务印书馆，1933年，第12页。

② （宋）叶适：《叶适集·水心别集》，中华书局，2010年，第745页。

③ （宋）叶适：《习学记言序目》，中华书局，1977年，第58页。

④ （宋）叶适：《叶适集·水心文集》，中华书局，2010年，第490页。

⑤ （宋）叶适：《叶适集·水心别集》，中华书局，2010年，第742页。

⑥ （宋）叶适：《叶适集·水心别集》，中华书局，2010年，第631页。

尚未得功名之时，曾作《上西府书》曰：

> "凡天下之大政，师旅刑赋之本末，道德法制之先后，至于官掖
> 之议，民伍之情，宰相之所未及行，谏官之所未暇言者，咸得极于
> 前，无有所讳，而某虽不肖，实治其学。……然则今天下之事，非某
> 谁实言之，非明公谁能听之！且尽言而无利害之心，与听言而求尽天
> 下之利害，非明公与某而谁望！"①

这标志着叶适在年轻时就已经开始了"治道"的思考，这种"深思直道佐
明君，蛰雷震空天下闻"②的济世意识伴随着叶适的一生。在开禧二年，已经
五十七岁高龄的叶适在韩侂胄起师北伐时提出异议，认为应"备成而后动，守
定而后战"，但是没有被采纳，结果四路北伐大军皆，在危机重重存在诸多问题
的情况下，叶适临危受命，出任宝谟阁待制、知建康府，兼沿江制置使，兼节
制江北诸州，仍力争克尽职责并努力贯彻其"治道"。对于此事，叶适在《叶岭
书房记》中写道："丙寅岁，骤起师北伐，余争论于朝，请侂、润、江、池别募
兵急备守，补楼船器甲之坏以虞寇至，未之许也。无几，田俊迈为虏得，郭倬、
李爽、皇甫斌不任战而溃。中外恐悚，遂出余金陵，制置江上，平阳蔡任子重
实豫在行。"③

言治道难，行治道也不易。对此叶适曾说："重其任而轻其道，专其学而
杂其施，此为政者所以谬于古而违于今也。某知难而已力则不逮，然不敢不
勉。"④叶适在《上宁宗皇帝札子》中提出了具体的施政方针，即实政与实德两
个方面，"臣闻甘弱而幸安者衰，改弱以就强者兴。今陛下申命大臣，先虑预
算，思报积耻，规恢祖业，盖欲改弱以就强矣。臣宿有志愿，中夜感发，窃谓
必先审今日强弱之势而定其论，论定而后修实政，行实德，如此则弱果可变而

---

①（宋）叶适：《叶适集·水心文集》，中华书局，2010年，第541页。

②（宋）叶适：《叶适集·水心文集》，中华书局，2010年，第85页。

③（宋）叶适：《叶适集·水心文集》，中华书局，2010年，第175—176页。

④（宋）叶适：《叶适集·水心文集》，中华书局，2010年，第536页。

为强，非有难也。臣将博陈极论，而事阔语长，诚恐久留天听"①。这是叶适根据当时国内的实际情况向皇帝提出的改弱以就强的建议，从中我们可以看出叶适不但对皇帝充满信心，而且为了实现理想愿意为之付出一切努力。所谓实政就是要大力开展有利于国计民生的事业，"使民有蒙自活之利，疲欲有宽息之实"，②使百姓充分享有生活。关于实政的具体内容：

> "故臣欲经营濒淮沿汉诸郡，各做家计，牢实自守。……然后进取之计可言矣；此兵几三十万，……但一人真有一人之用，……制虏有余；……四方之才，随其小大，宜付一职，使之观事捞策，以身尝试。……劲虏在前，行者思奋。"③

在《上西府书》中，叶适还提出了一些急政要务，抓紧实施，以实现中兴之目的。并且要求在实施过程中做到诚、赏、罚三点，"夫发号出令，无有巨小，必思生民之大计而不拘乎一身之喜怒，是之谓诚。"④赏与罚要不避亲疏，一视同仁，这样才能行之有效。

叶适还说：

> "古之人君，若尧、舜、禹、汤、文、武，汉之高祖、光武，唐之太宗，此其人皆能以一身为天下之势；虽其功德有厚薄，治效有浅深，而要以为天下之势，在己不在物。夫在己而不在物，则天下之事惟其所为而莫或制其后。导水土，通山泽，作舟车，剗兵刃，立天地之道，而列仁义、礼乐、刑罚、庆赏以纪纲天下之民；至于宾饯日月，秩序寒暑，而鸟兽草木之类不能逃于运化之外，此皆上世之所未

---

① （宋）叶适：《叶适集·水心文集》，中华书局，2010 年，第 5 页。
② （宋）叶适：《叶适集·水心文集》，中华书局，2010 年，第 8 页。
③ （宋）叶适：《叶适集·水心文集》，中华书局，2010 年，第 6—7 页。
④ （宋）叶适：《叶适集·水心文集》，中华书局，2010 年，第 544 页。

有，而圣人自为之者也。①

这和与其同时的陈亮提出的王霸义利之学有异曲同工之妙，叶适说："同甫既修皇帝王霸之学，上下二千余年，考其合散，发其秘藏，见圣贤之精微常流行于事物，儒者失其指，故不足以开物成务，其说皆今人所未讲，朱公元晦意有不与，而不能夺也。"②

叶适希望"陛下修实政于上，而又行实德于下，和气融浃，善颂流闻，此其所以能屡战而不屈，必胜而无败者也。"③ 所谓实德就是将百姓的利益放在首位，并在具体的行动中体现出来，在实德的指导下更好的修实政，同时，又可以在具体的实政之中培养实德，二者之间互相促进，相辅相成的共同发展。对于行实德，他建议君主：

> "臣所谓行实德者：臣窃观仁宗、英宗，号极盛之世，而不能得志于西北二虏，盖以增兵既多，经费困乏，宁自屈己，不敢病民也。……自是以来，羽檄增取之目，大者十数，而东南之赋，遂以八千万络为额焉。多财本以富国，财既多而国愈贫；加赋本以就事，赋既加而事愈散。然则英主身济非常之业，岂以货财多少为拘。"④

叶适认为要让民众富裕，关心民众疾苦，对民众用度有纪，才是君主的实德所在。叶适建议君主对民众要"可佚而不可劳，可安而不可动，可予而不可夺也"，这样才能稳定民心；对于官员要使他们"官各有守，才各有宜，界之以事而不相易也"，不能贵其所贱，亲其所疏，滥用其职权。对于批评要"过言过行之出有以害天下而幸其臣之告己也"，对于建议要"可从则用之，真见其朝不能以及夕也，不徒听之而终置之也"。要节欲，不能"欲之而以理禁之也"，更

---

① （宋）叶适：《叶适集·水心别集》，中华书局，2010年，第637页。
② （宋）叶适：《叶适集·水心文集》，中华书局，2010年，第207—208页。
③ （宋）叶适：《叶适集·水心文集》，中华书局，2010年，第8—9页。
④ （宋）叶适：《叶适集·水心文集》，中华书局，2010年，第8页。

不能沉溺于纵欲之中。

叶适的治道思想的形成，还与其生活的时代与地域也有密不可分的关系。民族矛盾是这个时期的主要社会矛盾，战与和的矛盾冲突愈演愈烈，叶适坚持收复的态度不动摇，他说："今陛下申命大臣，先虑预算，思报积耻规恢祖业，盖欲改弱以就强矣。"① 叶适等学者与空谈心性的理学家进行了思想上的斗争，他们批评朱熹、陆九渊等"皆谈性命而辟功利"，所以这些学者被冠以"事功学派"的名称，其中以叶适和陈亮最为有代表性。他们反对重农抑商，主张"农商互利"，叶适曾说过"抑本厚末，非正论也"②，"本"即指农，"末"即指商，在他看来厚农抑商的做法是错误的，充分体现了实用的思想特点。

叶适基于对道统的严谨梳理和质疑，在政治上显得更加有前瞻性，因此他的主张在实践中被证明是正确的。这比程朱等唯心主义道统要实用。

第三节　叶适的文道观与有益教治的文学思想

文与道的关系，是我国古代文学理论中的重要范畴。随着理学的发展，儒家学者的道统思想渗入文道关系的问题中，文道关系成为宋代的理学家与文学家共同关注的核心问题。叶适在对理学道统论的批判的基础上，形成了独特的治道思想，这一思想反映在文学理论方面，形成了"合周程欧苏之裂"的文道观，同时，他还在文学实践中坚持"为文不能关教事，虽工无益"的作文原则。其实这也是他功利主义在文学上的集中体现。

一、南宋中期的文道观概述

文与道，是中国古代文艺理论中的一对基本范畴，"文道关系既不可相距太

① （宋）叶适：《叶适集·水心文集》，中华书局，2010 年，第 5 页。

② （宋）叶适：《习学记言序目》，中华书局，1977 年，第 273 页。

远以致脱离，又不能相亲太近而近于混一。只是那不即不离的至境却一直很难达到，正因如此，所以文与经——即文与道的关系，一直是困扰历代文人哲士的一大难题"。①在中国文学理论史上，对文道关系的研究可以追溯至先秦时期。

孔子曰："质胜文则野，文胜质则史，文质彬彬，然后君子。"②是最早的文道关系的论述，孔子以君子为标准来规范人的内在伦理品质与外在礼节学问之间的关系。孔子又阐发了"言以足志，文以足言""言之无文，行而不远"③等论述，可谓文道关系的真正源头。与孔子时代相当的其他诸子，有的对于文道关系的看法与孔子相似，也倾向于道，如荀子的"人之于文学也，犹玉之于琢磨也"④，孟子的"故说诗者不以文害辞，不以辞害志，以意逆志，是为得之"⑤。也有持有与孔子相异的主张，如"好辩说而不求其用，滥于文丽而不顾其功者，可亡也。"⑥"明白入素，无为复朴"⑦。这里显示了法、道等家在文道关系中好质而恶饰、尚用而薄文的观点，也显示了道家的"非文返朴"观点，他们一致认为道在文道关系中是重要的方面，是第一位的。所谓"诗无邪""诗言志"、诗的"兴观群怨"等，都是对于道的方面的要求，这个道在先秦诸子看来包容了仁、义、礼等方面的内容，而诸子们对于文的规定却相对模糊。这是我国文学理论及文学创作"重内容、轻形式"的思想源头所在。

汉赋以其"铺采摛文，体物写志"成为汉代的"一代之文学"，可见汉赋的创作中产生了重形式轻内容的倾向，但是汉代文学在文艺理论方面，还是道重于文的。如在《玄莹》篇中，扬雄说："文以见乎质，辞以睹乎情。观其施辞，则其心之所欲者见矣。"可见扬雄的文道观已经从孔子时代的对于人的精神价值的要求，上升到了文学理论的高度，并且有继承孔子思想的痕迹，可谓后代真

---

① 罗立刚：《宋元之际的哲学与文学》，复旦大学出版社，2007年，第207页。
② 杨伯峻：《论语译注》，中华书局，2009年，第60页。
③ 杨伯峻：《春秋左传注》，中华书局，1981年，第1106页。
④ 章诗同：《荀子简注》，上海人民出版社，1974年，第309页。
⑤ 杨伯峻：《论语译注》，中华书局，2009年，第166页。
⑥ 高华平，王齐洲，张三夕译注：《韩非子》，中华书局，2010年，第148页。
⑦ （晋）郭象注，（唐）成玄英疏：《庄子注疏》，中华书局，2011年，第237页。

正文学意义上的文道论的滥觞。在扬雄稍后的王充，则已自觉地把文质统一的观点作为文学批评的一种标准，他在《论衡·超奇》中说"实诚在胸臆，文墨著竹帛。外内表里，自相副称"，又说："夫人有文质乃成。物有华而不实，有实而不华者。《易》曰：'圣人之情见乎辞。'出口为言，集札为文，文辞施设，实情敷烈。"①

魏晋六朝时期，陆机、刘勰等文学理论家提出了文道并重的理论主张，陆机认为"理扶质以立干，文垂条而结繁"，"辞达而理举"，刘勰也在《文心雕龙》中论述说：

> "文之为德也大矣，与天地并生者何哉！夫玄黄色杂，方圆体分，日月叠璧，以垂丽天之象，山川焕绮，以铺理地之形，此盖道之文也。仰观吐曜，俯察含章，高卑定位，故两仪既生矣，惟人参之，性所钟，是谓三才，为五行之秀，实天地之心，心生而言立，言立而文明，自然之道也。"②

刘勰所认为的文道关系强调的是充实刚健的道德内容与辞采得当的文饰形式的和谐统一。在这里"文"有文采、文饰等外在表现的意味，是道的外在表现与存在方式。文作为外在的形式是美的展现，这种美包含天地万物之外在形式美，即自然美，也包含由心所生出的内在美，即文化美。但当时的文学发展出现了"竞一韵之奇，争一字之巧，连篇累牍，不出月露之形；积案盈箱，唯是风云之状"③的重文轻道的风气。可见文学的发展与文学理论的形成，有时并不表现出一致性，这些文学理论家反对当时的文学发展风气。

唐宋以后，文道关系论表述尽管不同，但都没有超出魏晋的范围。唐代陈子昂的"兴寄""风骨"说，是对质朴刚健文风的倡导。韩愈把道德内容的充实与否作为文章成败的决定因素，认为道是儒家的仁义之道。作为唐代古文运

---

① （汉）王充著，张宗祥校注：《论衡校注》，上海古籍出版社，2010年，第555页。

② 周振甫：《文心雕龙今译》，中华书局，1986年，第9—10页。

③ （唐）魏征等撰：《隋书》，中华书局，1973年，第1544页。

动的领袖，韩愈将道统、文统的问题渗入文道观中，在《原道》中提出了儒学"道"的传承系统，文道关系偏离了其原本对于内容与形式之间和谐统一思考的初衷，成为文与儒家思想之间的关系问题。随着理学在宋代的产生，文与道之间渐渐走向对立，文学与道学也成了两大对立的阵营。

　　关于"文以载道""文以明道""文以传道""文以言道""文以贯道"等主张，有的是有文字记载的，代表了某文论家的一家之见，有的没有直接的文字记载，是从某人的一篇文章或一段话语中归纳出来的，但上述这些观点基本都是把文当作一种工具或是载体，作为道的一种存在形式而提出来的，所以文与道的关系也走出了文与质关系的广泛天地，在宋代理学的文化思潮的荡漾下开始了转型，成为宋代文学理论中首要的理论问题，关于文道关系的言说，贯穿着整个宋代三百多年的学术发展。北宋初期，柳开在《应责》中认为古文应当体现古人之行事风范，将儒家的"道"理解为"古其理""高其意"，他说："古文者，非在辞涩言苦，使人难读诵之。在于古其理，高其意，随言短长，应变作制，同古人之行事。"作为宋初古文运动的先驱，柳开对于古文的追求是要达到"吾之道，孔子孟轲扬雄韩愈之道；吾之文，孔子孟轲扬雄韩愈之文也"的高度。同是古文运动的倡导者石介，消泯了文章与道德、政治的界线，把古文的形式和内容都归之于儒家伦理道德的范围内，认为唯有这样的文章才是理想的文章，在《上蔡副枢书》中表现了强烈的文章道德功用的论调："道德，文之本也；礼乐，文之饰也；孝悌，文之美也；功业，文之容也；教化，文之明也；刑政，文之纲也；号令，文之声也。"[①] 过于偏重了道的重要性，影响了二程以及后来的一批理学家，直至分化成了"文统"与"道统"两个体系。在北宋初期古文运动的初始阶段，倡导古文复兴的有柳开，王禹偁，穆修等文人，还有号称"三先生"的胡瑗，孙复，石介等学者，三先生被宋代理学家尊为理学的开山鼻祖，其思想观念的理学精神与理性特色不言而喻，而作为文人角色出场的柳开、王禹偁、穆修等人也在"文"与"道"关系中认为以道为主，以

---

① （宋）石介：《徂徕石先生文集》，中华书局，1984 年，第 144 页。

文为辅，"夫文，传道而明心也，古圣人不得已而为之也。"①与理学先驱们几乎一个论调。可见，北宋初期的文人与学者都以"文以明道"看待文与道的关系。文人与学者两个阵营都提出"文以明道"的观点，主要是针对宋初沿袭五代风气而成的文章追求骈俪、靡艳的文风，以及后来杨亿等专事藻饰的"西昆体"。骈文不断的发展壮大，直至几乎主宰了整个主流文坛，甚至应用文领域，与宋代崇文的政策不无关系，当宋代崇文政策由重艺文向重儒学转向的时候，骈文也难免日薄西山的命运。宋真宗在大中祥符二年，颁发《诫约属辞浮艳令欲雕印文集转运使选文士看祥诏》，明令"今后属文之士，有辞涉浮华、玷于名教者，必加朝典，庶复古风"，从而实现强化封建统治集权的政治目的，同时，思想文化领域的复古思潮也因此受到了很大的鼓舞，以石介等为代表的学者借助宋真宗"重儒学、尊儒教"的契机推动了儒学与古文的发展。古文运动的文化背景和内在精神核心——儒学复兴，促使宋代古文家形成了强烈的尊儒重儒归儒意识，以承接并发扬儒学道统为文学复古的终极目的。唐代以来的文学家主张"文以明道""文以贯道"的思想，到了宋代由欧阳修继承得以继承，这种在强调"文"的前提下讲"道"，认为"道"为"文"服务等思想是在古文家的立场上阐述文道关系。欧阳修说："圣人之文虽不可及。然大抵道胜者文不难而自至也。"②

然而理学家，从周敦颐开始，首次提出了"文以载道"说，对文道关系的看法发生了根本的改变，他在《通书·文辞》中提出"文以载道"，在他看来，文指的就是文辞，文只能依附道德而存在，因为其没有自己内在的特质，不可能有独立的地位，只能为道德服务。随着理学在北宋的兴起，理学思想上升为主流的价值观，二程的"洛学"受到统治阶级的支持。二程提出了"作文害道"说，"文以害道"说使文道关系走向了矛盾的激化，因为程氏兄弟过分强调"道"的主导作用，对于文的作用一概抹杀，全盘否定，在文学批评的发展中产生了消极的影响。

---

① （宋）王禹偁：《小畜集》，影印文渊阁《四库全书》本，第 1086 册，台湾商务印书馆，1986 年，第 175 页。

② （宋）欧阳修，李之亮注译：《叶欧阳修集》，中州古籍出版社，2010 年，第 228 页。

文道之争在南宋初年进一步发展成了崇苏与崇程的状态，"文章之士"多崇苏，"道学之儒"则多崇程。[①]理学集大成者朱熹，在继承与发展理学思想的同时，也改进了理学前辈的文道观，提出了"文道合一"的新观点。朱熹的"文道合一之论"，还是以"鸣道之文"为出发点的，并不是如同文学家那样充分肯定文学自身的价值。朱熹说过："义理既明，又能力行不倦，则其存诸中者，必也光明四达，何施不可！发而为言，以宣其心志，当自发越不凡，可爱可传矣。今执笔以习研钻华采之文，务悦人者，外而已，可耻也矣！"[②]不难看出其口气与二程等人相似，也是否定了以"华采"为表征的文学。

对于文道关系的纷争错综复杂，从韩驹的《论文不可废疏》可以看出当时文道之争的激烈。韩驹早年曾从苏轼学，在文道观上倾向于文的一面，他认为本朝从太宗起尚文，百余年间，异人间出，其文无愧于汉唐。批评今之陋儒因自己不能文，故曰文章不足尚，数年之后文章将日靡而不振。因而他主张"宜稍变其体，间求四方之能文者，不问疏贱而尊显之，则不十年，必有能赓歌陈谟者出焉，使夫尧、舜之主而有皋陶、大禹之臣，以继今日之盛。"[③]作为理学家的杨时，在《送吴子正序》中推崇六经，以典型的道学家文道观鄙薄历代古文家，认为"古之时六籍未具，不害其善学；后世文籍虽多，亡益于得也。孔子曰：'予非多学而识之，予一以贯之。'岂不信矣哉！"[④]这是典型的道学家文论。永嘉学派的重要人物陈傅良，在《文章策》中发表了关于文道关系的观点，首先，他认为"文非古人所急"，"三代无文人，六经无文法。非无文人也，不以文论人也；非无文法也，不以文为法也。是故文非古人所急也。……是故虽其所出，而非其所为，虽其所有，而非其所知，文之在天下郁郁矣。"经过着重对六经中《诗》的分析，得出"文之为天下患"的论点。他说："道盛则文

---

① 曾枣庄：《宋文通论》，上海人民出版社，2008年，第78页。

② （宋）黎靖德：《朱子语类》，中华书局，1986年，第3319页。

③ 曾枣庄，刘琳主编：《全宋文》，上海辞书出版社，安徽教育出版社，2006年，第三五〇九卷，第370页。

④ （宋）杨时：《龟山集》，影印文渊阁《四库全书》本，第1125册，台湾商务印书馆，1986年，第344页。

俱盛，文盛则道始衰矣。"淋漓尽致地表明了理学家的重道思想。《四库全书总目·总集类序》说："《文选》而下，互有得失。至宋真德秀《文章正宗》，始别出谈理一派，而总集遂判为两途。"[①] 这里的两途指的是在北宋以前乃至北宋时期，总集多是从文的角度编选的，而从南宋开始，道学家们以宣扬道学为出发点，编了一些"以理为宗"的总集。

南宋时期的道学家与文学家之间可谓泾渭分明，罗大经曾说："自程、苏相攻，其徒各右其师。孝宗最重大苏之文，御制序赞，学者翕然诵读……文公每与其徒言，苏氏之学，坏人心术，学校尤宜禁绝。"[②] 孝宗崇尚苏轼之文，因其权力的至高无上而成为崇苏者的最高代言人；朱文公言"苏氏之学，坏人心术"，就是以二程的"理"为治学的根本而轻视苏学的"文"，是南宋"谈理者祖程"的代表性人物。

二、叶适"合周程欧苏之裂"的文道观

在文道之争中崇苏与崇程力量势均力敌的情况下，出现了欲"合苏、程为一家"的努力。身为理学家与诗人的吴汝弌曾说过："近时水心一家，欲合周程欧苏之裂。"[③] 所谓"合周程欧苏之裂"即说叶适既有周敦颐与程颢、程颐等道学家的道学思想意识，又有欧阳修和苏轼等文学家的文学艺术追求，在道学家与文学家之间的裂痕越来越大的现实情况下，将道学与文学之间的距离拉近，使二者不再只是站在对立的两面。

在理学上与朱熹、张栻齐名，开创了浙东学派的学者吕祖谦，迈出了融会理学与文学文道观的第一步。他与重道轻文的理学家不同，主张"明理躬行"，

---

① （清）纪昀，永瑢等：《四库全书总目提要（三十七）》，集部总集类一，上海商务印书馆，1933 年，第 79 页。

② （宋）罗大经：《鹤林玉露》，影印文渊阁《四库全书》本，第 865 册，台湾商务印书馆，1986 年，第 336 页。

③ （宋）刘埙：《隐居通议》，影印文渊阁《四库全书》本，第 866 册，台湾商务印书馆，1986 年，第 34 页。

反对空谈性理，力求融合道学与辞章之学。陈耆卿在《筼窗续集序》说："自元祐后，谈理者祖程，论文者宗苏，而理与文分为二。吕公病其然，思融会之，故吕公之文早葩而晚实。逮至叶公，穷高极深，精妙卓特。"[①]南宋后期的魏了翁曾希望"会同蜀洛，上通洙泗之一源；凌厉庄骚，下掩渊云之众作"。这里要"会同"的是以三苏为代表的蜀学和以二程为代表的洛学，而要"会同"，恰恰也说明了二者原本是分裂乃至对立的。对于苏、程的融合，是对文与道之间的思考，是对宋代整个思想领域、文学领域共同的反省与行动。例如朱熹称赞曾巩、陈傅良初学欧阳修，后来又学张耒。而叶适、陈亮等人纵论时政，文风凌厉，有三苏的风采，其功利主张可以上溯王安石"文者，务为有补于世"的观点。身为理学家与诗人的吴汝式，之所以能提出了"近时水心一家，欲合周程欧苏之裂"的问题，是因为他的双重身份使然。吴汝式曾师从道学家包恢，同时也有《云卧诗集》传世，他既与道学有深厚的渊源，又是一名诗人，因此，他的双重角色使他关注到了"周程欧苏之裂"的问题。

　　在文与道的关系问题上，宋代士人不外乎因道及文与因文及道两类。前文提到，文道关系在宋代因为理学的产生而矛盾重重，南宋理学分立诸派，从整体上来看他们在处理文道关系时已经不像北宋时那样的极端对立，而是倾向于在利用文章作为表达理学思想的工具的同时，注重提高文的写作的技巧与艺术美感，甚至有意识的向北宋古文家学习。朱熹说："道者，文之根本；文者，道之枝叶。惟其根本乎道，所以发之于文，皆道也。三代圣贤文章，皆从此心写出，文便是道。今东坡之言曰：'吾所谓文，必与道俱。'则是文自文而道自道，待作文时，旋去讨个道来入放里面，此是它大病处。只是它每常文字华妙，包笼将去，到此不觉漏逗。"[②]朱熹作为理学家文道观的代表，他主张因道及文，他以道为根，以文为叶，认为根深才能叶茂，因为心中有道才能发而为文，文是道的自然流露，而无须借助外在的"华妙文字"来说道。这里提到的苏轼的"吾所谓文，必与道俱"的观点，说明了以苏轼为代表的文学家在处理文道关系

---

　　①　（宋）陈耆卿：《筼窗集》，影印文渊阁《四库全书》本，第1178册，台湾商务印书馆，1986年，第4页。

　　②　（宋）黎靖德：《朱子语类》，中华书局，1986年，第3319页。

的时候往往是因文及道的，他们重视文学的"华妙文字"，认为以文传道，文与道俱，即所谓将道"包笼"进来，"入放里面"。苏轼与朱熹在处理文道关系时的不同倾向，鲜明地展示了宋代文学家与道学家的文道观的差异。

周密对南宋的文与道关系讲道：

> "南渡以来，太学文体之变，乾、淳之文，师淳厚，时人谓之'乾淳体'，人才淳古，亦如其文。至端平江万里习《易》，自成一家，文体几于中复。淳祐甲辰，徐霖以书学魁南省，全尚性理，时竞趋之，即可以钓致科第功名。自此，非《四书》《东西铭》《太极图》《通书》《语录》不复道矣。至咸淳之末，江东李谨思、熊瑞诸人倡为变体，奇诡浮艳，精神焕发，多用庄、列之语，时人谓之换字文章，对策中有'光景不露'、'大雅不浇'等语，以至于亡，可谓文妖矣。"[1]

南宋文坛以理学为时尚，因其可以取得"科第功名"，所以"时竞趋之"，所以理学与古文的关系趋于融合。叶适在南宋理学与文学激荡的历史大潮中，对文与道的关系做了深入的思考，在道学与文学之间，选取了折中的路线，因此他的文道观也是兼具了道学与文学的特点，别具内涵。作为浙东事功学派的代表人物之一，叶适选择了同理学相对立的态度，从学术思想、文章创作等诸多方面反对理学，他对文和道的关系有着清楚冷静的分析。他认为："韩、欧虽挈之于古，然而益趋于文也。……程、张虽订之于理，然而未几于性也。凡此皆出孔氏后，节目最大，余所甚疑。"[2]韩愈、欧阳修身上的文人之气过重，势必会影响对于古道的复兴和古文的重振的使命。而理学家对于性、理、道的突出关注，使他们轻视和贬低文辞之学，在矫正汉代章句之学过分追求训诂的同时，又不可避免地走向了另一个极端。正如郭庆财在《南宋浙东学者的文道思想述论》中指出，因为"世道陵夷，文运衰颓，在战国以后，三代以来气象宏

---

[1] （宋）周密：《癸辛杂识》，中华书局，1988年，第65页。

[2] （宋）叶适：《叶适集·水心文集》，中华书局，2010年，第200页。

博、开物成务的'治道'精神丧失，道统断灭，'文'没有了归宿，作家致力于辞藻之末，而情感放逸，'华忘实，巧伤正，荡流不反，于义理愈害，而治道愈远矣。'①内容愈空洞，就愈要藉华丽浮靡之词以掩饰，文风越来越背离了三代文治的纯正宏雅。因此，"文"只有回归于理想"治道"的根本上来，才能臻于声明文物汲汲称盛的三代理想。"②

　　叶适所认为的"道"是维系社会礼乐政刑的"治道"，他所认为的"文"亦是文化秩序，两者是可以统一的，其文道观也是这一思想的表现。叶适的文道观在其对吕祖谦编选的《皇朝文鉴》所做的学习心得笔记中有充分的体现。淳熙四年（1177年）冬，吕祖谦奉旨编成了《皇朝文鉴》凡一百五十卷，其中主要选录了北宋时期的赋、诗和文等多种体裁的作品。叶适对此选要很高的评价，认为"大抵欲约一代治体归之于道，而不以区区虚文为主"，并写了四卷读书笔记，与他对儒家经典和历史典籍的学习心得一起辑为《习学记言序目》。在《皇朝文鉴》周必大序中叶适说：

　　　　"上世以道为治，而文出于其中；……大抵欲约一代治体归之于道，而不以区区虚文为主。……按吕氏所次二千余篇，天圣、明道以前，作者不能十一，其工拙可验矣。文字之兴，萌芽于柳开、穆修，而欧阳修最有力，曾巩、王安石、苏洵父子继之始大振。……及王氏用事，以周孔自比，掩绝前作；程氏兄弟发明道学，从者十八九，文字遂复沦坏。……人主之职，以道出治，形而为文，尧、舜、禹、汤是也。若所好者文，由文合道，则必深明统纪，洞见本末，使浅知狭好者无所行于其间，然后能有助于治，乃侍从之臣相与论思之力也。"③

　　这些是其笔记的总纲，从中我们可以看出叶适对北宋诗文的发展历程进行

---

　　① （宋）叶适：《习学记言序目》，中华书局，1977年，第695页。

　　② 郭庆财：《南宋浙东学者的文道思想述论——以吕祖谦、叶适为中心》，《湖州师范学院学报》，2011年，第33卷第3期，第23页。

　　③ （宋）叶适：《习学记言序目》，中华书局，1977年，第695—696页。

了总结，并指出了其得失所在，同时我们可以从中发现叶适在处理文道关系问题上的主张。

首先，叶适认为"上世以道为治，而文出于其中。"所谓的"治"就是前文讨论的叶适关于"治道"的研究，主要表现在实政与实德两方面，而叶适文道观的形成也基于他的治道思想。"治道"是由"治"和"道"两个单音词组成的一个复合词，"治"在《说文解字》中为"直之切"，音"迟"，水名。后据《词源》作动词用，有治理之意。后又由动词转名词和形容词，与"乱"相对，指国家治理得当，政治清明有序的状态。"道"的含义十分丰富，在"治道"一词中可以理解为"治理天下之道"。在宋代的理学中，"治"与"道"之间联系的十分紧密，朱熹在对宋初"道学三先生"的评价时，提出了"推明治道"的观点，体现了"治道"是理学所关心的中心话题，"治"与"道"的合一关系。他还在《论治道》中指出，"治道必本于正心，修身，实见得恁地，然后从这里做出。"① 叶适的治道思想直接追溯至上古三代与夏商周三朝，认为尧、舜、禹与夏、商、周三朝的事迹都是治道思想的体现。叶适说："士在天地间，无他职业，一徇于道，一由于学而已。道有伸有屈，生死之也；学无仕无已，始终之也。集义而行，道之序也；致命而止，学之成也。"② "徇于道"可谓叶适一生的事业，叶适的道不同于理学家的道，他将道从理学家的空说虚谈之中拉到了历史现实中来，作为其"士"的生涯的诉求，这就是要了解"凡天下之大政，师旅刑赋之本末，道德法制之先后，至于宫掖之议，民伍之情"，也就是他在淳熙十四年冬，在应对孝宗的《上殿札子》中所表达的对南宋实施"治道"的观点。叶适重视治乱兴衰，要求变法革新，他不同于某些儒者言必称尧舜，尊上古而薄后代。他抨击妥协投降和苟安的政策，他论王通说："言仁、义、礼、乐必归于唐、虞、三代，儒者之功也；言仁、义、礼、乐，至唐、虞、三代而止，儒者之过也。"③ 叶适坚持"内外两进"的原则，主张"以道出治，形而为文"，他将道作为文的内在追求，在以文为外表的同时，内外并进，相辅相成，将治作

---

① （宋）黎靖德：《朱子语类》，中华书局，1986 年，第 2686 页。
② （宋）叶适：《叶适集·水心文集》，中华书局，2010 年，第 193 页。
③ （宋）叶适：《叶适集·水心别集》，中华书局，2010 年，第 742 页。

为履道形文的基点。也就是说只有在文必合乎治，治须形之于文的情况下，文治才能并进，文道关系达到了和谐统一。叶适在讲学、为文时也注意文与道的统一，他指切时弊，不为空言，反对苟安一隅，志在恢复北方，所发议论皆切于事实。他在应进士试回答皇帝策问的《廷对》中说："夫复仇，天下之大义也；还故境土，天下之尊名也。"这个政治思想的出发点和归宿，可谓贯穿了叶适的一生。

叶适以尧、舜、禹三代的文与道的要求作为衡量文道关系的最高标准，"王道"体现在三代的礼文中，也是"文""道"统一的典范。对于三代礼文他曾多次赞扬："道之显者谓之文。故虽尧舜之盛，必有典谟之篇，然后扬名于后世，冠德于百王。"① "三代时，人主至公侯卿大夫皆得为之。其文则必皆知道德之实而后着见于行事，乃出治之本，经国之要也。"② 三代的典谟之篇——文，是知道德之实而后着见于行事的礼乐仪制，同时也是道之显者，这里的道不同于程、朱所标榜的指向人先验的道德的"道"，而是开物成务的"治道"——这是儒学的真精神所在。《宋元学案·艮斋学案》按语说："永嘉之学，教人就事上理会，步步着实，言之必使可行，足以开物成务。"叶适的学说，正是在这个基础上发展起来而集其大成的。叶适对于道的追求，正是他所继承的永嘉学派所大力倡导的事功思想。"以道出治，形而为文"是"开物成务"的永嘉之学的文道观。前文对叶适的治道思想已有所分析，这里需要补充的是在以"成圣"为最终目的的事功之学的基本表现形态下，文需要符合"礼"的要求，通过建立健全的礼乐制度，让人"无往而不中礼"，才是永嘉之学指导下的永嘉文派的文道观的体现。

叶适在处理文道关系时，本着"文出于道中"的实践原则，其根本出发点与指向是"由文合道，则必深明统纪"这一要求的。我们通过前文的分析，了解了叶适"道之统纪体用卓然，百圣所同"的道统，他认为"周道既坏，上世所存皆放失，诸子辩士，人各为家，孔子搜补遗文坠典，《诗》《书》《礼》《乐》

---

① （宋）叶适：《习学记言序目》，中华书局，1977 年，第 333 页。

② （宋）叶适：《习学记言序目》，中华书局，1977 年，第 711 页。

《春秋》，有述无作，惟《易》著《彖》《象》"①。他认为在孔子整理的六经之中保存了从尧、舜、禹到孔子时期的道，虽然周道崩坏致使无人继承，但历然连贯、传承有序的道统还是可以把握的，即通过钻研六经就能把握道的内涵，从而获得道统。所谓"由文合道，则必深明统纪，洞见本末"，从道的继承方面来说就是主张文学创作要在深入领会六经内涵的前提下，以"道之统纪"为本。从道统观的角度来看，就是要以叶适所崇尚的"三代"的治世理想为理论依据。"三代之下，道远世降，本王心行霸政，以儒道挟权术，为申商、韩非而不自知。"②这里阐述的其崇尚"三代"的治世理想及其以道统为本的文道观，与宋代的理学家所推崇的有一定的相似之处。

在叶适看来，"道者，天下共由之途也。使有人焉，以为我有是物也，将探而取之，而又曰我能得之矣，则其统已离矣"③。存在于六经之中的道统源于先儒圣贤，是先儒共讲、世人共取的。叶适说："孔子之时，前世之图籍具在，诸侯史官世遵其职，其记载之际博矣，仲尼无不尽观而备考之。故《书》起唐、虞，《诗》止于周，《春秋》著于衰周之后，史体杂出而其义各有属，尧、舜以来，变故悉矣。"④但因"孔子没，统纪之学废，汉以来，经、史、文词裂而为三，它小道杂出，不可胜数"⑤。再次强调了六经乃"统纪之学"产生的依据，六经皆史，经史并治，是以叶适为代表的浙东学派的一贯主张。六经不但记载了三代儒道的实践经历，具有历史的价值，还总结了很多"致道成德之要"的宝贵经验和经典思想，在表述的过程中还注意文辞的艺术美，即所谓"文字章，义理著"，经、史、文三者和谐的统一在六经之中，实现了孔子所谓的"文质彬彬"的理想境界。叶适主张钻研六经、深明统纪，隐然以孔子的继承者为要求，以治为明道之途径，以文来传达道之本意，创作与经、史相称的完美之文。叶适认为"文字章，义理著，自《典谟》始。此古圣贤所择以为法言，非史家系

---

① （清）黄宗羲，全祖望：《宋元学案·水心学案》，商务印书馆，1933年，第12页。

② （宋）叶适：《习学记言序目》，中华书局，1977年，第402页。

③ （宋）叶适：《叶适集·水心文集》，中华书局，2010年，第431页。

④ （宋）叶适：《叶适集·水心别集》，中华书局，2010年，第720页。

⑤ （宋）叶适：《叶适集·水心文集》，中华书局，2010年，第208页。

日月之泛文也。自是以后，代有诠叙，尊于朝廷，藏于史官，孔氏得之，知其为统纪之宗，致道成德之要者也"①。

叶适注重文章的用，要求为文要有用于世，所以他十分欣赏陈亮的抒写经济怀抱的诗文。叶适与陈亮一生交好，"义同弟昆"②，情深义厚。陈亮的永康之学与叶适为代表的永嘉之学在理论上有很多共通之处，二人之间经常切磋学术，交流思想，都将恢复中原作为毕生所追求的大事，忧国忧民，力主改革，注重功利。在文学上都力求指切时弊，不为空言，陈亮平生以经济之才自负，故所为文必切于世事，不作悬虚之想。比叶适年长七岁的陈亮成名较早，但对于叶适的人品、学问他赞赏有加，"数年以来，夫人（作者按：叶适之母）之子大放于古今之书，凡圣贤之用心，与夫英雄豪杰之行事，观其会通而得其所以与时偕行者。于是四海友朋如夫人之子者可以一二数"③。二人都重视政论文，叶适评价陈亮的诗文说：

> "《同甫集》有《春秋属辞》三卷，仿今世经义破题，乃昔人连珠急就之比，而寄意尤深远。又有长短句四卷，每一章就，辄自叹曰：'平生经济之怀，略已陈矣！'余所谓微言，多此类也。"④

在提倡经世致用这方面，叶适与陈亮是一致的，所以一同被朱熹称为功利主义。叶适认为"文之废兴，与治消长，亦岂细故哉！"⑤所以对陈亮的文章高度赞扬。叶适与陈亮二者在有诸多方面虽然具有很多共性，如注重文章的义与理，注重文章利切时弊，然而，叶适所提倡的功利思想相对陈亮略显温和一些。因陈亮本人的学术思想几乎是自出机杼，所以其事功思想独具个性，从其于朱熹之间长达十一年的论争中我们就可以看出。陈亮将其所居之室命名为"抱

---

① （宋）叶适：《习学记言序目》，中华书局，1977 年，第 51 页。
② （宋）陈亮：《陈亮集》，中华书局，1974 年，第 384 页。
③ （宋）陈亮：《陈亮集》，中华书局，1974 年，第 378 页。
④ （宋）叶适：《叶适集·水心文集》，中华书局，2010 年，第 597 页。
⑤ （宋）叶适：《叶适集·水心文集》，中华书局，2010 年，第 609 页。

膝"，他在《与勾熙载提举》的书信中提到："近有柏屋三间，名曰抱膝，叶正则、陈君举为作《抱膝吟》，朱元晦亦许作之矣。"[①]"抱膝"表现的是一种思考的状态，是怀有抱负的一种外在表现。"每晨夜从容，常抱膝长啸。"[②]"抱膝"的典故与诸葛亮躬耕南阳，期待能有一番作为的心情联系在一起。然而，陈亮却对叶适所作《抱膝吟》中只从隐居的角度申发，说到诸葛亮之事，只字未提其中所潜藏的建功立业的思想，甚为不满。认为"叶正则为作《抱膝吟》二首，君举作一首，词语甚工，然犹说长说短，说人说我，未能尽畅抱膝之意也。同床各做梦，周公且不能学得，何必一一说到孔明哉！"[③]在陈亮的内心认为抱膝不但有隐逸闲淡的情趣，还包含了建功立业的壮志豪情，所以他又请朱熹为他作诗："亮又自不会吟得，使此耿耿者无以自发。秘书高情杰句横出一世，为亮作两吟：其一为和平之音，其一为悲歌慷慨之音。使坐此屋而歌以自适，亦如常对晤也。"[④]所以叶适在追求道的同时，没有极端化的片面强调道本的事功思想而影响了文学活动。

在"由文合道，则必深明统纪"的思想指导下，叶适实践着"上世以道为治，而文出于其中"的文道观，其最终目的是要实现文道合一的理想境界，追寻孔子的"文质彬彬"的至善之美。他融合了二程的"理"与三苏的"文"，将二者各自的倾向向中间部分靠拢，通过其自身对于文与道的内涵的深刻体认，不懈实践，从而融会二者为一体，才能获得"合周程欧苏之裂"。叶适作文原则的形成深深地受到了这种文道观的影响，从而读叶适文章有上古遗韵。

三、叶适为文关教事的作文原则

叶适作为永嘉学派的集大成者，其论文与他的实事事功的学术思想有一脉相通之处。叶适"合周程欧苏之裂"的文道观我们已经有所了解，在这种文道

---

① （宋）陈亮：《陈亮集》，中华书局，1974年，第323页。
② （晋）陈寿撰，（宋）裴松之注：《三国志》，中华书局，2006年，第543页。
③ （宋）陈亮：《陈亮集》，中华书局，1974年，第283页。
④ （宋）陈亮：《陈亮集》，中华书局，1974年，第283页。

观的影响下，在他的治道思想的指导下，叶适的作文原则也倾向于有关教事。

在时代的激荡下和师友的熏陶下，叶适形成了"志意慷慨，雅以经济自负"的气质，因此，他说：

> "读书不知接统绪，虽多无益也；为文不能关教事，虽工无益也；笃行而不合于大义，虽高无益也；立志不存于忧世，虽仁无益也。今世之士，曰知学矣。夫知学未也，知学之难可也；知学之难犹未也，知学之所蔽可也。"①

从道统的高度确立了为学为文的原则，明确主张文章要与政事教化相联系。这个主张不但继承和发扬了永嘉事功之学的特色，还继承了他的独特文道观。他要求当代读书人应以继承尧、舜、禹、汤、文、武、周公、孔子的传统为己任，多读儒家经典《五经》，把经书当作先王之政典来看待的，因为"孔子哀先王之道将遂湮没而不可考而自伤其莫能救也，迹其圣贤忧世之勤劳而验其成败因革之故，知其言语文字之具者犹足以为训于天下也，于是定为《易》《诗》《书》《春秋》之文，推明礼、乐之器数而黜其所不合者，又为之论述其大意，使其徒相与宗之，以遗后之人。"② 所以永嘉事功学派重"经制之学"，就是重视对《五经》中制度器数的探索。"不深于古，无以见后；不监于后，无以明前"③，从古人的经验中借鉴精髓，即"治后世之天下，而求无失于古人之意，盖必有说，非区区陈迹所能干也。"正如朱熹曾说："永嘉之学，理会制度"。叶适的这一主张，是对永嘉之学一脉相承的延续。叶适从文章的内容和意义的角度出发，强调现实性及为文的功用，要求文与事称，为文要关于治世。他在《习学记言序目》中说："文章高下，未有不与事称者。"④ 以现实为目的，以有益治道为作文的主要原则。他在《彭子复墓志铭》中提到了"力""意"之辨，

---

① （宋）叶适：《叶适集·水心文集》，中华书局，2010 年，第 607—608 页。
② （宋）叶适：《叶适集·水心别集》，中华书局，2010 年，第 694 页。
③ （宋）叶适：《习学记言序目》，中华书局，1977 年，第 269 页。
④ （宋）叶适：《习学记言序目》，中华书局，1977 年，第 555 页。

"……不同其所趋而不异其所合，宁少于其意而致多于其事，徒辛苦于所难而不敢安乐所易也，何子复之用心勤行之笃哉！昔孔子谓'无能一日用其力于仁'，而又曰'未见力有不足者'。然则以力而不以意，岂古人亦以为难也！"叶适以力与意的关系表达了他求实的思想，这种思想投射于文学批评中就是文与事称的作文原则。叶适还反对霸政，认为霸政是"以势力威令""刑政末作为治体"的，所以作为行霸道的"汉之文宣，唐之太宗，虽号贤君，其实去桀、纣尚无几也"。有基于此，叶适不取崇尚霸道之文。譬如：他批评欧阳修《策问》赞美唐太宗之治，"非能陋汉唐而复三代，盖助汉唐而黜三代者也"，是典型的"不知接统绪"之作。

编辑叶适《水心集》的叶适门人赵汝谠，他在《水心集序》中解释了《水心集》用编年体例的原因也与叶适的事功精神有关，他说：

> "集起淳熙壬寅，更三朝，四十余年中，期运通塞，人物散聚，政化隆替，策虑安危，往往发之于文，读之者可以感慨矣！故一用编年，庶有考也。"①

可见，编年体例的采用可以方便考证，而且他还表达了叶适想让文集发挥"辅史而行"的作用的意愿，他说：

> "昔欧阳公独擅碑铭，其与世道消长进退，与其当时贤卿大夫功行，以及闾巷山岩朴儒幽士隐晦未光者，皆述焉。辅史而行，其意深矣，此先生之志也。"②

所以，按照叶适遗志编成的《叶适集》，也是叶适实事实功思想的一个体现。《水心别集》中的《进卷》和《外稿》，是其策论和奏议的佳作。这近百篇

---

① （宋）叶适：《叶适集·水心文集》，中华书局，2010年，第1页。
② （宋）叶适：《叶适集·水心文集》，中华书局，2010年，第1页。

策论、奏议之文，以纵横驰骋之气势援古证今，不空言事理而是针对当下积弊
深入剖析，提出相应的规划和对策，文章雄放有气势，体现了其"实事实功"
的思想。而叶适的另一部晚年整理的读书札记《习学记言序目》，为我们提供了
了解叶适以治经为其治学之路的大量信息。治学立论离不开作文，学识积养是
叶适为文的前提，"学与文相为无穷也，是果专在笔墨间乎？"赵汝说说：

> "以词为经，以藻为纬，文人之文也；以事为经，以法为纬，史
> 氏之文也；以理为经，以言为纬，圣哲之文也。本之圣哲而参之史，
> 先生之文也，乃所谓大成也。"[1]

赵汝说认为叶适的散文"乃所谓大成也"原因在于其在文人之文的基础上，
接受了史氏之文，同时于其中又融合了道学之文的思想。永嘉学者重文传统由
来已久，与濂洛之学"文以载道""文以害道"的文道观相区分，永嘉学者都具
有一定的文学成就，他们在继承并发展永嘉学术思想的基础上，自觉地追求文
的艺术表现力，使其能更好地为其政治上的事功思想服务。《宋元学案》中全祖
望评价叶适"经术文章，质有其文，其徒甚盛"[2]。叶适身兼士人、学者、文人
数职，所以他的政论散文是其学术研究和文学追求结合的突出体现。其门人孙
之弘说，叶适"根柢《六经》，折衷诸子，剖析秦汉，迄于五季"，旨在使"后
儒之浮论尽废"，[3]"稽合乎孔氏之本统"[4]，以建立经世济民的事功之学。

为文要关教事，同样为诗也要关教事。叶适评诗时指出：

> "自有生人，而能言之类，诗其首也。古今之体不同，其诗一也。
> 孔子诲人，诗无庸自作，必取中于古，畏其志之流，不矩于教也。后
> 人诗必自作，作必奇妙殊众，使忧其材之鄙，不矩于教也。水为沅、

---

① （宋）叶适：《叶适集・水心文集》，中华书局，2010 年，第 1 页。
② （清）黄宗羲，全祖望：《宋元学案・周许诸儒学案》，商务印书馆，1933 年，第 78 页。
③ （宋）叶适：《习学记言序目》，中华书局，1977 年，第 760 页。
④ （宋）叶适：《习学记言序目》，中华书局，1977 年，第 759 页。

湘，不专以清，必达于海；玉为珪璋，不专以好，必荐于郊庙。二君知此，则诗虽极工而教自行，上规父祖，下率诸季，德艺兼成而家益大矣。"①

强调了儒家诗教的文以载道的重要意义，他认为：

"自文字以来，《诗》最先立教，而文、武、周公用之尤详。以其治考之，人和之感，至于与天同德者，盖已教之《诗》，性情益明，而既明之性，诗歌不异故也。及教衰性蔽，而《雅》《颂》已先息，又甚则《风》《谣》亦尽矣。"②

从中我们可以看出叶适十分推崇儒家传统的教化说，将儒家的"诗教"之统作为古人之统加以崇尚。"厉王后，天下不复有号令。宣王咏歌，皆封建征伐蒐狩宫室之事，其一时作起，观听赫然，固臣子所喜，至于恩深泽厚，本根有讬，敬保元子，绸缪室居，则未可谓知文、武、成、康之意也。故不幸一传而坏，读《诗》者徒乐其辞，而不察其事，则治道失之远矣。"③孔子为使诗作合于教化，选取古人诗作中有积极思想意义的三百余篇编为《诗经》。从叶适对《诗经》的论述中我们可以看出他有关教事的作文标准，他说："自有生民，则有诗矣，而周诗独传者，周人以为教也。诗一也，周之所传者可得而言也；上世之所不传者不可得而言也。"④他认为，因为《诗经》中蕴含了周人的治道，所以才得以流传至今，这正是周人以《诗》为教的结果。对于《诗经·小雅》叶适认为，"若未必有是事而逆有是诗，出于上则为具文，出于下则为虚美，既非其实，岂能责治？"⑤

---

① （宋）叶适：《叶适集·水心文集》，中华书局，2010 年，第 613 页。
② （宋）叶适：《叶适集·水心文集》，中华书局，2010 年，第 215—216 页。
③ （清）黄宗羲，全祖望：《宋元学案·水心学案》，商务印书馆，1933 年，第 22 页。
④ （宋）叶适：《习学记言序目》，中华书局，1977 年，第 62 页。
⑤ （宋）叶适：《习学记言序目》，中华书局，1977 年，第 72 页。

叶适继承了儒家的治道诗教观，以考究治道为学习《诗经》的首要任务。"故夫学者于周之治，有以考见其次第，虽远而不能忘者，徒以其《诗》也。……故后世言周之治为最详者，以其《诗》见之。然则非周人之能为《诗》，盖《诗》之道至于周而后备也。……夫古之为诗也，求以治之；后之为诗也，求以乱之。"① 因此，诗之道也就是治道。后世之作诗选诗者，应以是否存明治道为指导，他认为吕祖谦编选《文鉴》正是如此：

> "上世以道为治，而文出于其中；战国至秦，道统放灭，自无可论。后世可论惟汉唐，然既不知以道为治，当时见于文者，往往讹杂乖戾，各恣私情，极其所到，便为雄长；类次者复不能归一，以为文正当尔，华忘实，巧伤正，荡流不反，于义理愈害，而治道愈远矣。此书刊落浩穰者，百存一二，苟其义无所考，虽甚文不录，或于事有所该，虽稍质不废；巨家鸿笔，以浮浅受黜；稀名短句，以幽远见收。合而论之，大抵欲约一代治体归之于道，而不以区区虚文为主。余以旧所闻于吕氏又推言之，学者可以览焉。"②

强调作诗要以孔子诗教为准则，也就是有益世道，本质则是他一贯强调的"治道"。对于无益于治世的诗文，叶适认为再工整、优美也是意义的，他反对徒饰华彩的缺乏义理之文，他鄙视四六文说："自词科之兴，其最贵者四六之文，然其文最为陋而无用。"③ 这与当时理学家似乎是一致的论调，但实际则不同。叶适认为：

> "今世议论胜而用力寡，大则制策，小则科举，……皆取于华辞耳，非当世之要言也。虽有精微深博之论，务使天下之义理不可逾

---

①　（宋）叶适：《叶适集·水心别集》，中华书局，2010 年，第 669—670 页。

②　（宋）叶适：《习学记言序目》，中华书局，1977 年，第 695 页。

③　（宋）叶适：《叶适集·水心别集》，中华书局，2010 年，第 803 页。

越，然亦空言也。盖一代之好尚既如此矣，岂能尽天下之虑乎！"[1]

　　强烈的学术责任感、使命感是南宋文人学者所共有的特征，叶适深受这种氛围的熏染，充分的关注了文学的言志功能，在治道的过程中强调文的必要性。他还选取了欧阳修、苏轼、黄庭坚等"近世各公之文，择其意趣之高远，辞藻之佳丽者而集之，名之曰《播芳》，命工刊墨，以广其传"[2]，以纠道学家重道轻文的观念，以及由此造成的"文字遂复沦坏"之弊。有益教治的文才能承载成圣之道的传播，治道经过文的传播才能彰显其本身的价值。

---

① （宋）叶适：《叶适集·水心别集》，中华书局，2010 年，第 759 页。
② （宋）叶适：《叶适集·水心文集》，中华书局，2010 年，第 228 页。

第二章
叶适的辩证唯物思想与发展的文学观

叶适的永嘉事功思想是其唯物主义思想的体现，在与道学、心学的辩论中，叶适提出了很多唯物主义的观点。在唯物主义思想的影响下，叶适看待文学问题也从辩证唯物主义的角度出发，与理学家"尊古陋今"的文学观点不同，他提出了"尊古不陋今"的发展文学观，并在对南宋后期"永嘉四灵"的提携、奖掖方面，表现了自己的发展文学观。这在当时以程朱唯心主义思想主流的南宋实在是难能可贵。由此可见，叶适思想的独特性。

第一节　叶适辩证唯物的理学观念

叶适在理学的唯心主义思想盛行之时，深深地坚定着永嘉事功思想的"致用"立场，大胆阐述了许多具有唯物主义思想的精辟观点来反对虚幻的道学与心学。叶适的学术思想既重视实际，又富于批判精神，他对当时学术界所讨论的一些重要哲学问题积极思考，形成了唯物主义的道器观和"内外交相成"的唯物主义认识论，并指出万物皆动的原因在于"一气之所役，阴阳之所分"，并且不断地"相摩相荡，鼓舞阖辟，设而两之"。

一、"天理论"与叶适的道器观

叶适没有系统的哲学著作，他对哲学问题的探讨都记录于《习学记言序目》一书中，该书是其一生学术研究的总结，他不但对古今各家学说和重要著作加以评论，尤其在义理之学方面重点研究。南宋时期较进步的科学技术水平，推动了叶适思想的形成，他继承并发展了永嘉事功学派的务实作风，在中国传统的唯物主义思想的影响下，发展了经世致用之学，在和程朱学派的论战过程中，逐步形成了他的朴素唯物主义思想体系。

随着理学在南宋的地位不断提高，理学的世界观也在不断的发展完善，二程提出的"天理"是把人和宇宙万有看成一个整体，朱熹继承并发展了周敦颐、程颐一派的道学，成为宋代客观唯心论的集大成者，他在充分肯定"天理"的基础上，提出"理在事先"说，他强调"天理"在逻辑上先于宇宙万物。他说："未有天地之先，毕竟也只是理。有此理便有此天地，若无此理，便亦无天地，无人无物。"[①]他将天理作为解释宇宙万物的本体论依据，指出了"天理"的至上性、超越性、终极性。

叶适的哲学思想遵循实事求是的原则，他对当时盛行的道学的某些论点进行了批判，尤其针对天理论指出了道学唯心说法的问题。叶适针对道学家的"学皆不足以致道"的说法，提出"学修而后道积""学明而后德显"的主张。在《答吴明辅书》中叶适曾说：

> "垂谕道学名实真伪之说，《书》：'惟学逊志，务时敏，厥修乃来。允怀于兹，道积于厥躬。'言学修而后道积也；《诗》：'日就月将，学有缉熙于光明。佛时仔肩，示我显德行。'言学明而后德显也；皆以学致道而不以道致学。道学之名，起于近世儒者，其意曰：'举天下之学皆不足以致其道，独我能致之'，故云尔，其本少差，其末大弊矣。足下有志于古人，当以《诗》《书》为正。后之名实伪真，毋致辨焉。"[②]

---

① （宋）黎靖德：《朱子语类》，中华书局，1986年，第1页。

② （宋）叶适：《叶适集·水心文集》，中华书局，2010年，第554—555页。

叶适唯物主义的思想体系首先表现在他以物为本的道器观上。叶适认为，关于宇宙是什么？回答很简单，就是"物也"，世界就是物质存在。他说：

> "夫形于天地之间者，物也；皆一而有不同者，物之情也；因其不同而听之，不失其所以一者，物之理也；坚凝纷错，逃遁谲伏，无不释然而解，油然而遇者，由其理之不可乱也。"①

宇宙之中，天地之间，所有的一切现象，都是物的不同存在形式、表现形态，"物"乃是客观世界的存在的第一性的东西，物具有统一性，有"物之理"，即事物运动变化的规律，他认为所谓的"理"属于客观事物本身或所谓的"物"自身之"理"，是"不失其所以一者"，而物又有区别，统一的物质世界表现为各种不同的物质形态，客观世界乃是形形色色的各有其特殊性、即"情"的物的存在的总体，这就叫作"物之情"，不论其如何错综复杂，千变万化，却都有着其"不是其所以一"的"物之理"，也就是物的"一而有不同"。叶适提出的"皆一而有不同"，以及所谓的"物之情""物之理"者，与"理一分殊"之说有些相似。在《习学记言序目》的《周易·睽》中，叶适也论述了"同而异，非异而不同"之理。

从本体论上说，叶适所谓"道原于一"，是从原理意义上强调道所代表的事物的统一性。中国传统思想家对"道"的解释存在两个不同的维度，一是从实体的维度进行解释，二是从原理的维度进行解释。② 他说"一者，道之别名"，正是强调"道"代表的是统一性原理，并对"道"从实体维度进行解释的思想提出了批评。他认为，从实体维度解释"道"时，就会如同老子般讲"道生一，一生二，二生三，三生万物"，将"道"视为超越于具体事物的存在，实体化为一种宇宙生成论。所以叶适批评老子讲"道生一"，是将"一"视为"道之

---

① （宋）叶适：《叶适集·水心别集》，中华书局，2010年，第699页。

② 林孝暸：《叶适对孔子"道一"思想的继承与发展——兼对叶适学说性质的探讨》，《孔子研究》，2012年，第2期，第80页。

子也"，并说："'有物混成，先天地生'，老氏之言道如此。"① 因为"道"不是实体，所以"道不可见"，不能成为独立的对象来加以认识，但是可以通过具体事物来加以认识。叶适说："道不可见，而在唐、虞、三代之世者，上之治谓之皇极，下之教谓之大学，行之天下谓之中庸，此道之合而可名者也。其散在事物，而无不合于此，缘其名以考其实，即其事以达其义，岂有一不当哉！"②"不可见"的道可以由"皇极""大学""中庸"合而见之，万事万物无不合乎道，是道的具体体现。

在道与物（器）的关系问题上，叶适认为，道在器数和事物之中，反对离开器物而谈论所谓的"形而上者谓之道"。所以叶适所说的"道"，主要是指事物变化的经验法则和制造器物的技术原理。他说："上古圣人之治天下，至矣。其道在于器数，其通变在于事物。"③ 因而，理学认为的道与物（器）统一在道的基础上的观点就是脱离了物而流于空虚。

因为"道"作为世界最高的统一性原理，与"物"之间形成了原理与实体的关系，所以叶适才说：

> "物之所在，道则在焉，物有止，道无止也，非知道者不能该物，非知物者不能至道；道虽广大，理备事足，而终归之于物，不使散流，此圣贤经世之业，非习为文词者所能知也。"④

叶适明确地表达了"道在物中"的思想，强调了"道"的存在要依存于物，离开物而独立存在的道是没有的，即所谓"性命道德未有超然遗物而独立者"。叶适的"道在物中"思想，与朱熹"理在气先"的思想正相对立。朱熹认为"理"是宇宙万物的本体，具有逻辑的先在性，"理却无情意，无计度，无造

---

① （宋）叶适：《习学记言序目》，中华书局，1977 年，第 700 页。
② （宋）叶适：《叶适集·水心别集》，中华书局，2010 年，第 726 页。
③ （宋）叶适：《叶适集·水心别集》，中华书局，2010 年，第 693 页。
④ （宋）叶适：《叶适集·水心文集》，中华书局，2010 年，第 702 页。

作。"① 他结合张载的"气"理论，指出"天地之间，有理有气。理也者，形而上之道也，生物之本也；气也者，形而下之器也，生物之具也。"② 认为在气之前先有理，理在上而气在下。提出了"理在气先"说，将"理"视为与"气"相对的"物"。朱熹说："所谓理与气，此决是二物，……若在理上看，则虽未有物而已有物之理，然亦但有其理而已，未尝实有是物也。"③

叶适认为世界起源于物质，是由物质构成的，构成世界的基本物质是五行和八卦所标明的各种物质。他说：

> "五行之物，遍满天下，触之即应，求之即得，而谓其生成之数必有次第，盖历家立其所起以象天地之行，不得不然也。"④

他在论《周易》所言"八卦"时则说："易有太极，近世学者以为宗旨秘义。按卦所象惟八物，推八物之爻为乾、坤、艮、巽、坎、离、震、兑。"⑤ 叶适以"五行""八物"再次说明了世界是物质存在的。

叶适的这种道与器统一于物的观点，对于当时流行的"天理论"是一个很大的挑战。他否认在事与物之外还有一个理的存在，而是认为理就存在于构成世界的多种多样的事物之中，这个统一而和谐的世界，因遵循着各种事物运动变化的规律而有序运行着，具体的事物中存在着抽象地道理，所以这个理是运动的，而不是静止的条理、死板的秩序，这相对于"天理论"对于理单一、静止的理解有很大的进步。叶适还说：

---

① （宋）黎靖德：《朱子语类》，中华书局，1986 年，第 3 页。

② （宋）朱熹撰，朱杰人，严佐之，刘永翔主编：《朱子全书》，上海古籍出版社，安徽教育出版社，2002 年，第 2755 页。

③ （宋）朱熹撰，朱杰人，严佐之，刘永翔主编：《朱子全书》，上海古籍出版社，安徽教育出版社，2002 年，第 2146 页。

④ （宋）叶适：《习学记言序目》，中华书局，1977 年，第 580 页。

⑤ （宋）叶适：《叶适集·水心文集》，中华书局，2010 年，第 47 页。

> "盖经籍乖异，无所统一，怪妄之所由起，转相诞惑而不能正尔。
> 后世学者，幸《六经》之已明，五行八卦，品列纯备，道之会宗，无
> 所变流，可以日用而无疑矣，奈何反为太极无极，动静男女，清虚一
> 大，转相夸授，自贻蔽蒙？悲夫！"①

太极、无极、动静、男女等宇宙构成论是程朱理学所常用的概念；清虚、
一大是张载经常使用的概念。理学用"无极""太极""人极"和"皇极"等极
限性概念来描述存在的极限状态和价值的终极目标，叶适通过对"极"与事物
关系的分析，否定了超然物外的"无极""太极""人极"和"皇极"等本体概
念的价值至善性和存在独立性。

叶适的道器观形成了以物为基础的理与物统一，道与器统一，道是存在于
具体事物中的道，器也不再是至善之妙的天理了。叶适深刻地认识到：如果人
们硬要在一气、阴阳、五行、八卦之外再追求世界的起源、万物的本源，如同
理学家们把精神性的实体与物质性的实体混为一谈，就会造出一个宇宙的神秘
本体而产生宇宙及万物，这便是自相矛盾的谬论。

二、叶适内外交相成的认识论

"道在器中"，是叶适反对陆学"吾心即理"的主要观点，他认为"离器
无道"，形成了永嘉学派"理在事物""去物非理"的学术思想。因此每个道理
的背后都有一个可以落实的"事"或"物"，失去了这个可以落实的"事"或
"物"，这个道也就不可靠了，甚至无从存在了。所以叶适主张要"验于事，考
于器"，通过"考详天下事物"来求得"道"和"理"。因而，叶适的认识论的
形成，也有别于理学家的唯心主义认识论。

叶适的认识论，是"物在"则"道在"的唯物主义思想在认识论上的表现，
肯定道在物中，是认识的前提。叶适认为，人的认识首先来源于客观世界，人

---

① （宋）叶适：《习学记言序目》，中华书局，1977年，第220页。

通过耳目之官接触外物从而获得感觉、知觉，他说："夫欲折衷天下之义理，必尽考详天下之事物而后不谬。"①就是说，认识的来源和对象是客观世界和具体事物，要认识天下万物及其规律，就必须于物求知，要依据事物的真实面貌来反映事物，通过考察天下万物才能得出正确的结论，不能凭自己的主观臆断来论证事物，也没有离开万物的先天固有的虚知、空知。然后通过思维器官的思考将外界的、从客观世界所得来的认识进行加工而成为知识，即"自外入以成其内"与"自内出以成其外"的内外结合，"内外交相成"而取得知识。

所谓的"内外交相成"就是叶适所提出的耳目与心官并用之说，耳目是取得见闻知识的，这种知识是感性认识，心官是理解义理、心性知识的，这是在感性认识的基础上形成的理性认识。耳目取得见闻知识是自外入内的，心官产生理性认识是自内出外的。内外二者交互作用，从而沟通心与物的联系，叫作"内外交相成之道"。叶适说：

> "耳目之官不思而为聪明，自外入以成其内也；思曰睿，自内出以成其外也。故聪入作哲，明入作谋，睿出作圣，貌言亦自内出而成于外。古人未有不内外交相成而至于圣贤。故尧舜皆备诸德，而以聪明为首……盖以心为官，出孔子之后，以性为善，自孟子始。"②

他认为圣人的认识过程都是符合"内外交相成"的过程的，而孟子却因专注于"以心为官"而偏离了内外交相成的认识论，这里需要指出的是，叶适并不反对孟轲"心之官则思"的说法，而是反对他"尽心知性，心官贱耳目之说"。孟轲不知道"思有是非邪正，心有人道危微"③之分，而专以心之官所思为是、为正、为善，"执心既甚，形质块然，视听废而不行"，这是"辩士诸子之言心，其极未尝不如此；而后学初不考验，特喜其异而亟称之，则为心术之

---

① （宋）叶适：《叶适集·水心文集》，中华书局，2010 年，第 614 页。

② （宋）叶适：《习学记言序目》，中华书局，1977 年，第 207 页。

③ （宋）叶适：《习学记言序目》，中华书局，1977 年，第 207 页。

害大矣！"①虽以"执心"为目的，但结果却导致了"害心"。叶适又说："由思得睿，由睿得圣，古人常道也。而近世学者讳之，以为作圣当自蒙，盖疑睿之流于薄也。"②"自蒙"就是排斥耳目的作用，闭目塞听。道学家在孟子的影响下，"尽废古人入德之条目，而专以心性为宗主，致虚意多，实力少；测知广，凝聚狭，而尧舜以来内外交相成之道废矣。"③近世的心性之学正是如此，它脱离了外界事物的见闻和认识，心没有外界的聪明而受到封闭，失去了双向的交流过程，只专注于内心，结果得到的认识大多是虚妄臆测的东西，脱离实际，毫无意义，这就是近世心学、道学违背了作圣的"常道"，违背了自古以来的"内外交相成"的认识方法。

叶适认为，认识应"以聪明为首"，也就是以耳目之闻见即感性认识开始的。这个看法当然基于他的"理在事物"的唯物主义性质。叶适说："古人多识前言往行，谓之畜德。近世以心通性达为学，而见闻几废，为其不能畜德也，然可以畜而犹废之，狭而不充，为德之病矣。"④心性之学因为重视心性而忽视见闻之知，废弃见闻之知，就会使自己变得狭窄而不充实。叶适十分强调全面观察和亲身实践对于认识事物规律的重要性。他说："将深于学，必测之古，证之今，上该千世，旁括百家，异流殊方，如出一贯，则枝叶为轻而本根重矣。"⑤叶适认为要重视观察与实践，与理学的性理空谈相对立。在见与闻之间，更重视"见"的直接经验，如他说："夫观古人之所以为国，非必遽效之也。故观众器者为良匠，观众病者为良医。尽观而后自为之，故无泥古之失而有合道之功。"⑥这就是说，在借鉴古人治国经验时，要结合当前的具体情况，不能照搬照抄。虽然认识必须起于耳目的闻见，但又不能停留在见闻之中，认识应是耳目之官与心官并用的结果，这样才能使认识超出于见闻之表，在耳目之闻见

---

① （宋）叶适：《习学记言序目》，中华书局，1977 年，第 672 页。

② （宋）叶适：《叶适集·水心文集》，中华书局，2010 年，第 594 页。

③ （宋）叶适：《习学记言序目》，中华书局，1977 年，第 207 页。

④ （宋）叶适：《叶适集·水心文集》，中华书局，2010 年，第 603 页。

⑤ （宋）叶适：《叶适集·水心文集》，中华书局，2010 年，第 195 页。

⑥ （宋）叶适：《叶适集·水心文集》，中华书局，2010 年，第 787 页。

之后，需要"心"的由内出外。他说，"《洪范》'思曰睿，睿作圣'，各守身之一职，与视听同谓之圣者，以其经纬乎道德仁义之理，流通于事物变化之用，融畅沦浃，卷舒不穷而已。"① "思"是"心"的功能，如同"视听"是"耳目"的功能一样，都是"各守身之一职"。通过发挥心得功能才能认识"理"，如叶适所说："所谓觉者，道德、仁义、天命、人事之理是已。夫是理岂不素具而常存乎？其于人也，岂不均赋而无偏乎？然而无色无形，无对无待，其于是人也，……不足以得之。"② 这样才能"出于见闻觉知之外"，有感性上升到理性。由内出外的"思"，与由外入内的"视听"相结合，以成"内外交相成"之道，构成了认识的全过程。

　　叶适认为人的认识是内外交相成的结果，人是后天的学而知之，不是生而知之的。同时指出，生而知之说是脱离实际的空谈，是"虚意多，实力少"，这种认识于知识无用，于学问无益。所以学则知、学则明。冯友兰先生在其《哲学史新编》中指出，"叶适认为，人的道德修养，需要有从'耳目之官'得来的知识，这是'自外入以成其内'的；还需要有从'心'而来的思考，这是'自内出以成其外'的。他说：'古人未有不内外交相成而至于圣贤。'"③ 只有通过"内外交相成"，理性认识和感性认识综合起来，便可得到全面认识。不但人的认识需要从客观的物质世界中得来，在判断义理的正误时也要根据客观事物加以检验，也必须建立在对天下之事物的详细考察的基础上。言须合于事，道须合于器，论须合于实，"盖天地阴阳之密理，最患于以空言测。"④ 而不以事实为基础的所谓义理之学，只能是"无验于事者，其言不合；无考于器者，其道不化。论高而实违，是又不可也。"⑤ 只有通过对客观事物的实际考察，才能从其中引出道或理。人的认识只有验之于实事，才能归之于实用。

　　叶适在《习学记言序目》中提出，"傅说固已言学之要，孔子讲之尤详。道

---

①　（宋）叶适：《习学记言序目》，中华书局，1977 年，第 672 页。

②　（宋）叶适：《叶适集·水心文集》，中华书局，2010 年，第 141—142 页。

③　冯友兰：《永冯友兰文集（第九卷）》，长春出版社，2008 年，第 170 页。

④　（宋）叶适：《习学记言序目》，中华书局，1977 年，第 541 页。

⑤　（宋）叶适：《叶适集·水心别集》，中华书局，2010 年，第 694 页。

无内外，学则内外交相明，今在《书》《论语》者，其指可以考索而获也。"①
将"内外交相成"说成"内外交相明"，其意更为准确。又说："故余谓孔子以
三语成圣人之功，而极至于无内外，其所以学者，皆内外交相明之事，无生死
壮老之分，而不厌不倦于其中，此孔氏之本统与傅说同也。"②他说的"道无内
外，学则内外交相明，今在《书》《论语》者，其指可以考索而获也"，指出了
以往的唯物论，虽然肯定了由物到思、由外入内，但"从此则彼背，外得则内
失"，"终不能使人知学是何物"；又批评"近世之学，则又偏堕太甚，谓独自内
出，不由外入，往往以为一念之功，圣贤可招辑而致；不知此身之良莠，未可
遽以嘉禾自名也。"③在这里所批评的"近世之学"，主要是指宋代道学、心学的
唯心主义认识论而言。他指出："今世之学，以心起之，推而至于穷事物之理，
反而至于复性命之际"④；"今之为道者，务出内以治外也；然而于君臣、父
子、兄弟、朋友、夫妇，常患其不合也。守其心以自信，或不合焉，则道何以
成？"⑤"故夫昔以不知道为患，而今以能明道为忧也。"⑥叶适认为只有"内外交
相成（明）"，才是正确的、有效的认识途径。叶适本着这条唯物主义认识路线，
"以物用而不己用"来解格物致知。

基于"内外交相成"的认识论命题，叶适对"格物致知"这个道学的问题
提出了自己的见解。他从唯物主义的角度解释了"格物"，格物是人的感官接触
事物而得到的反映，格物而后致知，这是一条由物到心（思想）的唯物主义认
识路线。他说："人之所甚患者，以其自为物而远于物。夫物之于我，几若是之
相去也。……夫是谓之格物。"⑦也就是说，格物是对于物的客观反映，而不是
用主观意念去使物就范。如果离开了物，就不可能有相应的反映，他说："是故

---

① （宋）叶适：《习学记言序目》，中华书局，1977 年，第 645 页。
② （宋）叶适：《习学记言序目》，中华书局，1977 年，第 645 页。
③ （宋）叶适：《习学记言序目》，中华书局，1977 年，第 645 页。
④ （宋）叶适：《叶适集·水心别集》，中华书局，2010 年，第 727 页。
⑤ （宋）叶适：《叶适集·水心文集》，中华书局，2010 年，第 727 页。
⑥ （宋）叶适：《叶适集·水心文集》，中华书局，2010 年，第 727 页。
⑦ （宋）叶适：《叶适集·水心别集》，中华书局，2010 年，第 731 页。

君子不以须臾离物也。夫其若是，则知之至者，皆格物之验也。有一不知，是吾不与物皆至也；物之至我，其缓急不相应者，吾格之不诚也。"① 所谓"君子不以须臾离物"，是说只有通过格物才能获得对事物的认识，取得关于事物的知识，主观认识一刻也不能脱离客观对象。因此，他进一步将"致知"解释为"吾与物俱至"，即主观与客观接触。叶适认为格物致知是主观符合客观的过程，与其"内外交相成之道"是一致的。同时还要注意格物以诚，才能得到关于事物的可靠的知识，如果不诚，就物我不相应，不可能致知。因此，"知之至"是"格物之验"，"且格物而后知至，是其在卓然之中与吾接而不能去者也。"② 在这里需要指出一点，虽然叶适对"心官贱耳目"之说持反对意见，但是，有时也有与此不一致的地方。如他说："以心为官而使耳目不得用，与以心为官而使视听尽其用，二义不同，而皆足以至道，学者各行其所安可也。"③ 这就与他批评"心官贱耳目"互相矛盾。可见叶适的思想有一个发展成熟的过程，在南宋理学思潮的大背景之下，难免染上些许的理学气息。

欲明事物之理，需要一个必不可少的环节，那就是"学"，也就是人的劳动。他通过人和水的关系来说明人的劳动在认识中的作用：

> "夫岂惟水，天下之物，未有人不极其勤而可以致其用者也。目之色，耳之声，口之味，四肢之安佚，皆非一日之勤所能为也。智者知之积，一粒之萌芽，一缕之滋长，以教天下，天下由之而不自知也，皆劳民劝相之道也。"④

从耳、目、口、四肢的感觉，到学习所得，都离不开人的劳动为基础。认识事物及其规律不是一蹴而就的，只有深于古，才能见于今；鉴于前，才能明于后。因此，他说：

---

① （宋）叶适：《叶适集·水心别集》，中华书局，2010 年，第 731 页。
② （宋）叶适：《叶适集·水心别集》，中华书局，2010 年，第 731 页。
③ （宋）叶适：《习学记言序目》，中华书局，1977 年，第 671 页。
④ （宋）叶适：《习学记言序目》，中华书局，1977 年，第 27—28 页。

"夫师之不忘，以道；令之不忘，以政。三代远矣，令有政而不由学；孔、孟远矣，师有道而不知统也。学非一日之积也，道岂一世而成哉？理无形也，因润泽浃洽而后著，此兑之所以贵讲习也。其始若可越，其久乃不可测，其大至于无能名，皆徭悦来也。"①

学习是一个持之以恒、日积月累的过程，同时还要求师、择友，更要师心。师心的过程要求独立思考，这就要求不能"同声趋和"的人云亦云，以实际考验、核实为标准，不以主观的意志来判断是非，这种独立思考的精神自然就形成了实事求是的学风。他说："不敢以意之为是，而独以力之能者试之。……徒辛苦于所难而不敢安乐于所易也。"②这里也是指出了人的认识的是非，不以自己的私意来决定，而要以"力之能者试之"，也就是要付诸实行，以"试"其是否正确；在"试"的过程中，要以目之所见来考验，以耳之所闻来核实，总之是要"考实"；要通过自己的"心"去思考，不能贯通就不苟从。其实就相当于现在的实践论思想。

如果要达到预期的学习目的，就要认清实际情况，从实际出发，说得清楚一点，就是要有的放矢，否则就会须发无效了，他以"弓矢从的"来说明思想理论的形成必须符合客观实际的道理。他说："盖昔者其人所行之事，与其人所立之论，尚为不远。论立于此，若射之有的也，或百步之外，或五十步之外，的必先立，然后挟弓注矢以从之，故弓矢从的而的非从弓矢也。"③"弓矢从的"就是要先立"的"，然后才拉弓对准这个"的"来放"矢"，弓矢是跟着"的"的。立论也是这个道理，必须言之有物，否则便成了没有箭靶子的乱射箭，没有验合于事实的不切实际的无效言论。他指出当时流传的"先天之学"便是一种"舍实事而希影像，弃有用而为无益。"④这种无效的、没有验合于事实的不切实际言论正是主张实际功用的永嘉学派所反对的，叶适强调认识的实际功用

① （宋）叶适：《叶适集·水心文集》，中华书局，2010 年，第 186 页。
② （宋）叶适：《叶适集·水心文集》，中华书局，2010 年，第 273 页。
③ （宋）叶适：《叶适集·水心别集》，中华书局，2010 年，第 829—830 页。
④ （宋）叶适：《习学记言序目》，中华书局，1977 年，第 706 页。

和以实际功用来检验认识的正确与否。他说："物不验不为理"①就是强调"理"必须符合实际，并且必须经过事和物的考验，才是正确的。认识与实际功用之间的关系也如同"弓矢从的"，只有这样，人的认识才不致陷入虚幻。反过来说，人的认识又必须以实际功用为目的，才不致沦为空谈。

虽然叶适在这个辩证过程中还有时代和思想的局限性，不能像现在的马克思主义辩证法那样具有科学性、成熟性，但是，还原到当时的环境中确实难能可贵。

三、叶适的"凡物皆两"的辩证思想

前文在论述"天理论"与叶适的道器观问题的时候，指出世界万物就是由五行八卦所表明的各种物质产生和构成的，叶适认为世界起源于物质，它们充满宇宙，遍布天下，触之即应，求之即得。就是说，是人们感官所能感觉到的各种物质存在形态构成了世界。构成世界的基本物质八卦，叶适指出其实就是八物，构成八物的气是天地万物之根源。他说："夫天、地、水、火、雷、风、山、泽，此八物者，一气之所役，阴阳之所分。其始为造，其卒为化，而圣人不知其所由来者也。因其相摩相荡，鼓舞阖辟，设而两之，而义理生焉，故曰卦。"②在叶适看来，"一气"为万物创造之始，不能再追问气的"由来"了。如果人们再要追问一气、阴阳、五行、八卦的"由来"，那么恐怕"圣人"也"不知其所由来者也。"叶适提出的"气分阴阳"的观点，受到了南宋理学家们的影响，他们对运动及其根源问题作了很多探讨，同时提出了"一分为二"的重要思想成果。

"气分阴阳"说，指出了事物不是单一的，叶适认为"凡物皆两"，他说："道原于一而成于两。古之言道者必以两。……交错纷纭，若见若闻，是谓人文。"③就是说矛盾是普遍存在的，一切事物的形状、性质都是由相互对立的两

---

① （宋）叶适：《习学记言序目》，中华书局，1977年，第337页。
② （宋）叶适：《叶适集·水心别集》，中华书局，2010年，第696页。
③ （宋）叶适：《叶适集·水心别集》，中华书局，2010年，第732页。

个方面所组成的，这种"交错纷纭"的状况，就叫作"人文"。这种"一分为两"，"所以通行于万物之间，无所不可，而无以累之，传之于万世而不可易"①是普遍的，又是永恒的。因为"凡物皆两也"，所以叶适反对"天下不知其为两也久矣，而各执其一以自遂"②这种片面的思想，片面的思维方法就是只见一面，不见对面，只知其一而不知其二，这种思维方法的结果是"天道穷而人文乱"③。但是，叶适在某些观点的论说中也有违背他自己所说的"凡物皆两"的观点，例如他在评论《易传·系辞》中"一阴一阳之谓道"这个著名论断时说："一阴一阳，氤氲渺微，至难明也。"又说："道者，阳而不阴之谓也，一阴一阳，非所以谓道也。"④这样，就把"一阴一阳之谓道"这个辩证法命题否定了，陷入了理论上的自相矛盾的境地。

叶适在其早年所作的《进卷》中已经一步步地深入阐明了他的"凡物皆两也"的意思，表明了"一"与"两"之间的一而二、二而一的关系。到了晚年，他仍然坚持上述"凡物皆两也"的思想，可见这是他一贯所坚持的思想。在他晚年的《习学记言序目》中，他指出："夫天地以大用付与阴阳，阴阳之气运而成四时，杀此生彼，岂天地有不仁哉？"⑤又说："且天长地久，自古而然，未有知其所由来者，岂以其不自生而后能长生哉？……飘风骤雨，非天地之意也；若其陵肆发达，起于二气之争，至于过甚，亦有天地所不能止者矣。"⑥这就是说，万物的生成及其运动变化，都是阴阳二气的运动、斗争的结果，这是自然而然并且是自古而然的，并没有任何主宰者的意志，也不存在天地"不仁"的问题。显然，叶适的辩证法思想是唯物主义的，与道学、心学从天地万物之外去寻找运动变化的原因是根本对立的。⑦

---

① （宋）叶适：《叶适集·水心别集》，中华书局，2010 年，第 732 页。

② （宋）叶适：《叶适集·水心别集》，中华书局，2010 年，第 732 页。

③ （宋）叶适：《叶适集·水心别集》，中华书局，2010 年，第 732 页。

④ （宋）叶适：《习学记言序目》，中华书局，1977 年，第 42 页。

⑤ （宋）叶适：《习学记言序目》，中华书局，1977 年，第 212 页。

⑥ （宋）叶适：《习学记言序目》，中华书局，1977 年，第 212—213 页。

⑦ 张义德：《叶适评传》，南京大学出版社，1994 年，第 271 页。

　　叶适在看到"凡物皆两也"的同时，还指出了"一气之所役，阴阳之所分"是导致运动的内部原因，万物都是在不断运动变化的，因而叶适说"万物皆变"，无一例外，他说："时常运而无息，万物与人亦皆动而不止。易虽因事以明随时之义，然终不能尽其变通，而古今憧憧，更起迭仆，如机发轮转而不得停也，可不哀欤！"① 以"时"来概括事物运动变化的无限过程，是叶适哲学思想的一大特色。

　　因此，叶适的辩证法也具有了与道学、心学的截然不同的唯物主义特征。在当时，一些道学家和心学家，在一定程度上也都认为"万物皆变"，如前文已经提到的张载，在指出"一物两体"的同时，也分析说明了物是运动的，他说"气有阴阳，屈伸相感之无穷"② 才形成了物的变化，将气的相互作用及其运动的总名称叫作"太和"，也就是运动的统一体。他用"太虚"来说气的物质结构，"太和"来说气的运动状态。二者从不同的侧面反映了气是运动着的物质这一本质属性，所以他在《正蒙》第一篇总论"太虚"和"太和"。

　　世界是永恒运动的，但是理学家将他们认为世界万物的本体的"理"和"心"看成是不动的。对于部分理学家否认事物的运动来源于内部的观点，叶适分析道："因八物而两之，而后有义，义立而后有用。"③"因而两之而变生焉。故夫两者所以明变，而六者所以为两也。"④ 以此用来说明事物运动变化的根源在于事物内部所包含的矛盾，物之"两"是发生"变"的原因，而非其他。虽然事物的运动变化是绝对的、永恒的，但并不是就没有"静"的存在，在绝对的、永恒的运动中，静止的相对的，暂时的。《礼记·乐记》中"人生而静，天之性也；感物而动，性之欲也"，也涉及动与静的问题，这段话为道学家和心学家们所欣赏的。对此叶适尖锐地批评道："但不生耳，生即动，何有于静？以性为静，以物为欲，尊性而贱欲，相去几何？"⑤ 这就是说，人以至万物只要它生

---

① （宋）叶适：《叶适集·水心文集》，中华书局，2010 年，第 156 页。

② （清）王夫之：《张子正蒙注》，中华书局，1975 年，第 338 页。

③ （宋）叶适：《叶适集·水心别集》，中华书局，2010 年，第 696 页。

④ （宋）叶适：《叶适集·水心别集》，中华书局，2010 年，第 696 页。

⑤ （宋）叶适：《习学记言序目》，中华书局，1977 年，第 103 页。

下来，存在于世界上，它就有了"动"的本性，就是要运动的，只有在运动当中万物才得以生成，因此说"人生而静，天之性也"是根本不合人和万物的本性的。从而进一步深化了他对动与静关系的阐述，进一步阐明了其"万物与人皆动而不止"的思想。

第二节 叶适的发展文学观

叶适的唯物主义道器观认为，道存在于现实的物中，他以辩证的发展观认识世界，他的唯物主义哲学观点，是在论诗时提到的。他以辩证发展的观点进行文学批评活动，针对理学家的"尊古"诗论，提出了"尊古不陋今"的发展文学观。

一、宋代理学思想中的文学观

理学从北宋五子起，至两宋之交的前后五十年，其自身地位不断上升，理学家不断涌现，理学的学派或并立或继起地不断产生，学术极大的繁荣。宋代理学以"理"为一切事物的本体，其中不但涵盖了自然、社会等万物，也包含了文学、艺术等方面。理学家注重提升人的道德修养，从而实现提高人的精神境界的目的，对于人的精神自由与愉悦的追求，也是文学所关怀的主要问题。

理学思潮在从北宋初的孕育到南宋时的基本完善过程中，已经逐渐的渗透到宋代社会生活的各个层面，在对待文学的问题上，理学家由初期的排斥而渐渐演变为接受，并归为自家思想的一部分。理学内部派别繁多，观点各异，因而对于文学的看法，各流派也有着根本的差异，尽管这些差异对后世的文学产生的影响各不相同，但因其同属理学，从总体上来看，对于文学的原则上仍是相近的，都在理学思想中透出了或多或少的文学审美意味。

在北宋时期，理学初步形成，理学家并没有明确地提出对于文学的关注，只有一些散见的言论，启发了后代理学家对于文学的深入理解。北宋理学家邵雍曾在《伊川击壤集自序》中有明确表示：

> "是知怀其时则谓之志，感其物则谓之情，发其志则谓之言，扬其情则谓之声，言成章则谓之诗，声成文则谓之音。然后闻其诗，听其音，则人之志情可知之矣。且情有七，其要在二，二谓身也、时也。谓身则一身之休戚也，谓时则一时之否泰也。一身之休戚则不过贫富贵贱而已，一时之否泰则在夫兴废治乱者焉。是以仲尼删《诗》，十去其九。诸侯千有余国，《风》取十五。西周十有二王，《雅》取其六。盖垂训之道，善恶明著者存焉耳。近世诗人，穷戚则职于怨憝，荣达则专于淫泆。身之休戚发于喜怒，时之否泰出于爱恶，殊不以天下大义而为言者，故其诗大率溺于情好也。"①

这里显见了他脱离现实、返诸心性的倾向，而且提出了如何衡量所吟咏之性情的标准问题。他认为，文人作诗往往因一己之休戚好恶而吟咏性情，所以大多陷溺其中，真正意义上的诗应是出于"天下大义"，也就是道。邵雍在理学上主张"以物观物"理论，他认为诗也应该是主体以道观道、以物观物的产物，诗中所书写的应是超越物我对待、与物同体的心境，并以此心境关照外物，表现出所谓的物之性、天之道。具体而言，主体当摆脱一己的荣辱得丧之情，甚至于忧时念世之意，以此心态来观照外物，势必摄取大自然的恬静和谐之境发而为诗，这类诗歌意境中所体现出来的天地之道其实是理学家所标榜的伦理与人格境界，是自然的人化。② 诗歌作为吟咏性情的工具，要有节制，不能为性情所累，这样的诗才是性灵的自然流露，所以邵雍主张不刻意为诗，主张诗当兴到自成，是主体冲融恬淡的精神境界的表达，因而，他也反对过分追求律切工巧，而失去了天然之趣。

理学得名于二程所提出的"天理"之学，二程有着相似的理学观点，但是

---

① （宋）邵雍：《邵雍集》，中华书局，2010 年，第 179 页。

② 黄宝华，文师华：《中国诗学史（宋金元卷）》，鹭江出版社，2002 年，第 213 页。

在文学问题上却提出了两个看似矛盾的观点，即程颐的"作文害道"说和程颢的"诗兴"说。程颐认为，学习天理，就能认识宇宙的本体和人的本质，能够贯通人类社会的法则，其余的都不值得学习，尤其鄙视文学艺术，认为作诗文是"闲言语"而不欲为。他的"作文害道"说出于对天理的敬畏，要求约束个人的情感，免去一切私欲，而文学却是在情感的基础上生发而成的，所以文学追求会影响对理的体悟。但是，程颢却说："夫子言'兴于诗'，观其言，是兴起人善意，汪洋浩大，皆是此意。"① 认为诗歌的"兴"可以兴起事物，扩展到自然万物，同时，也可以引发人的善心，由对于诗歌的"兴"的体会和欣赏，可以启发人们提升道德情操的修养。程颢认为，诗歌表现出的与物同体的境界与理学家的穷理尽性相似，诗歌中的境界对人格的熏陶很有帮助。程颢还说："'兴于诗'者，吟咏性情、涵畅道德之中而歆动之，有'吾与点'之气象。"② 提出了"兴善气象"的理学诗歌理论。程颢弟子杨时继承了他的思想，杨时说："作诗不知《风》《雅》之意，不可以作诗。尚谲谏，唯言之者无罪，闻之者足以戒，乃为有补。若谏而涉于毁谤，闻者怒之，何补之有？观苏东坡诗，只是讥消朝廷，殊无温柔敦厚之气，以此人故得而罪之。若是伯淳诗，则闻之者自然感动矣。"③ 以温柔敦厚的诗教传统为理学家的文学要求。"诗兴"说对后世的理学家在文学方面的理解产生了极大的影响。

南宋时期理学家与诗人之间的联系相对北宋紧密，同时，南宋时期的理学家普遍具有较高的文学素养。从《宋元学案》中我们可以知道南宋前期著名的理学家有杨时、吕本中、胡寅、胡宏、尤袤等，这些人中有的就是当时很有名的文学之士，他们文学素养的提升在于其对文学的观念态度的转变。南宋在军事上的妥协与政治上的偏安，并没有影响其文化的发展和繁荣。在南宋几乎同时出现了文学领域的诗歌中兴与思想领域的理学兴盛，诗坛上也告别了北宋南宋之交无大家出现的寂寞局面，出现了以陆游、范成大、杨万里等为代表的中

---

① （宋）程颢，程颐：《二程集》，中华书局，1981 年，第 41 页。

② （宋）程颢，程颐：《二程集》，中华书局，1981 年，第 366 页。

③ （宋）杨时：《龟山集》，影印文渊阁《四库全书》本，第 1125 册，台湾商务印书馆，1986 年，第 204 页。

兴复盛。集理学思想大成的朱熹，在文学方面也成为后世的榜样。他可谓理学家中对于文学创作兴趣做浓厚的、留下论诗歌创作言论最多的一位。他既以文学的形式阐释了理学的思想，从理学思想出发谈论文学创作，又具有文人作品中情感的抒发与吟唱，以文人的身份发表文学评论，从朱熹的身上，我们可以看到理学与文学的冲突与并存。

南宋时期的理学家与文学家在对待江西诗派时态度趋向一致，江西诗派是北宋后期至南宋前期产生广泛影响的一个诗歌流派，黄庭坚登上诗坛盟主位置形成了江西诗派的诗歌主潮。在江西诗派影响下，南宋前期的大多数诗人于学诗的初期几乎都沾染了江西诗风，南宋前期的理学家中很多也是江西诗派小有名气的诗人，理学家与江西诗派之间构成了交互错综的关系。理学家称赞江西诗派对诗歌的道德境界的重视，要求诗歌回归自然平淡的高古之境，追求陶渊明的淳淡之风，将以仁本体为核心的性情作为诗的终极旨归。但是在初期学江西诗派的诗人和理学家，几乎都经历了对江西诗风的态度先扬后抑的过程，他们最终都超越了江西诗风。在理学家与江西诗派看似密切的关系背后，还有很多对江西诗风的不满意。理学集大成者朱熹就曾明确表示了对黄庭坚和江西诗派的不满，他说："后山雅健强似山谷，然气力不似山谷较大，但却无山谷许多轻浮底意思。"[①]他认为黄庭坚的诗歌轻浮一面是不值得学习和肯定的。

此外，陆九渊对江西诗派也有所评价，他将其"心学"研究发挥于诗论，以"心"说性，他认为关雎之诗"其本有之善心，亦未始不兴起也"[②]，高屋建瓴地概述了诗歌发展的历程，说明了由"心"而生的道德自觉和以展示心灵为根本的文学相得益彰。吕祖谦也认为"诗者，人之性情而已"[③]，"看诗须是以情体之，如看关雎诗，须识得正心，一毫过之，便是私心"[④]。南宋的理学家对文学的态度已经从"作文害道"之类的极端轻视文学的思想转变为一定程度上的

---

① （宋）黎靖德：《朱子语类》，中华书局，1986年，第3334页。

② （宋）杨简：《慈湖诗传》，影印文渊阁《四库全书》本，第73册，台湾商务印书馆，1986年，第3页。

③ 郭绍虞主编：《中国历代文论选·宋金元文论选》，人民文学出版社，1984年，第334页。

④ 郭绍虞主编：《中国历代文论选·宋金元文论选》，人民文学出版社，1984年，第334页。

包容，尤其就诗学思想而言，理学家在其文道观的影响下，表现了对传统的儒家诗教倡导"言志"与"美刺"的注重。

南宋理学家走出了北宋理学家空谈义理、鄙弃诗文的狭隘思维，他们不但进行着大量的实践创作，还在讨论文道关系时不可避免地涉及了文学审美话题，成为影响文学理论的一股不可忽视的力量。

二、理学家的"尊古"诗学理论

理学家继承了儒家温柔敦厚的诗教理想，对于诗歌言志的功能突出重视，因而对魏晋以前的古诗表现出了喜爱之情。以古诗为符合诗歌的本质与价值的主导倾向，成为理学家诗论观的突出表现。

理学家对于文学的不屑态度，到了朱熹才有所缓和，他在理学家的立场上，明确指出了对古诗所体现的诗歌价值的认可。他说：

> "熹闻诗者志之所之，在心为志，发言为诗。然则诗者岂复有工拙哉，亦视其志之所向者高下何如耳。是以古之君子德足以求其志，必出于高明纯一之地，其于诗固不学而能之。至于格律之精粗，用韵属对、比事遣辞之善否，今以魏、晋以前诸贤之作考之，盖未有用意于其间者，而况于古诗之流乎？近世作者乃始留情于此，故诗有工拙之论，而葩藻之词胜，言志之功隐矣。"[1]

朱熹认为，言志是诗歌的根本目的，志的价值决定了诗歌的价值，至于形式技巧等没有独立的价值。他将言志与技巧对立起来，技巧愈多，文辞愈美愈讲究，而志就会愈被遮蔽，从而弱化诗歌言志的功能导致了诗歌价值的降低。孔子曾让诸弟子述志，曾点优游不迫的人生态度得到了孔子的最大赞许，在曾

---

① （宋）朱熹撰，朱杰人，严佐之，刘永翔主编：《朱子全书》，上海古籍出版社，安徽教育出版社，2002 年，第 1728 页。

点所描述的境界中，道德境界与审美境界合二为一。

朱熹认为诗歌应以表现"忠厚恻怛之心，陈善闭邪之意"为"性情之正"的标准。他在邵雍观点的基础上，于《诗集传》中云："诗者，人心之感物，而形于言之余也。心之所感有邪正，故言之所形有是非。惟圣人在上，则其所感者无不正，而其言皆足以为教。"①表明了对儒家温柔敦厚传统的坚持。朱熹涉及诗歌的审美属性诸如风格、语言、修辞手法等等之处的言论很多，对历代诗人也多有品评。他的言论大多是随意性的点评，兴之所至，言即随之。他从贵古贱今的诗学观出发，在《答巩仲至第四书》中对历代之诗加以概括性评述，将历代诗歌的评论分为三个重点对象，一是汉魏诗，二是晋宋至初唐以前的诗，三是唐及以后的律体诗，提出古今诗三变三等之说。认为"古今之诗，凡有三变。盖自书传所记，虞夏以来，下及魏晋，自为一等。自晋、宋间颜、谢以后，下及唐初，自为一等。自沈、宋以后，定著律诗，下及今日，又为一等。然自唐初以前，其为诗者固有高下，而法犹未变。至律诗出，而后诗之与法，始皆大变，以至今日，益巧益密，而无复古人之风矣。"②从价值评判将诗分为三等，三变对应三等，以为愈古的诗愈好愈高，愈今的诗愈不好愈下。他所说的"诗之与法"，大概可以认为是赋比兴之法。因此他自云尝欲抄取先秦韵语、汉魏古词，以及郭璞、陶渊明之作"自为一编，而附于三百篇、楚辞之后，以为诗之根本准则"，至于下二等则只能"择其近于古者，各为一编，以为之羽翼舆卫。"③朱熹强调诗之正，反对变，是有违诗的自身发展规律。他持复古观，重视五古，走汉魏晋一路，贵古贱今，未必合理。他轻视格律诗，在创作实践上作五古多，而律诗多用于与人唱和方面。他在《论诗体平淡之义》一文中，批评时人是今非古之失，认为"近体之可以悦人之观听，是不免有是今非古之意，

---

① （宋）朱熹撰，朱杰人，严佐之，刘永翔主编：《朱子全书》，上海古籍出版社，安徽教育出版社，2002年，第3650页。

② （宋）朱熹撰，朱杰人，严佐之，刘永翔主编：《朱子全书》，上海古籍出版社，安徽教育出版社，2002年，第3095页。

③ （宋）朱熹撰，朱杰人，严佐之，刘永翔主编：《朱子全书》，上海古籍出版社，安徽教育出版社，2002年，第3095页。

遂不复有意于古人高风远韵耳。"①将近体诗"悦人之观听"者贬为郑卫之音，而将平淡视为雅正之体，忽视了平仄格律的铿锵音乐美，更忽略了韵律在诗词发展史上的地位。

在朱熹所分的诗歌的三个历史阶段中，前两个阶段的诗也有价值高下之分，但是，对于颜、谢以后至唐初之诗，朱子认为其"法犹未变"，仍是古人的传统的延续，我们可以称为先唐诗。三变的关键在于"至律诗出"的第三变，即古体到律体之变，才发生了根本的变化。三变说划分了两种诗体，古体诗与律体诗，相对应的是汉魏六朝诗与唐诗两种表现形式。他在早年学诗时，便以汉魏古诗为模仿对象，晚年仍赞扬其师刘子翚诗作"全是学《文选》乐府诸篇"②。他认为保存在《文选》中的唐以前的诗歌是值得后人学习的典范。朱熹认为古体诗的价值高于律体诗，汉魏六朝诗高于唐诗。当然，朱熹对先唐诗并不是毫无区别地一概肯定，就某些具体的作品而言，他并非完全同意古胜于今的说法，他也极其鄙视南朝的齐梁诗，"齐梁间之诗，读之使人四肢皆懒慢，不收拾。"③指出了齐梁诗萎靡不振，缺乏使人激发振作的力量的弊端。朱熹晚年回忆自己学诗的经历说："向来初见拟古诗，将谓只是学古人之诗。元来却是如古人说'灼灼园中花'，自家也做一句如此；'迟迟涧底松'，自家也做一句如此；'累累涧中石'，自家也做一句如此；'人生天地间'，自家也做一句如此。意思语脉，皆要似他底，只换却字。某后来依他如此做得二三十首诗，便觉得长进。盖意思句语血脉势向，皆效他底。大率古人文章皆是行正路，后来杜撰底皆是行狭隘邪路去了。"④他所见到的"拟古诗"，当是指陆机、江淹等人的拟古之作，所拟对象应是汉魏古诗。

从朱熹将"自书传所记，虞夏以来，下及魏晋，自为一等"中我们了解了

---

① （宋）滕琪：《经济文衡》，影印文渊阁《四库全书》本，第704册，台湾商务印书馆，1986年，第298页。

② （宋）朱熹撰，朱杰人，严佐之，刘永翔主编：《朱子全书》，上海古籍出版社，安徽教育出版社，2002年，第3968页。

③ （宋）黎靖德：《朱子语类》，中华书局，1986年，第3325页。

④ （宋）黎靖德：《朱子语类》，中华书局，1986年，第3301页。

理学家的"尊古"倾向，具体来看，宋代理学家从前代诗人中选取了陶渊明和杜甫为欣赏对象，倍加推崇，视二人为人格的典范，在文集和语录中常常有对二人的赞美之语，崇拜之情洋溢其中，如受理学思想影响较深的张戒认为："孔子删诗，取其思无邪者而已。自建安七子、六朝、有唐及近世诸人，思无邪者，惟陶渊明、杜子美耳，余皆不免落邪思也。"① 可谓："古诗须看西晋以前，如乐府诸作皆佳。"② "选中刘琨诗高，东晋诗已不逮前人。齐梁益浮薄。"③ 从中我们可以看出朱熹的文学思想有浓重的复古色彩，重视"西晋以前"的诗即汉魏古诗，也即是最早出现的五七言诗。然而事实并不如此简单，朱熹对于东晋至南朝的诗作也并不是一概否定，对于陶渊明他就表现出了欣赏之情。朱熹曾评陶说："渊明所以为高，正在其超然自得，不费安排处。"④ 从此诗来看，他在深刻地认识陶诗特点的基础上还进行了身体力行地学习，所以在理性的论析中含有感性的把握。理学家"尊古"的诗学理想集中于陶、杜，因为陶渊明的避世高趣、杜甫的真情溢露与其"吟咏性情"的诗学主张不谋而合，理学家以"性情之正"为标准追求"要使方寸之中无一字世俗言语意思"，和陶渊明的超俗、杜甫的忘我都是一种超脱声色货利欲望之真情，所以陶、杜二人成为理学家的人格典范的追求。

理学家的尊古的诗歌理论一方面是其诗教观的延续，另一方面也因为魏晋以前的诗歌艺术范式符合理学家对于诗歌创作方法的认识。单从诗歌的形式技巧层面看，近体诗因讲求声律对偶等技巧成分，所以相对来说言志的功能有所降低，因而其的价值也就低于古诗了。朱熹接受了传统的诗歌创造要求，认为"诗人之旨"的形成需要"平易不费力，句法浑成"的审美境界的塑造，他在其诗中创造了大量的自然意象，将意象与义理相融合，借助优美的自然意象表达

---

① （宋）张戒：《岁寒堂诗话》，影印文渊阁《四库全书》本，第 1479 册，台湾商务印书馆，1986 年，第 44 页。

② （宋）黎靖德：《朱子语类》，中华书局，1986 年，第 3324 页。

③ （宋）黎靖德：《朱子语类》，中华书局，1986 年，第 3324 页。

④ （宋）朱熹撰，朱杰人，严佐之，刘永翔主编：《朱子全书》，上海古籍出版社，安徽教育出版社，2002 年，第 2755 页。

新鲜灵动的情趣，来说明治学之理。理学家建立的"性情之正"的标准与对陶渊明、杜甫范式的择取，以及反对过分雕琢，崇尚自然、平淡的艺术审美风格，形成了"尊古"的诗学理论要求。

这一诗学理论影响到有宋一代的诗歌作品，基本都是工丽而深思。少了唐诗的富丽堂皇，多了宋人的对自然社会的感悟。

三、叶适"尊古不陋今"的发展文学观

理学家的"尊古"文学审美倾向，我们从前文朱熹的"自书传所记，虞夏以来，下及魏晋，自为一等"中已经有所了解。叶适从其学术思想的根本上就与理学家有别，他坚持唯物主义的道器观，以发展的观点看待世界，认为世界是永恒的运动与相对的静止所构成，在这种哲学观点的指导下，他形成了尊古又不陋今、强调发展的诗学观点。

在学术思想上，叶适虽然也被归于理学家行列，但是他重外物，建构了唯物主义的道器观，他认为道并不是先天的存在，而是存在于现实的物中，因而其诗学思想与朱熹等传统理学家不同。后人常常引用的"夫形于天地之间者，物也"一语，就是他在论诗时所表现的唯物主义的道器观。在《水心别集·诗》中他说：

> "诗之兴尚矣。夏、商以前，皆磨灭而不传，岂其所以为之者至周人而后能欤？夫形于天地之间者，物也；皆一而有不同者，物之情也；因其不同而听之，不失其所以一者，物之理也；坚凝纷错，逃遁诵伏，无不释然而解，油然而遇者，由其理之不可乱也。"

古诗在夏商之前的好久都不流传了，到了周代能开始流行，是因为存在于物中的"理"是不可乱的。叶适的总体思想倾向于"理"，这个"理"是"物之理"，是以物为前提的。物首先在天地间存在，物的外观与习性的种种不同表现是"物之情"。人们通过物之情，认识物之理，诗人通过诗歌描绘天地间万事万物的真实情状，从而发现、揭示物之理。因此，诗歌抒情与言理

就有了理论依据。

作诗与学道之间的矛盾导致了理学家大多以尊古为论调，然而，这一矛盾并非不可调和，正如朱熹所说的"真味发溢"的观点，就是对程颐极端的否定艺术论调的矫正。朱熹认为，圣人因其有德而发言成文，一般诗人"作诗间以数句适怀亦不妨。但不用多作，盖便是陷溺尔。当其不应事时，平淡自摄，岂不胜如思量诗句？至如真味发溢，又却与寻常好吟者不同。"①"真味"是具有道理的充实的胸怀，淡泊而不失味道，"发溢"是充实而饱满后的自然流露，不刻意，不做作，水到渠成。因而作诗与学道并不相妨碍，作诗也是学道的表现。

叶适的著名唯物观"物之所在，道则在焉"的观点，也是在论诗时说的。他说："余尝怪五言而上，往往世人极其才之所至，……古诗作者，无不以一物立文，物之所在，道则在焉，物有止，道无止也，非知道者不能该物，非知物者不能至道；道虽广大，理备事足，而终归之于物，不使散流，此圣贤经世之业，非习为文词者所能知也。"②前文对叶适于此处发挥的哲学思想已有论述，他将"道"作为世界最高的统一性原理，强调了"道"的存在要依存于物，离开物而独立存在的道是没有的，即所谓"性命道德未有超然遗物而独立者"，这里主要分析其以诗立论的诗学思想。在物需要道来体现，道不能离开物的前提下，诗歌创作也不能拒绝写物，有了物诗所表现的道才能有所附丽与止泊，不致"流散"。而写物正是唐诗的特点。所以叶适对"永嘉四灵"诗学晚唐的创作风格大加奖掖和赞赏，后文将有专节论述。叶适从发展的观点出发，充分肯定各个时期有成就的诗人的文学价值。叶适说：

　　"后世诗，《文选》集诗通为一家，陶潜、杜甫、李白、韦应物、韩愈、欧阳修、王安石、苏轼各自为家，唐诗通为一家，黄庭坚及江西诗通为一家。人或自谓知古诗，而不能知后世诗，或自谓知后世诗，而不能知古诗，及其皆知，而辞之所至皆不类，则皆非也。韩愈

---

① （宋）黎靖德：《朱子语类》，中华书局，1986年，第3333页。

② （宋）叶适：《习学记言序目》，中华书局，1977年，第702页。

盛称皋夔伊周孔子之鸣，其卒归之于诗，诗之道固大矣，虽以圣贤当之未为失，然遂谓'魏晋以来无善鸣者，其声清以浮，其节数以急，其辞淫以哀，其志驰以肆，其为言乱杂而无章'，则尊古而陋今太过。"①

对于诗歌发展的各个阶段，叶适都对其取得的成绩予以肯定，他反对持有尊古诗论的理学家对今诗的否定，在古诗和今诗之间只看重一方而忽视另一方是不可取的。正是在这种通达的态度下，叶适才会在提倡"永嘉四灵"诗学晚唐以就江西末流之弊的同时，也意识到了其存在的问题，在举世为晚唐诗时指出向上一路，开辟新的境界。

叶适对从古代至当时的整个诗歌发展历史论述道：

"孟子言'王者之迹熄而《诗》亡，《诗》亡然后《春秋》作'。《春秋》作不作，不系《诗》存亡，此论非是。然孔子时人已不能作诗，其后别为逐臣忧愤之词，其体变坏；盖王道行而后王迹著，王政废而后王迹熄，诗之废兴，非小故也。自是诗绝不继数百年。汉中世文字兴，人稍为歌诗，既失旧制，始以意为五七言，与古诗指趣音节异，而出于人心者实同。然后世儒者，以古诗为王道之盛，而汉魏以来乃文人浮靡之作也，弃而不论，讳而不讲，至或禁使勿习；上既不能涵濡道德，发舒心术之所存，与古诗庶几，下复不能抑扬文义，铺写物象之所有，为近诗绳准，块然朴拙，而谓圣贤之教如是而止，此学者之大患也。"②

诗歌的体制由古至今发生了诸多变化，"旧制"一次次地被新的形式所替代，然而，古今之诗，虽"指趣音节"不同，"而出于人心者实同"。从这一点上来说，古今之诗应是具有同等价值意义的。理学家"以古诗为王道之盛"的

---

① （宋）叶适：《习学记言序目》，中华书局，1977年，第701页。
② （宋）叶适：《习学记言序目》，中华书局，1977年，第700页。

言论，完全否认了魏以来诗作的价值，对此，叶适认为应该区别的对待"后世之诗"，对于其中符合儒家诗教的，应该加以肯定，以达到"抑扬文义，铺写物象之所有，为近诗绳准"的目的。

中国传统的儒家诗教观，既要求诗歌具有裨补时事的功利意义，又要求其发挥涵养性情的修身作用。"诗缘情而绮靡"，理学家更重视传统诗教的涵养性情一端，认为情不是人的一种单纯的情感，而有人性天理的特定的内涵。

理学家以传统儒家的诗以载道，文以言志为出发点，追求体道悟理的人生，他们在涉及情的问题时选择理智和冷静的方式来处理情感，以中庸之道来避免过于偏向情的一端。然而道毕竟要借助文辞来表达，所以他们也没有完全废弃吟咏，因为诗作为文辞的一种重要形式，自然没有废弃之理。只是他们认为诗文应该是性情的自然流露，"情"应该符合于"性"。他们难免将"言志"和"吟咏性情"混为一谈，使得"性"和"理"之间越走越近，诗有沦为言"性理"之"性"的工具的倾向。朱熹有《晚霞》诗云："日落西南第几峰，断霞千里抹残红，上方杰阁凭栏处，欲尽余晖怯晚风。"化用了李商隐"夕阳无限好，只是近黄昏"的意思，通过对晚景的具体描绘，创造出了诗的意境。他认为，"大意主乎学问以明理，则自然发为好文章，诗亦然"①。程颢的学生杨时，在提到诗歌语言的问题时，也提倡平淡自然的语言观，他指出："陶渊明诗所不可及者，冲澹深粹，出于自然，若曾用力学，然后知渊明诗非著力之所能成。"②在对如何看待诗的问题时，杨时还主张"观其情""想其味"，这里的"情"与"味"，在注重符合传统儒家温柔敦厚诗教的前提下，注意到了诗歌的抒情和韵味。他称赞贺铸诗："托物引类，辞义清远，不见雕绘之迹，浑然天成。"③这些例子说明了理学家对诗歌的抒情、审美功能有了相当程度的关注。叶适认为情出于人的自然需要，通过礼可以调节。他指责："若后世之师者教人抑情以徇

---

① （宋）黎靖德：《朱子语类》，中华书局，1986年，第3307页。

② （宋）杨时：《龟山集》，影印文渊阁《四库全书》本，第1125册，台湾商务印书馆，1986年，第191页。

③ （宋）杨时：《龟山集》，影印文渊阁《四库全书》本，第1125册，台湾商务印书馆，1986年，第356页。

礼，礼不能中，乐不能和，则性枉而身病矣。"[1]理学家常说"天地之性"，就是指超乎了荣辱得失的心境，符合礼教规范的淡泊平和的人品，人情在"天理"的规范下超越个体的感性欲求之上，以"仁"为核心内化于人内心的秉性。杨时在《龟山语录》中还发挥道："《狼跋》之诗曰：'公孙硕肤，赤舄几几'，周公之遇谤，何其安闲而不迫也？学诗者不在语言文字，当想其气味，则诗之意得矣。"[2]对于诗之意的品味，就是要在诗歌的审美之外玩味其中蕴含的道理，以涵养心性为诗的一个方面，悟道的结果以诗的方式表达，心灵感悟以诗的方式抒发，人的情感归于性情之正，从而提升人的精神人格。虽然叶适的永嘉事功学派反对空谈心性，但是仍然在诗学理论中强调"用情正性"，"读者诚思其教存而性明，性明而诗复"[3]。他十分赞同吕祖谦编选诗作时"自古乐府至本朝诗人，存其性情之正、哀乐之中者，上接古诗，差不甚异，可与学者共由"[4]的做法。

因此，从叶适的学术思想出发，他表现在文学方面的"尊古不陋今"的发展文学观是无可厚非的。进而我们也就理解了叶适提倡体物写情的唐诗，以及对于"永嘉四灵"学习晚唐体创而"咏情性，写生态"的奖掖、提携。

第三节 叶适与"永嘉四灵"

叶适在其唯物主义的道器观和辩证法的指导下，形成了"尊古不陋今"的发展文学观，使得他能客观地看待文学流派的优点与不足。在南宋中后期，诗坛可谓弊病丛生，一方面是江西诗派的"叫嚣怒张"，以诗歌为展览学问的手

---

① （宋）叶适：《习学记言序目》，中华书局，1977 年，第 88 页。

② （宋）杨时：《龟山集》，影印文渊阁《四库全书》本，第 1125 册，台湾商务印书馆，1986 年，第 193 页。

③ （宋）叶适：《叶适集·水心文集》，中华书局，2010 年，第 216 页。

④ （宋）叶适：《习学记言序目》，中华书局，1977 年，第 700—701 页。

段；另一方面，是理学家们以诗歌为政治教化的工具。此时，一股可谓清新的气息吹入诗坛，"永嘉四灵"令人的眼前一亮。四灵的成名，虽然离不开他们独树一帜的诗歌创作，更重要的是叶适的奖掖、宣扬，因此他们才能在群星璀璨的诗歌发展长河中，留下一段足迹。

一、"永嘉四灵"的诗学创作及意义

"永嘉四灵"是指徐照、徐玑、翁卷、赵师秀四人。他们生活于十二、三世纪的南宋永嘉地区，因其字号里都带有一个"灵"字而被合称为"永嘉四灵"。徐照（？—1211），字道晖，一字灵晖，号山民。徐照家境贫穷，终身布衣，未曾出仕，嗜茶、善画，赵师秀《喜徐道晖至》诗云："闲成画亦传。"死后由"紫芝集常朋友殡且葬之"①。徐玑（1162—1214），字致中，又字文渊，号灵渊。徐玑出身世家，受父"致仕恩"得职，为官清正，在任有德政，耽习书法，"无一食去纸笔"，迹近兰亭。翁卷（生卒年未详），字续古，又字灵舒。翁卷尝登淳祐（一说淳熙十年）乡荐，任过幕职，一生落拓江湖。赵师秀（1170—1220），字紫芝，又字灵秀、灵芝，号天乐。赵师秀为宋宗室，太祖八世孙，宋光宗绍熙元年（1190年）中进士，曾任佐吏幕职，晚年寓居钱塘。他们彼此旨趣相投，诗风以及诗学主张相似，"四人之体略同"②。

"永嘉四灵"的社会地位都不高，他们的身份经历，以及当时的社会环境，影响了他们的诗歌创作，多以写山水小景、日常生活闲情等为内容。"永嘉四灵"生活的南宋光宗、宁宗时期，宋与金之间处于相对稳定的军事状态，统治集团渐渐苟安现状，进取中原的锐志渐消。四灵并没有完全的抛弃世事，忘怀国耻。徐玑在《传胡报二十韵》中写道："晋赵非殊异，山河本浑全。人心方激切，天道有回旋。王佐存诸葛，中兴仰孝宣。何当渭桥下，拱揖看骈阗。"赵师秀是南渡时徙居永嘉的汴京人，他的诗中常有怀念故国之情，"北望徒太息，归

---

① （宋）叶适：《叶适集·水心文集》，中华书局，2010年，第322页。

② （宋）徐照，徐玑，翁卷，赵师秀撰，赵平校点：《永嘉四灵诗集》，浙江大学出版社，2010年，第315页。

玦寻故园"①。他十分不满偏居一隅、抱残守缺的国策，对此他委婉的讥讽"听说边头事，时贤策在和。"②甚至还激烈的批判，"慷慨念时事，所惜智者昏。砭疗匪无术，讳疾何由论！"③虽然"四灵"的有些作品与社会现实相联系，但是社会意义较弱，缺少深广的内容和时代风云之气。在社会大环境的影响下，那个时期的文学创作上，慷慨激昂的战斗篇章渐渐地被苟安的环境所带来的寄情山水、闲居田园之作所取代。所以"四灵"的诗作也没有走出流连光景、吟咏田园生活、抒写羁旅情思以及应酬唱和之作的范围④。

"四灵"在时代的背景下，结合了其自身的生活经历、思想情志以及处世态度，他们以诗作为陶写性情、抒发个人感受的工具。"四灵"诗歌作品共计702首，其中徐照259首，徐玑164首，翁卷138首，赵师秀141首⑤。"四灵"在诗歌创作中反映了现实生活。"四灵"中徐玑、赵师秀只做过小官，徐照、翁卷一生布衣，较低的社会地位使得他们比较容易接近社会下层生活，长期接触民间，了解了一些民情民俗，民间疾苦，在诗作中体现出来。"永嘉四灵"的艺术风格独特，精心营造出了"清""寒""野""静"之境，在主观情趣的充溢中造就独特的审美意趣，体现出明确的艺术价值取向。⑥前人对"永嘉四灵"诗作"清"的风格已经多有论述。严羽《沧浪诗话·诗辨》指出："近世赵紫芝、翁灵舒辈，独喜贾岛、姚合之诗，稍稍复就清苦之风。"追随"四灵"的永嘉诗人曹豳在《瓜庐诗集跋》中论道："予读四灵清苦，爱其清而不枯，淡而有味。"清人顾嗣立《寒厅诗话》以为："四灵以清苦为诗，以洗黄陈之恶气象、狞面目。"诚然，"清"是"四灵"常用的一个字，这是他们人格之清的写照，淡泊名利，清新雅致，人格的追求如实的反映在诗作中。自然界中常常让人感觉"清"的事物，常常也是极冷的，如冰、雪、霜、月、清风、夜空等，往往让人

---

① 胡俊林《永嘉四灵暨江湖派诗传》，吉林人民出版社，2000年，第220页。:
② 胡俊林：《永嘉四灵暨江湖派诗传》，吉林人民出版社，2000年，第226页。
③ 胡俊林：《永嘉四灵暨江湖派诗传》，吉林人民出版社，2000年，第220页。
④ 陈增杰：《南宋四灵简论》，《浙江师范学院学报（社会科学版）》，1984年第1期，第57页。
⑤ 胡俊林：《永嘉四灵暨江湖派诗传》，吉林人民出版社，2000年，第9页。
⑥ 参见茅雪梅：《"永嘉四灵"研究》，暨南大学文学院，硕士学位论文，2006年。

产生生理以及心理的寒意，"寒"也是"永嘉四灵"诗歌常常表现的一种感觉。同时，"清"和"寒"又多用来表现人的穷困潦倒的境况。从"永嘉四灵"底层的社会地位来看，他们的一生几乎都可谓是贫困的。尤其是山民徐照，在生活的窘迫下，心头定会常常涌起无尽寒意："枯株围古寺，长觉夜寒增。坐听风吹雪，吟移佛照灯。灰沉鳞骨碎，茶沸蟹涎凝。何计从师老，生涯若履冰。"①"永嘉四灵"自称"野人""野客"，足见其对"野"之偏爱。"野"是一种远离繁华与喧闹，在无人打扰的荒郊野外，悠闲自在的境界。又有"民间、不当政的地位"之意，与"当朝"的官场是相对立的。远离喧嚣的场所必然是静谧的幽处，追求"静"也是"四灵"诗歌的主要风格。"四灵"常常营造清幽静谧之境，以表达殊于俗好的品味。他们自称"静者"，因为他们喜欢出入山林、寺院等偏僻安静的场所，享受自然界的宁静，同时也是对熙来攘往的俗世的逃避，对孤傲的表白。"四灵"以"静"为保持心态平衡、减轻生活困顿、命运不济带来的心灵负荷的有效手段。

从诗歌的形式特征上看，"四灵"创作的律诗较多，尤以五律数量最多。对"四灵"全部诗歌做一个统计，可以看到，徐照诗作259首，其中五言律诗156首，占全部诗作六成左右；徐玑诗作164首，五言律诗106首，占全部诗作六成以上；翁卷诗作138首，五言律诗92首，占全部诗作近七成；赵师秀诗作141首，五言律诗88首，占全部诗作六成稍以上。从数量上看，五言律诗可谓"四灵"诗歌创作的主要样式。与此形成鲜明对比的是，"四灵"之中仅徐玑和翁卷各存有一首五言绝句，可见对于绝句他们是避而不做的，其原因与理由也许也是一个值得探讨的话题，这里就不再深入追究其原因了。五言律诗，是唐以来近体诗的各种体例中最普及的一种样式，随着科举在唐代的发展，诗赋取士多以五言律诗为主，到了中晚唐时期，五言律诗被诗人大力推进。"四灵"诗学贾岛、姚合，宗法晚唐诗，在诗歌创作时，形式的选择自然倾向于五言律诗。"四灵"的五律多咏景物之作，在闲逸的情趣中追求一种平淡简远的韵调。律诗

---

① （宋）徐照，徐玑，翁卷，赵师秀撰，赵平校点：《永嘉四灵诗集》，浙江大学出版社，2010年，第60页。

讲究对偶声律与用韵，"四灵"作律诗对字句的锻炼是比较刻苦的。徐照有云："天教残息在，安敢废清吟。"[①] 对此《四库全书总目》谓其"专以炼句为工，而句法又以炼字为要。"[②] 方回谓"四灵非极莹，不出，所以难。"[③] 此外，"四灵"的古体诗创作，虽然数量不多，但也表现出一定的创作兴趣，各人均有数量不等的古体诗篇。其中徐照的古体诗值得一提，不但数量占到了其诗歌总数的近三成，体态样式也有五言、七言、杂言多种，创作水平比较高，形成了比较成熟的风格。其中有如《自君出之矣三首》《湘江曲》《采莲曲二首》《征妇思》等多首乐府民歌，不但高古典雅，韵味充沛，而且情感真挚，雄壮浑厚，在"四灵"中可谓独树一帜。诗歌体式是诗的外部显著特征，是诗人在进行创作之时，需要考虑的一个较为重要的问题。它不但决定了诗歌作品的容量，还影响诗人表情达意的方式方法。"四灵"诗歌在创作上偏重采用五言律体的形式，不但是"四灵"继承中晚唐诗传统的自觉，也是其对诗歌体式选择的强烈倾向的结果，他们四人的相似与相互影响，在外在表现上是十分突出的。

《四库全书总目》中指出："宋承五代之后，其诗数变，一变而西昆，再变而元祐，三变而江西。江西一派由北宋以逮南宋，其行最久。久而弊生，于是永嘉一派以晚唐体矫之，而'四灵'出焉。"[④] "永嘉四灵"作为一个诗歌流派出现，既有其时代、社会的原因，也是反对江西诗派的产物。江西诗派因追随者众多，在水平参差不齐的效仿之中，日益显出极大的弊端，在学杜的口号下丢掉了杜诗面向社会的根本，只是片面追求文字形式与语言技巧，讲究文字出处，以借鉴代替创造，用拼凑的方式推陈出新，失去了诗歌感受社会与生活的魅力。因此，诗风改革的问题迫在眉睫，江西诗派的内部与外部的一些诗人着手从诗

---

① 胡俊林：《永嘉四灵暨江湖派诗传》，吉林人民出版社，2000年，第136页。

② （宋）徐照，徐玑，翁卷，赵师秀撰，赵平校点：《永嘉四灵诗集》，浙江大学出版社，2010年，第266页。

③ （宋）徐照，徐玑，翁卷，赵师秀撰，赵平校点：《永嘉四灵诗集》，浙江大学出版社，2010年，第340页。

④ （宋）徐照，徐玑，翁卷，赵师秀撰，赵平校点：《永嘉四灵诗集》，浙江大学出版社，2010年，第266页。

学理论与创作实践上来扭转这种偏向，杨万里将目光投向晚唐诗歌，在《读笠泽丛书》诗中说："晚唐异味同谁赏，近日诗人轻晚唐。""四灵"诗派也就是在这种条件下产生的。

"永嘉四灵"中徐照年纪最长，出生于高宗绍兴后期，赵师秀年纪最幼，出生于孝宗乾道六年（1170年）。在"四灵"成长的时间里，正是以"中兴四大家"为代表的诗风改造运动蓬勃发展的时期。钱钟书先生说："一个学江西体的诗人先得反对晚唐诗；不过，假如他学腻了江西体而要另找门路，他也就很容易按照钟摆运动的规律，趋向于晚唐诗人。"① 对江西诗风的改革确实是沿着这样的方向进行的，这一点在"中兴四大家"中的杨万里身上体现得最突出。他曾经焚掉了早年学江西诗派所作的诗歌，以示改变诗风的决心，他说："予少作有诗千余篇，至绍兴壬午七月皆焚之，大概江西体也。今所存曰《江湖集》者，盖学后山及半山及唐人者也。"② 此后，他的诗作几次改变师法对象，最终学习唐人，以晚唐诗为最佳选择，形成其"诚斋体"，他说："余之诗始学江西诸君子，既又学后山五字律，既又学半山老人七字绝句，晚乃学绝句于唐人。"③ 对此，莫砺锋先生指出："以自然为诗歌题材的渊薮，以自然为诗歌灵感的源泉，这是'诚斋体'的主要特征。"④ 可见"诚斋体"与晚唐诗之间具有密切的联系。陆游的诗歌创作也从学江西诗派入手，后又另寻作诗门径，形成了"而其诗自在中唐、晚唐之间，不主江西"的风格。正如姜夔曾引用尤袤的话说："近世士人喜宗江西，温润有如范致能者乎？痛快有如杨廷秀者乎？高古如萧东夫，俊逸如陆务观，是皆自出机轴，岂有可观者，又奚以江西为？"⑤ 乾淳之际，以杨万里、陆游为代表的南宋前期诗人们，不断的探索突破江西诗风的道路，他们

---

① 钱钟书：《宋诗选注》，三联书店，2001年，第266页。

② （宋）杨万里：《诚斋集》，影印文渊阁《四库全书》本，第1161册，台湾商务印书馆，1986年，第84页。

③ （宋）杨万里：《诚斋集》，影印文渊阁《四库全书》本，第1161册，台湾商务印书馆，1986年，第84页。

④ 莫砺锋：《唐宋诗论稿》，辽海出版社，2001年，第494—513页。

⑤ （宋）姜夔：《白石道人诗集》，影印文渊阁《四库全书》本，第1175册，台湾商务印书馆，1986年，第64页。

不约而同地选择晚唐诗为突破口，在学习晚唐诗的基础上形成了各自的代表诗风。孙望、常国武主编的《宋代文学史》中论述"诚斋体"时说道："这对江西诗派琢语生硬、讲究典故和喜用拗律的作风来说，不啻是一个大胆的革新和解放，为南宋诗风由江西诗派演变到晚唐体起了过渡和枢纽的作用，并对后来的'永嘉四灵'及江湖诗人的创作产生了直接影响。"①

"四灵"在家乡度过了青年时期，他们之前互相进行着文学的交流。在那个时期，江西诗派已坠入"连篇累牍，汗漫无禁"的末流之中，影响力所剩无几。方回《送罗寿可诗序》说，"嘉定而降，稍厌江西，永嘉四灵，复为九僧，旧晚唐体"，"永嘉四灵"站在了江西诗派的对立面，他们继承了中兴诗人们以学晚唐来纠正江西诗风流弊的道路，深入发掘，许棐说"四灵"的诗为"玉之纯、香之妙者"②，"四灵"不断地努力，把对于晚唐诗的学习落到了实处，在倡导晚唐诗风的过程中十分用心，作出了极大的努力。

因此，"永嘉四灵"反对江西、提倡晚唐不是突发奇想，而是有迹可循的。"永嘉四灵"与江西诗派注重学问的诗学追求不同，江西诗派以破坏声律美为代价一味追求诗歌的力量美，其发展的后果就是失去了诗歌的韵律和谐，"永嘉四灵"强调诗歌取材多从自然真切的感受中来，讲求韵律，精致清淡。刘克庄说："古诗出于情性，发必善；今诗出于记问，博而已。自杜子美未免此病，于是张籍、王建辈稍束起书袋，划去繁缛，趋于切近。世喜其简便，竞起效颦，遂为'晚唐体'，益下，去古益远。"③虽然，在众多的革新江西诗风为己任的诗人群体中，"永嘉四灵"只是不怎么起眼的一股小力量，但是，历史却给了他们一席之地，是因为在光宗朝以后踏上诗坛的四灵，在以晚唐体纠正江西诗派的流弊的同时，也对晚唐诗作了深入的研究，对"晚唐体"有光大之功。

全祖望在《宋诗纪事序》中云：

---

① 孙望，常国武主编：《宋代文学史（下）》，人民文学出版社，1996年，第5页。

② （宋）徐照，徐玑，翁卷，赵师秀撰，赵平校点：《永嘉四灵诗集》，浙江大学出版社，2010年，第276页。

③ （宋）刘克庄：《后村先生大全集》，四川大学出版社，2008年，第2472页。

　　"庆历以后，欧、梅、苏、王数公出，而宋诗一变。坡公之雄
放，荆公之工练，立起有声，而涪翁以崛奇之调，力追草堂，所谓江
西派者，和之者最盛，而宋诗一变。建炎以后，东甫之瘦硬，诚斋之
生涩，放翁之清圆，石湖之精致，四壁并开，乃永嘉徐、赵诸公以清
虚便利之调行之，见赏于水心，则四灵派也，而宋诗又一变。嘉定以
后，《江湖小集》盛行，多四灵之徒也。"①

　　这段话说明，"永嘉四灵"对宋诗的发展起到了一定影响。他们虽然没有
明确的论诗著作，但他们的诗歌创作与当时诗风改革的文学潮流相顺应，用自
己的实际行动表明了学习晚唐诗的立场。钱钟书先生明确地说"四灵"诗派
"开创了所谓的江湖派"，江湖派诗人以刘克庄，戴复古等为代表，他们以"四
灵"为师，学其晚唐诗风，并尊其诗为"四灵"体。江湖诗派的领军人物刘克
庄在《林子显诗序》中感慨地说："惜湖山寂寞，不及与四灵上下其论。"② 他曾
用"旧止四人为律体，今通天下话头行"③ 的诗句，来形容四灵对于当时后世的
较大影响。方回《瀛奎律髓》卷四十二说："后村晚节饱满四灵。"清人纪昀解
释说："'饱满四灵'，犹曰撑肠挂肚，纯是四灵语耳。此盖当日方言。"可见刘
克庄与"四灵"之间有密切关系。江湖诗派主要是学习"四灵"从唐诗处继承
的重"情"的诗学观，如戴复古就以抒情为己任，曾与"永嘉四灵"一起探讨
诗歌方面的问题。他的《哭赵紫芝》诗末云："忆在藏春圃，花边细话时。"南
宋韦居安《梅涧诗话》卷中记载："杜小山未尝问句法于赵紫芝。答之云：'但
能饱吃梅花数斗，胸次玲珑，自能作诗。'戴石屏云：'虽一时戏语，亦可传

　　① （宋）徐照，徐玑，翁卷，赵师秀撰，赵平校点：《永嘉四灵诗集》，浙江大学出版社，
2010 年，第 356 页。

　　② （宋）徐照，徐玑，翁卷，赵师秀撰，赵平校点：《永嘉四灵诗集》，浙江大学出版社，
2010 年，第 318 页。

　　③ （宋）徐照，徐玑，翁卷，赵师秀撰，赵平校点：《永嘉四灵诗集》，浙江大学出版社，
2010 年，第 300 页。

也。'"① 可见杜耒有过向赵师秀学诗的经历。南宋王绰《薛瓜庐墓志铭》云：
"永嘉之作唐诗者，首四灵。继四灵之后，则有刘咏道、戴文子、张直翁、潘幼
明、赵几道、刘成道、卢次夔、赵叔鲁、赵端行、陈叔方者作，而鼓舞倡率；
从容指论，则又有瓜庐隐君薛景石者焉。……继诸家之后，又有徐太古、陈居
端、胡象德、高竹友之伦，风流相沿，用意益笃。永嘉视昔之江西几似矣，岂
不盛哉！"② 这里所列举的十余位诗人中，大都是江湖诗派的知名者，现今，仍
可以从残存的江湖派总集中看到他们的作品。可见江湖诗派深受"四灵"影响
之大。

"永嘉四灵"不仅仅是反对江西诗派的产物，也是推动宋诗发展的一个动
力。因此，从更广泛的方面来看，"四灵"在宋代唱响唐音，除了与个人经历与
爱好有关，还带着某种反拨宋诗的目的，掀起了一股晚唐之风。钱钟书曾说：
"宋之柯山、白石、九僧、四灵，则宋人之有唐音者。"③ "四灵"对唐诗风韵的
继承，为南宋中后期带来了一股学唐诗的极大声势。他们自觉地向唐风靠近，
以学习晚唐为荣，徐照就曾说过："唐世吟诗侣，一时生在今。"④

"永嘉四灵"虽然以学唐诗的方式纠正了宋诗的某些偏差，但其诗歌的艺术
特色并非多么丰富，相反，如四库全书总目提要在《芳兰轩集》中说："'四灵'
之诗，虽镂心鉥肾，刻意雕琢，而取径太狭，终不免破碎尖酸之病。"⑤ 由于才
力、见识的局限，从诗歌史上来看，四灵诗歌贡献不是十分重大，诗歌的取境
相对来说还是狭窄的，但是，相比当时的江西诗派和理学诗派来说，"四灵"能
够脱身于书堆之外、相对的联系了现实，多少还在诗中抒发了个人的真实情感，
人生体悟。"永嘉四灵"于时代的潮流之中，奏响了诗学晚唐的旋律，甚至一直

---

① （宋）徐照，徐玑，翁卷，赵师秀撰，赵平校点：《永嘉四灵诗集》，浙江大学出版社，
2010 年，第 328 页。

② （宋）徐照，徐玑，翁卷，赵师秀撰，赵平校点：《永嘉四灵诗集》，浙江大学出版社，
2010 年，第 315 页。

③ 钱钟书：《谈艺录》，中华书局，1984 年，第 2 页。

④ 胡俊林：《永嘉四灵暨江湖派诗传》，吉林人民出版社，2000 年，第 136 页。

⑤ （宋）徐照，徐玑，翁卷，赵师秀撰，赵平校点：《永嘉四灵诗集》，浙江大学出版社，
2010 年，第 264 页。

到元明清时期，诗坛仍然有唐诗的声音，宋诗以主理的形态与主情的唐诗相对的屹立诗坛，却最终没有摆脱唐诗的影响，唐诗始终作为宋诗的对立面出现，而这一历史现象的产生，"永嘉四灵"可谓功不可没，推动了中国古典诗歌的历史走向。

二、叶适与"永嘉四灵"的交游

"永嘉四灵"的成名，主要归功于叶适的提携。他们的诗学理论被叶适所欣赏，以诗歌为纽带，叶适与"永嘉四灵"之间产生了密切的交往关系。从出生时间推断，叶适比"四灵"都要年长，甚至比"四灵"当中最小的赵师秀年长一辈人。从时间上推断，叶适与"四灵"的交往大体在 1203 年前后，因为"四灵"诗作中有徐玑的《上叶侍郎十二韵》诗和赵师秀的《叶侍郎寄芍药》诗，而叶适曾于嘉泰三年（1203）权兵部侍郎。

叶适弟子吴子良在《荆溪林下偶谈》中，就有很多关于叶适与"永嘉四灵"交往关系的记载。然而，叶适与"永嘉四灵"这个整体中的不同个体之间，交往时间的长短、关系的亲疏又是各不相同的。差异化的交往程度，体现了叶适对于"四灵"成员中不同个体的诗歌关注程度的差异。"永嘉四灵"的诗歌创作常以一个整体的面貌被提出，但是，真实的生活中，他们却是四个年龄、身世、经历各不相同的个体，在相似的诗歌创作中仍然存在着差异化的个性。在"四灵"当中，叶适与徐玑的关系最为密切。嘉定八年（1215 年）叶适为徐玑作《徐文渊墓志铭》，其中言"君与余游最早"[①]，这说明了叶适不但很早就认识徐玑，还与之保持了相对密切的关系。叶适曾为徐玑的父亲徐定（字德操）作墓志铭——《徐德操墓志铭》，在近千字的铭文结尾，表达了对于徐定为人的敬佩，"余闻公在家时，惟以朔望日谒郡守，他官府旷岁不到，殊不识其处，参坐语未尝及公事也。"[②] 在作此铭二十六年之后，叶适"始见所谓《春秋解》者，良

---

① （宋）叶适：《叶适集·水心文集》，中华书局，2010 年，第 410 页。

② （宋）叶适：《叶适集·水心文集》，中华书局，2010 年，第 253 页。

悔前铭称美未极,且怪诸子不早示余也。"① 又为徐定的《春秋解》作了《徐德操春秋解序》一文,在"学博而要,文约而费"的基础上,称赞徐定解经具有"卓而信,明而笃"的高超水平,可见叶适与徐玑一家有长达数十年的世交。叶适与徐玑之间经常相互评论诗歌,"君每为余评诗及他文字,高者迥出,深者寂入,郁流瓒中,神洞形外,余辄俛仰终日,不知所言。然则所谓专固而狭陋者,殆未足以讥唐人也。"② 叶适赞赏徐玑诗歌审美风格的迥异。叶适罢官隐居之时,恰逢徐玑前往龙溪任职,叶适作《送徐致中序》相送,云:

> "徐致中在零陵,得单秉文笔法,以自书《论语》《大学》诸篇遗予。予得之惊喜,为作诗云:'欧、虞兼褚、薛,事远迹为尘。今日观来翰,如亲见古人。尽归严号令,富有活精神。碑版荒唐久,遄看走四邻。'然致中书暴进,而予素不知书,恐见者嗤侮,遂不敢出此。因其赴龙溪承丞,漫书以别。
>
> "致中云:'今人字不用法,随帖摹写,止取形似,虽有巧拙,岂足评论。'予问:'当用何法?'致中言:'王逸少则不可知。凡书皆一法,如匠造屋,主人位置装折不同,木之分寸必应绳墨。故分为点画,合而为字,无妄施者。'致中所造如此,当遂名家,更须归日验之。"③

该序在《水心文集·补遗》中收录,其中所作之诗与收入《水心文集》的《赠徐灵渊》有一些出入,可能是先作有诗,在录入序中作了改动。这篇序称赞了徐玑不俗的书法理念和成就。

此外,叶适与徐玑之间还互有赠诗,叶适曾作《菊花开送徐灵渊》一诗④:

> 白头几度逢重九,方是今年种菊花。

---

① (宋)叶适:《叶适集·水心文集》,中华书局,2010 年,第 221 页。
② (宋)叶适:《叶适集·水心文集》,中华书局,2010 年,第 410 页。
③ (宋)叶适:《叶适集·水心文集》,中华书局,2010 年,第 621 页。
④ (宋)叶适:《叶适集·水心文集》,中华书局,2010 年,第 114 页。

> 衰病自怜何处看，馨香聊向小园夸。
>
> 讨论摇落生光怪，暖熟风霜与丽华。
>
> 正好行吟君已去，别移秋色付谁家。

徐玑则作《上叶侍郎十二韵》①：

> 侍从西湖宅，安闲近水心。门开春郭静，桥度野池深。
>
> 山翠连龙起，云楼学虎临。芙蓉通远者，槐柳步回阴。
>
> 盛业归宗匠，斯文并古今。典谟存大雅，金石振余音。
>
> 畴昔留藩管，江淮拥带襟。雍容平宇宙，潇洒在园林。
>
> 玉富渊难测，仙癯鹤可召。步趋垂杂组，言笑响鸣琴。
>
> 补衮心无替，弹冠迹未觉。于今幽兴极，正可辩清吟。

　　这首诗中流露了徐玑对于叶适的仰慕之情，并将此意付诸实施，在龙溪任满之后放弃了升迁长泰令的职位，欲从学于叶适，然而猝然而逝，未能如愿。对于徐玑的遗憾，叶适叶适充满了悲伤之情，在其墓志铭中发出了"君将请于朝，弃长泰终从余，未及而死。垂绝，忽长叹言争争者数声，其妹抚之曰：'何争？'张其目视曰：'天争。'妹又曰：'天何争？'复力疾大声曰：'争名也。'遂卒。嗟夫！君之志固远于利矣。岂以名未就而有不足耶！"②的感慨。叶适不但为徐玑作了墓志铭，还作有《祭徐灵渊文》和《徐灵渊挽词》，以寄托对于挚友的哀思。

　　在"四灵"之中，徐照的年龄最长，与叶适年岁相近。从二人所存的相同题名的诗《宿觉庵》中，我们可以推断二人可能曾有过同游宿觉寺的经历，叶适《宿觉庵》云：

----

① （宋）徐照，徐玑，翁卷，赵师秀撰，赵平校点：《永嘉四灵诗集》，浙江大学出版社，2010年，第87页。

② （宋）叶适：《叶适集·水心文集》，中华书局，2010年，第410—411页。

> 宿觉名未谢，残山今尚存。
>
> 暂开云外宅，不闭雨中门。
>
> 麦熟僧常饿，茶枯客谩吞。
>
> 荒凉自有趣，衰病遣谁言。①

另有《宿觉庵记》一文，是为自警之作。徐照的《净光山四咏呈水心先生》②中的《宿觉庵》云：

> 公说曹溪事，经今六百年。
>
> 庵基平地筑，碑记远人传。
>
> 种竹初遮日，疏岩只欠泉。
>
> 自当居鼎鼐，岂在学修禅。

二人可能在一同游览宿觉庵时，谈古论今，留下了值得许多值得回忆的片段。在《净光山四咏呈水心先生》中还有一首《绝境亭》：

> 高顶宜登望，吾州见地形。
>
> 水通蛮国远，山出海门青。
>
> 薛径僧行迹，风枝鹤退翎。
>
> 公能同众乐，私帑建官亭。

绝境亭是叶适出资所建，徐照为其写诗，可见二人之间的相知之情。而叶适在好友徐照辞世后的墓志铭中，表达了对徐照诗歌的欣赏，"有诗数百，斲思尤奇，皆横绝歘起，冰悬雪跨，使读者变踔慓栗，肯首吟叹不自已；然无异语，

---

① （宋）叶适：《叶适集·水心文集》，中华书局，2010 年，第 96 页。

② （宋）徐照，徐玑，翁卷，赵师秀撰，赵平校点：《永嘉四灵诗集》，浙江大学出版社，2010 年，第 51—52 页。

皆人所知也，人不能道尔。"① 叶适还写有《徐师垕广行家集定价三百》② 一诗，这首诗在今日看来更像是一则为徐照诗集宣传的广告，通过诗歌的赞赏来帮助徐照推广诗集，为生活贫寒的徐照谋些生活费用，可见叶适对于徐照的关怀无微不至。叶适另有《薛景石兄弟问诗于徐道晖请使行质以子钱畀之》③ 一诗，记载了薛景石兄弟问诗于徐照的事情。

"永嘉四灵"中与叶适关系最为疏远的一位当数翁卷，在翁卷和叶适所存的诗作中都没有二人相互赠答的作品。关于二人的关系，刘克庄在《后村诗话》中记载：

> "水心大儒，不可以诗人论。其赋《中塘梅林》云：……后篇云：……。此二篇兼阮、陶之高雅，沈、谢之丽密，韦、柳之精深，一洗古今诗人寒俭之态矣。然四灵中如翁灵舒乃不喜此作，人之所见有不可解如此者。"④

《中塘梅林》⑤ 两首诗作充分体现了叶适的创作风格，刘克庄对此做出了较高的评价，肯定了叶适的审美追求。与此相反，翁卷作为因叶适的提携而名满天下的四灵中的一员，却"不喜此作"，可见翁卷对于叶适的提携并没有一味的附和，他对于文学有着独特的个性化追求，同时，从刘克庄的不解态度中，我们也能够体会出叶适与翁卷之间的关系并不是十分密切。

在《水心文集·补遗》中，有从黄震的《黄氏日抄》所辑的《翁灵舒诗集序》一文：

① （宋）叶适：《叶适集·水心文集》，中华书局，2010 年，第 321 页。

② （宋）叶适：《叶适集·水心文集》，中华书局，2010 年，第 135 页。

③ （宋）叶适：《叶适集·水心文集》，中华书局，2010 年，第 135 页。

④ （宋）刘克庄撰，王蓉贵，向以鲜点校：《后村先生大全集》，四川大学出版社，2008 年，第 4487 页。

⑤ 《中塘梅林》两篇参见（宋）叶适：《叶适集·水心文集》，中华书局，2010 年，第 54，55 页。

"起魏、晋，历齐、梁，士之通塞，无不以诗，而唐尤甚。彼区区一生穷其术而不悔者，故将以求达也。如必待达而后工，工而无益于用舍之数，则奚赖焉！君头发大半白。旁县田一顷，蛙鸣聒他姓。城隅之馆，水石粗足，而不能居也。"

从中我们了解到，叶适为翁卷作的诗序，弥漫着挖苦的语调，充分暴露了二人之间矛盾的关系，但是，黄震所加按语："愚观灵舒，四灵之一也，水心所以斥骂者如此。而世以晚唐诗名者，尚遥拜之为宗师，可叹也已！"却稍显夸张，有耸人听闻之嫌。

"永嘉四灵"中最小者赵师秀于叶适在年龄上差距颇大，几乎可谓两代人。二人的交往也无迹可考。叶适曾赠给赵师秀剪枝芍药花，赵兴奋之余作有《叶侍郎送红芍药》：

> 雕栏迎夏发奇葩，不拟分来野客家。
> 自洗铜瓶插敧侧，暂令书卷识奢华。
> 旧游尚忆扬州梦，丽句难同谢朓夸。
> 应被花嗔少风味，午窗相对一杯茶。

叶适与"永嘉四灵"之间的交游往来，为他了解"四灵"的诗歌理想打下了基础，在交往过程中，叶适的诗学审美理想与"四灵"的审美倾向趋向一致，也加深了他们之间的交往关系。我们可以就此推断"永嘉四灵"的诗歌作品有叶适的思想主张和影响。

三、叶适对"四灵诗"的评论

"永嘉四灵"能够受到文化圈的关注，并得到诗坛承认，对诗歌的发展产生了一定的影响，除了其自身的不懈努力之外，也基于他们与当时著名的诗人如葛天民、赵蕃、戴复古等建立了联系的原因，更重要的是，他们的诗歌创作得到了当时永嘉学派大学者叶适的支持。正如赵汝回所说："水心先生既啧啧叹赏之，于是四灵之名天下莫不闻。"①"四灵"本身没有明确的诗论著作，叶适的一些诗论观点，可谓是代表了"四灵"崇尚晚唐的诗学思想，他还联系学术思想的演变，从学理上对"四灵"的创作给予了评价。

在为"永嘉四灵"之一的徐玑所写的墓志铭中，叶适认为"四灵"用自己的诗歌创作推行了唐诗，肯定了"四灵"学习晚唐诗风的行为，因而，后人多认为叶适是"四灵"的引领者。叶适门人吴子良说："水心之门，赵师秀紫芝、徐照道晖、玑致中、翁卷灵舒，工为唐律，专以贾岛、姚合、刘得仁为法，其徒尊为四灵。"②认为"四灵"就是叶适的门人，而且叶适曾为"永嘉四灵"选诗作序，大力鼓吹。同时，"四灵"吟咏物景与叶适的哲学思想相渊源。重世务，重功利，重外物的永嘉之学与程朱理学相对立，这就决定了他的诗学思想与如朱熹等正宗理学家是截然不同的。前文引用的叶适所说的"物之所在，道则在焉"不但能够说明他的唯物主义倾向，从诗学角度来看，既然道存在于物中，物是道的体现，这里的物泛指一切的自然、社会现象，那么在诗歌中也应该写物，这样诗中之道才能有所依附。而写物正是唐诗的突出特点。叶适表现其唯物主义倾向的另一著名观点"夫形于天地之间者，物也"也出于他的诗论。他认为"理"是万物皆有的"物之理"，物的种种各异的外观与习性是"物之情"，所以"古之圣贤"为了达到"养天下以中，发人心以和，使各由其正以自通于物"的境界，以"旁取广喻""比次抑扬""抽词涵意""发舒情性"，对于"风雨霜雪""山川草木""高飞之翼""蛰居之虫"，"无不言也"。为诗歌的写物抒情作了充分的理论论述。因此，叶适认为情、欲是出于人的自然需要，不赞同理学家灭情绝欲的观点，他曾指责："若后世之师者，教人抑情以徇礼，礼不能中，乐不能和，则性枉而身病矣。"③元人刘埙在《隐居通议》中提到："永嘉有言：'洛学起而文字坏。'"即认为理学家重道轻文的理论，妨碍了文学的发

---

① 赵汝回.瓜庐诗序［A］.陈增杰.永嘉四灵诗集：附录三［C］.杭州：浙江古籍出版社，1985.

② （宋）徐照，徐玑，翁卷，赵师秀撰，赵平校点：《永嘉四灵诗集》，浙江大学出版社，2010年，第316页。

③ （宋）叶适：《习学记言序目》，中华书局，1977年，第88页。

展。"永嘉四灵"在此方面与叶适大成了默契。

"四灵"以自身的诗歌创作，扛起了扫除江西诗弊、理学诗风的重任，为诗坛带来了一股新鲜的风格。江西诗派后学多与理学家有联系，有的本身就是理学家，他们以理学的诚心正意、穷理尽性为根本，加上黄庭坚的心性思想为宣传理论，借助江西诗派以文为诗的形式，导致了诗道式微。因此，叶适在对江西诗派提出批评的同时，也是对理学摧残文学的否定，对恢复文学本真的审美价值的努力。对此我们参考上文曾提到的明代学者徐象梅《两浙名贤录·赵师秀》的一段话："自乾、淳以来，濂洛之学方行，诸儒类以穷经相尚，诗或言志，取足而上，固不暇如昔人体验声病律吕相宜也。潘柽出，始创为唐诗；而师秀与徐玑、翁卷、徐照绎寻遗绪，日锻月炼，一字不苟下，由是唐体盛行。"① 这里同时也指出理学家"取足而止"忽视"声病律吕"的文艺观点，"四灵"兴起唐体与学术思想界对理学的反拨联系到了一起。叶适宣扬"四灵"的主张也同他哲学上与理学的争论桴鼓相应。朱熹等理学家认为只要义理好便是好诗，并不存在什么"工拙之论"，"诗固可以不学而能之"。他们推崇魏晋以前的古诗，尤其不满晚唐的苦吟之作，批评其"可惜一生心，用在五字上！"而"四灵"认为作诗就应当抒发内心的真实情感，"自吐性情"，"以浮声切响、单字双句计巧拙，盖风骚之至精也"。以晚唐善于推敲的贾岛、姚合等人为学习的榜样。"四灵"的诗歌理论与实践和理学家的诗学主张截然不同。

"四灵"对晚唐诗的学习隐含着对理学诗派反对的意味，理学家的"尊古"诗学观影响了诗歌本身的艺术特征，"情"被"理"所统辖，音乐美、形式美被枯燥的说理所代替，"四灵"以情韵丰富的诗歌创作与理学化诗风相抗争，力图突破诗歌的功利性，重新光大诗歌缘情、言情的特征。"四灵"以律体诗反对理学家提倡的古体诗，坚持"苦吟"，精细的雕镂诗歌。曾在早期创作中受到"四灵"影响的江湖派诗人刘克庄，对当时诗坛比较了解，他在《林子显诗序》中指出："近世理学兴而诗律坏，惟永嘉四灵复为言苦吟，过于郊、岛，篇

---

① （宋）徐照，徐玑，翁卷，赵师秀撰，赵平校点：《永嘉四灵诗集》，浙江大学出版社，2010年，第258页。

幅少而警策多。"① 再例如宋末周密《浩然斋雅谈》卷上有云："诸老率崇性理，卑艺文。朱氏主程而抑苏，吕氏《文鉴》去取多朱意，故文字多遗落者，极可惜。水心叶氏云：'洛学兴而文字坏。'至哉言乎！"元人袁桷《书汤西楼诗后》云："至乾、淳间，诸老以道德性命为宗，其发为声诗，不过若释氏辈，条达明朗，而眉山、江西之宗亦绝。永嘉叶正则始取徐、翁、赵氏为四灵，而唐声渐复。"② 从叶适的学术思想出发，他推崇体物写情的唐诗是可以理解的。叶适十分欣赏唐诗的工于体物、精于格律，反对江西末流只向古人字句中讨生活，空洞无物，"以浮响疑宫商，布缕缪组绣"，没有物作为载体，道就无所依傍，情也没有生发的根据。因此，叶适认为江西诗派影响下的宋诗并不能体现诗之道。

所以，叶适十分赞赏"四灵"的那些偏于刻画物象的精细之作。在徐照的墓志铭中，叶适赞美"四灵"说：

> "盖魏、晋名家，多发兴高远之言，少验物切近之实。及沈约、谢朓永明体出，士争效之，初犹甚艰，或仅得一偶句，便已名世矣。夫束字十余，五色彰施，而律吕相命，岂易工哉！故善为是者，取成于心，奇妍于物，融会一法，涵受万象，猇苓、桔梗，时而为帝，无不按节赴之，君尊臣卑，宾顺主穆，如丸投区，矢破的，此唐人之精也。……然则发今人未悟之机，回百年已废之学，使后复言唐诗自君始，不亦词人墨卿之一快也！"③

叶适、"永嘉四灵"及南宋诸人所提到的"唐诗""唐体""唐风"等，只是限于中、晚唐的律诗而言，而"唐人"也只是限于中、晚唐的诗人。④ 因为晚

---

① （宋）徐照，徐玑，翁卷，赵师秀撰，赵平校点：《永嘉四灵诗集》，浙江大学出版社，2010 年，第 318 页。

② （宋）徐照，徐玑，翁卷，赵师秀撰，赵平校点：《永嘉四灵诗集》，浙江大学出版社，2010 年，第 344 页。

③ （宋）叶适：《叶适集·水心文集》，中华书局，2010 年，第 321—322 页。

④ 陈增杰：《南宋四灵简论》，《浙江师范学院学报（社会科学版）》，1984 年第 1 期，第 56 页。

唐诗是近体律诗发展到完全成熟期的代表，所以"四灵"之学晚唐诗是对诗之特质的坚持。叶适曾称赞翁卷诗"自吐性情，靡所依傍"，虽然这与实际情况不符，翁卷作诗以贾岛、姚合为榜样，是有所"依傍"的，但是，这里叶适这样说应该是以此来说明翁卷不与江西诗派相同流，另辟蹊径。可见，"永嘉四灵"学习晚唐诗如同宋初黄庭坚等以杜甫为诗歌创作榜样，其目的是要打破就有的创作模式，改革诗风。杜甫被叶适认为具有转变诗风的划时代的作用，被当作由唐音向宋调过渡的关键人物。他在《习学记言序目》中曾说：

> "及沈约、谢朓竟为浮声切响，自言'灵均所未睹'，其后浸有声病之拘，前高后下，左律右吕，匀致丽密，哀思宛转，极于唐人，而古诗废矣。杜甫强作近体，以功力气势，掩夺众作，然当时为律诗者不服，甚或绝口不道。至本朝初年，律诗大坏，王安石、黄庭坚欲兼用二体擅其所长，然终不能庶几唐人。"[①]

杜甫在宋代地位得到了很大的提升，崇尚杜甫是宋调形成的一个重要原因。叶适将唐诗作为近体诗的典范，不欣赏崇尚杜甫而成的宋调。即使是"王安石七言绝句，人皆以为特工，此亦后人貌似之论尔。七言绝句，凡唐人所谓工者，今人皆不能到，惟杜甫功力气势之所掩夺，则不复在其绳墨中，若王氏则徒有纤弱而已。而今人绝句，无不祖述王氏，则安能窥唐人之藩墙！况甫之所掩夺者，尚安得至乎！"[②]王安石诗歌比晚唐人尚且欠缺，何况以王安石为学习对象的宋人，更是相差甚远了。

为了反对律诗，黄庭坚和江西诗派以杜甫为学习榜样，而这里"四灵"又回归到律诗的传统中，正如《徐斯远文集序》中所说："庆历、嘉祐以来，天下以杜甫为师，始黜唐人之学，而江西宗派章焉。……以夫汗漫广漠，徒杝然从之而不足充其所求，曾不如腔鸣吻决，出毫芒之奇，可以运转而无极也。故近

---

① （宋）叶适：《习学记言序目》，中华书局，1977年，第705页。
② （宋）叶适：《习学记言序目》，中华书局，1977年，第707页。

岁学者，已复稍趋于唐而有获焉。"① 他概括了宋诗的流变，并指出了"近岁学者"即"永嘉四灵"一派，学晚唐诗，他们的作品虽"如朏鸣吻决"，短章小什，也可以"出豪芒之奇"，重要的是其创新的意义。这恰恰符合了叶适所提倡的唯物主义辩证法的发展观，他认为万物都是在不断运动变化的，因此，诗歌风格也是在不断发展演变的，古体诗、律体诗，江西诗派、晚唐体，这些都是诗歌发展的客观表现。在律体诗"朽败之余"，江西诗派起而弥补其"缺绝之后"，事物的永恒运动没有穷尽，晚唐体又因纠正江西诗派而流行起来。新事物在不断的产生，代替旧事物的存在。

　　叶适称赞"四灵"，也是认为他们的诗歌创作是从自身的实际出发，结合客观的创作环境选择创作道路，求新求异。叶适的《题刘潜夫南岳诗稿》中谈到"四灵"的创新精神，他说："往岁徐道晖诸人，摆落近世诗律，敛情约性，因狭出奇，合于唐人，夸所未有，皆自号四灵云。"② 这段话指明了在江西诗派独领诗坛的情况下，"四灵"的创新一路是打破垄断的不二法宝，这也正是"四灵"所探索的新观点。叶适在称赞"四灵"的创新之后说：

　　　　"今四灵丧其三矣，冢钜沦没，……而潜夫思益新，句愈工，涉历老练，布置阔远，建大将旗鼓，非子孰当！昔谢显道谓'陶冶尘思，模写物态，曾不如颜、谢、徐、庾留连光景之诗。'此论既行，而诗因以废矣。悲夫！潜夫以谢公所薄者自鉴，而进于古人不已，参《雅》《颂》，轶《风》《骚》可也，何必四灵哉？"③

　　刘克庄时，"四灵"只剩一位，他对"四灵"有超越的志向，曾自称"欲息唐律，专造古体"④。叶适在为其题的序中表达了对刘克庄立志扩大诗歌境界的

　　① （宋）叶适：《叶适集·水心文集》，中华书局，2010 年，第 214 页。

　　② （宋）叶适：《叶适集·水心文集》，中华书局，2010 年，第 611 页。

　　③ （宋）叶适：《叶适集·水心文集》，中华书局，2010 年，第 611 页。

　　④ （宋）徐照，徐玑，翁卷，赵师秀撰，赵平校点：《永嘉四灵诗集》，浙江大学出版社，2010 年，第 317 页。

赞赏，引用谢显道对写景状物之诗的批评为鉴，鼓励刘克庄要超越"四灵"。可见叶适对"四灵"的评价有了全面的观点，其自身的辩证思想在诗论上也是有所体现的。

宋代诗歌经历几代人的探索开拓形成独立于唐诗的风格体制，是诗歌合理的逻辑发展的结果，其存在有自身的价值和理由，同时，发展过程中也产生了一些偏颇与缺失，于是才有了不同角度的探索与改革的途径。叶适与"四灵"所选择的道路是从本质上动摇了宋诗形成的主流的传统，以向唐音回归为宋诗的进一步发展开辟道路。在江西诗派的作品已经为人们所厌倦之后，"四灵"以自身诗作的清新秀丽给人们耳目一新的感觉。然而，这种新鲜也不是永恒的，加上"四灵"诗作取境狭窄的缺陷，人们也对其感到单调乏味了。赵汝回《云泉诗序》曾指出："世之病唐诗者，谓其短近，不过景物，无一言及理。"[①]说明了"永嘉四灵"偏重写景而很少关注人心灵的感受。

范晞文《对床夜语》批评"四灵"的诗风产生了很大的负面影响，他说："四灵，倡唐诗者也，就而求其工者，赵紫芝也。然具眼犹以为未尽者，盖惜其立志未高，而止于姚、贾也。学者闯其阃奥，辟而广之，犹惧其失。乃尖纤浅易，相煽成风，万喙一声，牢不可破，曰此四灵体也。其植根固，其流波漫，日就衰坏，不复振起，宗之者，反所以累之也。"叶适对于这种缺陷并非无动于衷，对此，他起初认为是扭转江西诗风的无拘无束的特色，有鼓励的意味，他曾说"然则所谓专固而狭陋者，殆未足以讥唐人也"[②]，但叶适后来又表现了很多对"四灵"的不满，如上文提到黄震《黄氏日抄》卷六十八《读水心文集》载有叶适《翁灵舒诗集序》一文，显然叶适后来也表现出了对唐体不足的认识。他对晚唐诗歌的微词，以及"四灵"的不满意，在另一处引友人的话也有所表明："木叔不喜唐诗，谓其格卑而气弱。近岁唐诗方盛行，闻者皆以为疑。夫争妍斗巧，极外物之变态，唐人所长也。反求于内，不足以定其志之所止，唐人

---

① （宋）徐照，徐玑，翁卷，赵师秀撰，赵平校点：《永嘉四灵诗集》，浙江大学出版社，2010年，第315页。

② （宋）叶适：《叶适集·水心文集》，中华书局，2010年，第410页。

所短也。木叔之评，其可忽诸？"①这说明叶适对唐体的缺陷是十分清楚的，对唐诗和宋诗特质的把握相当精辟中肯。

刘克庄认为"四灵"的诗歌："永嘉诗人极力驰骤，才望见贾岛、姚合之藩而已。"②叶适的门人吴子良是刘克庄的同时代人，他在《荆溪林下偶谈》中论述叶适在称赞"四灵"的同时也说过："尚以年不及臻乎开元、元和之盛。"③"四灵"的不足在后来者的学习中又多被承袭，"近时学者歆艳四灵，剽窃模仿，愈陋愈下。"④叶适从纠江西之病出发，提倡要向唐诗学习，向晚唐诗学习，但他并没有局限于此。他纵观唐代诗歌发展的脉络，清楚地认识到唐诗的高峰实际是在盛唐和中唐，所以他在徐照的墓志铭中才会发出因其过早辞世而"不及臻乎开元、元和之盛"的遗憾。但叶适并没有提出诗学盛唐的鲜明观点，随着历史的发展，宋末的严羽在反对江西诗派和江湖诗派的诗风末流基础上，提出诗学盛唐的口号。因此，吴子良认为叶适"虽不没其所长，而亦终不满也"⑤，他在引述了叶适的《王木叔诗序》和《题刘潜夫南岳诗稿》这两篇序跋后说："此跋既出，为唐律者颇怨，而后人不知，反以为水心崇尚晚唐者，误也。"⑥

对于"永嘉四灵"为何能得到当时政治与文化双重权威的叶适的提携，古人曾分析认为："叶水心适以文为一时宗，自不工诗，而永嘉四灵从其说，改学晚唐诗，宗贾岛、姚合。"还有人认为："惟其富赡雄伟，欲为清空而不可得。

---

① （宋）叶适：《叶适集·水心文集》，中华书局，2010 年，第 221 页。

② （宋）徐照，徐玑，翁卷，赵师秀撰，赵平校点：《永嘉四灵诗集》，浙江大学出版社，2010 年，第 317 页。

③ （宋）姜夔：《白石道人诗集》，影印文渊阁《四库全书》本，第 1481 册，台湾商务印书馆，1986 年，第 512 页。

④ （宋）姜夔：《白石道人诗集》，影印文渊阁《四库全书》本，第 1481 册，台湾商务印书馆，1986 年，第 513 页。

⑤ （宋）徐照，徐玑，翁卷，赵师秀撰，赵平校点：《永嘉四灵诗集》，浙江大学出版社，2010 年，第 316 页。

⑥ （宋）徐照，徐玑，翁卷，赵师秀撰，赵平校点：《永嘉四灵诗集》，浙江大学出版社，2010 年，第 316 页。

一旦见之，若厌膏粱而甘藜藿，故不觉有契于心耳。"当代学者对此也有所关注，齐治平分析说："水心论诗贵精切而贱泛滥，与四灵之刻意雕琢，宗旨相合，故有针芥之契。"笔者认为，叶适倾向于唐诗是为了坚持诗歌的艺术本质，同时，他从诗歌发展史的角度认识到晚唐诗歌的不足，对宋诗的自成一体也是认可的。当时诗坛可谓："南宋诗流之不墨守江西派者，莫不濡染晚唐。"[①] 所以叶适赞赏"四灵"学习晚唐，也是受到了时代文学思潮的影响。

① 钱钟书：《谈艺录》，中华书局，1984 年，第 124 页。

第三章

叶适德艺兼成的文艺观与诗学取向

在叶适的思想体系中，对于道以及道统的探寻，是其理论的出发点。在认识了宇宙之道与人生之道的基础上，这种外在的道需要内在化，转化为内在的德性，从本质上把握自然与人，将外部世界与人的内在德性相统一。人的内在德性提升不是根本目的，内在的德性需要与社会功利生活相结合，道德要求体现于人的生活和实践过程中，也就是叶适所宣扬的道德与功利的统一。叶适理论思想的整体过程，是肯定人的道德修养和重视事功、治道的完整过程。道德与功利的统一，反映在文学批评中，就是既要兼顾内在道德的提高，又要兼顾外在艺术的表现，"德艺兼成"是叶适的文学批评观。

第一节　叶适重道德的批评观

叶适在追述永嘉学统时，将永嘉学派的思想概括为两个方面，他说："故永嘉之学，必兢省以御物欲者，周作于前而郑承于后也。……故永嘉之学，必弥纶以通世变者，薛经其始而陈纬其终也。"① 永嘉学派的事功思想被叶适光大，同时，他还在以事功为学术立足点的基础上，吸取了永嘉学术中讲求道德的思

---

① （宋）叶适：《叶适集·水心文集》，中华书局，2010年，第178页。

想。叶适的实德思想在他的治道中是不可忽略的，他重新确立儒家道统而与朱熹等正统理学家相对立，他讲求的事功与治道又与陈亮"专注于制定本质上属于军事与行者的谋划来解决王朝的问题，而不是从道德教化出发告诚"[①] 有所不同，叶适并不否定道德在治道中的作用，因此有人称叶适是王道功利论者。[②]

一、叶适的实德思想分析

内圣与外王是儒家思想追求的人格典范，内圣主要是指人的道德存在，包含了仁义道德的形成以及其指导下的实践活动。叶适主张的道德心性修养以"实德"与"事功"作为目标，建构一种"义利合一"的道德修养论，人通过自身的德行来表现所认识的道，同时这种活动的指向也离不开利。利，即外王的方面，也就是叶适所指的功利、事功及为其付出的实践活动。道德修养包含了个人道德修养的知识层面与实践层面，义利不但是个体道德修养的追求，也是社会机制完善的重要环节。

叶适认为，在道的形成之初，德性问题就受到关注。他谈道："尧舜之前、非无圣人，神灵而不常者，非人道之始故也。'安安'者，言人伦之常也，'允恭克让'所以下之也，此所以为人道之始也。"[③] 人道从"安安"的人伦道德，"允恭克让"的为人处事开始，以"治道"作为德行维持其顺利发展。学习使维持德行追求有其特定的方法、途径，叶适说：

> "'学而不思'，'思而不学'，孔子之时，其言必有所指。由后世言之，其祖习训故，浅陋相承者，不思之类也；其穿穴性命，空虚自喜者，不学之类也；士不越此二涂也。"[④]

---

① 董平：《浙东学术（第二辑）》，浙江大学出版社，2011 年，第 125 页。
② 汤勤福：《试论叶适的道统论》，中州学刊，2001 年，第 3 期，第 51 页。
③ （宋）叶适：《习学记言序目》，中华书局，1977 年，第 52 页。
④ （宋）叶适：《习学记言序目》，中华书局，1977 年，第 176 页。

　　孔子谈到学与思时说，"学而不思则罔，思而不学则殆"。只是学习而不思考，无法与道的发展保持一致，如后世一些浅陋之人，只是祖习训故，不能悟到真正的道，就是不思之类也。不学之类只是思考而达到道，但不保持恒常的学习，不能体味道的丰富变化。这两种途径都不可取，唯有学与思相结合，才是道德修养形成的合理方法。

　　人的先天之性，千差万别，通过学习和实践可以塑造，养成内在的仁德之性。对于德行的养成，叶适作了深入的论述。叶适说：

　　　"'述而不作，信而好古'，孔子之道所以载于后世者在此。盖自尧舜至于周公，有作矣，而未有述也。天下之事变虽无穷，天下之义理固有止，故后世患不能述丽无所为作也。信而好古，所以能述也。虽然学者不述乎孔子而述其所述，不信乎孔子而信其所信，则尧舜周孔之道终以不明，慎之哉！"①

　　叶适认为自尧舜发展起来的人道，到了周公更加显赫，但只有作的方面，没有述也。孔子"述而不作，信而好古"，使道以文章的形式得以言说显现。而当今的学者，不述孔子之道而述其所述，不信孔子之道而信其所信，结果就是尧舜周孔之道终以不明。接着叶适说：

　　　"'默而识之，学而不厌，诲人不倦'，孔子自陈尽力处以告后人，如火燎暗冥，舟济不通，可谓至切至近，无微妙不可知之秘。学者但苦听受剿略尔。'德之不修，学之不讲，闻义不能徙，不善不能改'，以上三章相属联，似若有意次第者。……儒者不考于德而拘于学，则以其学为道之病。后世于不迁怒有异指，疑其伦类未通也。"②

---

①　（宋）叶适：《习学记言序目》，中华书局，1977 年，第 182—183 页。
②　（宋）叶适：《习学记言序目》，中华书局，1977 年，第 183 页。

　　叶适称赞了孔子自学以及教育他人的精神，正是学与思相结合的体现，并在实践中付诸实施。通过学习可以实现道的功用，对于本体来说可以培养出德性。

　　德形成于学与道之间，道德修养是正统理学家们所热衷的话题，也是叶适等坚持事功思想的学者被正统理学家所诟病之处。尊德性与道问学是朱熹的理学与陆九渊的心学之间激烈争论的问题。朱熹曾在给陈亮的信中表达了他的道德修养的目的，他向陈亮提出"绌去'义利双行、王霸并用'之说，而从事于惩忿窒欲、迁善改过之事，粹然以醇儒之道自律"①。对此，陈亮没有表示赞同，仍然坚持以建立功业为志向。叶适关于此问题提出了"儒者不考于德而询于学，则以其学为道之病"的观点，他认为，尊德性与道问学之间所涉及的学、德、道都不可分割的形成为一个有机的整体和过程。叶适说：

> 　　"道者，自古以为微渺难见；学者，自古以为纤悉难统。今得其所谓一，贯通上下，应变逢原，故不必其人之可化，不必其治之有立，虽极乱大坏绝灭蠹朽之余，而道固常存，学固常明，不以身没而遂隐也。"②

　　"学"就是学习知识，道德的知识主要存在于儒家五经的《礼》之中，它包含了"精神生命之基本方向"，其他的儒家经典中也都蕴含了丰富的道德知识，这些知识是实现儒家的道德要求的基础。然而，儒家经典中没有包含的现实中的知识，也需要学习，如叶适说的，"百圣之归，非心之同者不能会；众言之长，非知之至者不能识；故孔子教人以多闻多见而得之，又著于大畜之《象》曰：'多识前言往行，以畜其德。'"③道微渺难见，学在详尽细微之处用功，在运动中努力争取清楚地表明道。又如叶适在《台州州学三老先生祠堂记》中所说：

---

　　① （宋）朱熹撰，朱杰人，严佐之，刘永翔主编：《朱子全书》，上海古籍出版社，安徽教育出版社，2002年，第1581页。

　　② （宋）叶适：《习学记言序目》，中华书局，1977年，第178页。

　　③ （宋）叶适：《习学记言序目》，中华书局，1977年，第187页。

  "士在天地间，无他职业，一徇于道，一由于学而已。道有伸有屈，生死之也；学无仕无已，始终之也。集义而行，道之序也；致命而止，学之成也。后世地或千里无学，其君子以意行道，晚进阔远，不知所从。庆历后，名一功，著一善，往往复之于学矣。"[1]

  道虽然生生不息的流转变化，无限生发，然而他存在于具体的事物中，所以可以通过学为人所了解。在学与道之间，还有一个重要环节，就是"思"，学到的知识需要"思"，即运用思维对积累的道德知识进行加工，通过仔细的辨别思考，才能使道德知识由感性层面上升为理性层面，通过人的具体行动，使由思而出的道得以体现于日常的行动之中，德性与道的言说产生了一致。

  孔子曾说过："仁者，天下之表也。义者，天下之制也。报者，天下之利也。"[2]儒家的圣人认为人的德性修养应该在功业中表现出来，修养德性是为了开创功业，开创功业的同时进一步修养德性，内圣和外王得到了和谐统一。叶适正是将其道德修养的志向定为了忧国忧民的民族感，救国救民的责任感。他说：

  "奇谋秘画者，则止于乘机待时；忠义决策者，则止于亲征迁都；沈深虑远者，则止于固本自治；高谈者远述性命，而以功业为可略；精论者妄推天意，而以夷夏为无辨。"[3]

  以务实的手段解决问题才是当时社会所需要的，因为当时的社会被理学家等不务实的思想观点所影响，空谈的社会风气到处弥漫，功利论者正是要以"务实而不务虚的办法"解决社会现实问题。不但现实中是这样，在历史上来看，古人并不反对和排斥功利，"功利"是他们彰显圣德的一种手段，"昔之圣

---

① （宋）叶适：《叶适集·水心文集》，中华书局，2010年，第193页。

② （清）孙希旦：《礼记集解》，中华书局，1989年，第1300页。

③ （宋）叶适：《叶适集·水心别集》，中华书局，2010年，第832页。

人，未尝吝天下之利"①。追求利益是人本能的心理反应，即使圣人在人性的统辖下也是具有这一特点的，然而，圣人又是道德要求的楷模，在道德追求的过程中义和利自然得到了统一。"人心，众人之同心也，所以就利远害，能成养生送死之事也。是心也，可以成而不可以安；能使之安者，道心也，利害生死不胶于中者也。"②救世情怀油然而生。

叶适不认同理学家主张"取义舍利"，"循天理，则不求利而自无不利"，"惟仁义则不求利而未尝不利也"③。他认为，如果心性之学不与社会实践活动相联系，没有经过现实的验证，那就只能停留于个人的体验阶段，不能有效的产生"利"。理学家脱离了具体的现实而空谈心性之学的做法忽视了"性相近，习相远"说所提出的学习环节，儒家的人性学说从根本上说是注重联系实际的现实之学。叶适也不认同陈亮等人提出的"功到成处便是有德，事到济处便是有理"④的观点，他说：

> "'仁人正谊不谋利，明道不计功'，此语初看极好，细看全疏阔。古人以利与人而不自居其功，故道义光明。后世儒者行仲舒之论，既无功利，则道义者乃无用之虚语尔；然举者不能胜，行者不能至，而反以为诟于天下矣。"⑤

认为理学家只是在空言义利，而陈亮等，"陋儒不晓，一切筑垣而封之，反以不言利自锢，而言利者遂因缘以病民矣。"⑥容易造成"病民"的结果。近代学者牟宗三先生论及尊德性与道问学问题时，分析道："是以在此，尊德性与道

---

① （宋）叶适：《叶适集·水心别集》，中华书局，2010年，第672页。

② （宋）叶适：《习学记言序目》，中华书局，1977年，第52页。

③ （宋）朱熹注，王浩整理：《四书集注》，凤凰出版社，2008年，第197页。

④ （宋）姜夔：《白石道人诗集》，影印文渊阁《四库全书》本，第1150册，台湾商务印书馆，1986年，第782页。

⑤ （宋）叶适：《习学记言序目》，中华书局，1977年，第324页。

⑥ （宋）叶适：《习学记言序目》，中华书局，1977年，第311页。

问学并非同一事，而其关系亦是综和关系，并非分析关系。在此吾人只能说：不知尊德性，则道问学亦无真切助益于道德之践履，但不能说：不知尊德性，即无道问学。吾人亦可说：不知尊德性，则一切道问学皆无真实而积极之价值，但不能说：无尊德性即无道问学。反之，既知尊德性，则道问学，于个人身上，随缘随分皆可为，不惟无碍于道德之践履，且可以助成与充实吾人道德之践履。'宇宙内事，乃己分内事'，则一切道问学皆有真实而积极之价值。是以象山云：'岂可言由其著书而反有所蔽？当言其心有蔽，故其言亦蔽，则可也。'著书有何妨碍？如能为、愿为，尽可尽力而为之。单看学至于道与否耳，是否知尊德性为之主耳。是以凡言象山反对读书著书、脱略文字、轻视道问学者，皆诬妄耳。"[1]对尊德性与道问学的关系，牟先生为我们一层层地剖析得十分清楚。

道德教育和道德修养问题，也是叶适重视的。他在强调人的道德自觉时说："所谓觉者，道德、仁义、天命、人事之理是已。夫是理岂不素具而常存乎？其于人也，岂不均赋而无偏乎？然而无色无形，无对无待，其于是人也，必颖然独悟，必眇然特见，其耳目之聪明，心志之思虑，必有出于见闻觉知之外者焉；不如是者，不足以得之。"[2]见闻觉知不但来自耳目之聪明，还需要伦理方面的"颖然独悟"的道德自觉，其二者内外结合："然后推其所以自养者亦养人廉，推其所以自教者亦教人恕，此忠信礼义之俗所由起，学之道所由明也。"[3]人的道德的教育与修养需要礼乐的辅助，礼乐制度是不可缺少的，"仁、义、礼、乐，三才之理也，……则仁、义、礼、乐何尝一日不行于天下，……是则有差矣，然而仁、义、礼、乐未尝亡也。儒者之述道，……何以知之？以其能续经而知之。"[4]叶适要维护"知天下之志"，"为天下之心"，"与天下共由之"的仁、义、礼、乐。关于仁义礼乐，孔子有著名的"克己复礼为仁"说，对此叶适也有论述：

---

① 牟宗三：《从陆象山到刘蕺山》，上海古籍出版社，2001年，第65—66页。

② （宋）叶适：《叶适集·水心文集》，中华书局，2010年，第141—142页。

③ （宋）叶适：《叶适集·水心文集》，中华书局，2010年，第169页。

④ （宋）叶适：《叶适集·水心别集》，中华书局，2010年，第742页。

"以余所闻，学有本始，如物始生，无不懋长焉，不可强立也。孔子教颜子'克己复礼为仁。'请问其目，曰：'非礼勿视，非礼勿听，非礼勿言，非礼勿动。'颜子曰：'回虽不敏，请事斯语矣。'是则复礼者，学之始也。教曾子曰：'安上治民莫善于礼。礼者，敬而已矣。故敬其父则子悦，敬其兄则弟悦，敬其君则臣悦，敬一人而千万人悦。'是则敬者，德之成也。学必始于复礼，故治其非礼者而后能复。礼复而后能敬，所敬者寡而悦者众矣，则谓之无事焉可也。未能复礼而遽责以敬，内则不悦于己，外则不悦于人，诚行之则近愚，明行之则近伪；愚与伪杂，则礼散而事益繁，安得谓无！此教之失，非孔氏本旨也。然则何为？曰：礼之未复，是身固非礼之聚尔，耳目百体瞿瞿然择其合乎礼者斯就之，故其视听言动必以礼。当孔子时，礼尚全完，勤苦用力，皆有条目可见也。后世虽礼阙不具，然是身之非礼者固常在尔。出于己，加于人，小则纷错溃乱，大则烂漫充斥，盖若白黑一二之不可掩，其敢忽乎！故非礼则不以视听言动，而耳目百体瞿瞿然择其不合乎礼者期去之。昼去之，夜去之，旦忘之，夕忘之，诚使非礼之豪发皆尽，则所存虽丘山焉，殆无往而不中礼也，是之谓礼复。礼复而敬立矣，非强之也。"[1]

再次强调了仁与礼对于道德形成的重要作用。

二、叶适重道德倾向下的"以人品论文品"

通过对叶适实德思想的分析，我们可以看到叶适对人的道德修养的重视。在道德修养形成的过程中，不同的人所能修养的道德水平会有高低之别，同一个人随着修养的深入，道德水平也会不断地由低向高提升。叶适曾将人的道德境界分为四重，今人学者冯友兰先生也曾提出过道德境界说，其中对道德境界

---

[1] （宋）叶适：《叶适集·水心文集》，中华书局，2010年，第163—164页。

分为四重的划分与叶适不谋而合。叶适说：

> "古之圣人，其必有以合是而出者矣。其于治人也。止恶而进善，有不同焉。止之于心而不行之于事，人不见其自治之迹，而已不多其能自治之功，是虽圣人而不能加也。有己则有私，有私则有欲，而既行之于事矣，然后知仁义礼乐之胜己也，折而从之；则圣人之治也佚，是其次也。仁义礼乐有不能胜，则圣人之治劳矣；然而闻人之非己也必以为惧，闻人之是己也必以为喜，是故因其所喜惧而治之，是又其次也。是己不喜，非己不惧，不喜者，自弃也，不惧者，自暴也，宣何以治之，然而察其情也，其必不为善则慕夫赏，其必不为善则畏夫罚，圣人之治人，至是止矣。"①

这里，如圣人般"止之于心而不行之于事"是面对私欲所能达到的最高境界；因私欲而有了行动，但"知仁义礼乐之胜己也"，道德标准能对自己产生约束作用的是次一级的道德境界；害怕别人议论自己的失德，得意别人赞美自己的有德，能在舆论压力下改正失德行为的是又次一级的道德境界；只是慕赏畏罚，道德起不到约束作用的是道德的最低境界。因而，人在道德修养的过程中应该沿着从低到高的路径循序渐进地不断向上提高，在此过程中刑罚也是不可缺少的重要方面，也就是他所一贯倡导的"行实政""修实德"的基本主张。所以叶适认为道德应该放置于社会实践中实现，"力所不及，圣贤犹舍诸；力之所及，则材为实材，德为实德矣"②。在实践的同时，检验道德观念的对错，不断提升个人的道德境界，以不断地向着"止道于心、绝恶于行"的道德修养的最高境界努力。

道德修养反映在文学方面，主要表现在文人的道德修养和气质方面，这一标准被纳入到了文学批评的范畴中，有时会成为评判文学作品价值的一个方面，

---

① （宋）叶适：《叶适集·水心别集》，中华书局，2010 年，第 701 页。

② （宋）叶适：《叶适集·水心文集》，中华书局，2010 年，第 273 页。

即将人品与文品相联系，以人品论文品。以人品论文品是我国古代文学批评中的一个重要命题，人品常常指的是创作主体的道德、人格修养，文品主要指作品的艺术造诣。二者之间的关系随着时代的变迁，历史的更替不断发展，人品与文品的统一表现出了文学批评过程中对人格道德之美的追求。

在我国的传统社会中，文人大多是文化的传承者，思想的传播者，道德的实践者，社会赋予了文人的人品高水平的要求，因而，对其创作的作品也有很高的期待。所以就产生了以人品的高低来评论其作品的好坏，将人品与文品直接的联系了起来。也就是说，有德之人必有言，德之不立，无以立言。优秀的人品和文品是古代文人追求的理想境界。先秦时期的"诗言志"说可谓开启了中国古代文学批评以人品论文品的先河。"诗文如其人"，是对人品与文品相统一的最早的直接描述，"子曰：'君子进德修业。忠信，所以进德也。修辞立其诚，所以修业也'"。魏晋六朝时期，以"儒道结合"为特征的玄学思想开始形成，并被文人学者逐渐接受，极大地改变了人们的思想观念。在这个"为艺术而艺术"的时代，可以毫无顾忌地表达自己的人生态度，孟子"文气"说的影响还没有消失，文学观念出现了前所未有的变化和发展，人品与文品之间的联系趋向紧密。这一时期，人物品评之分盛行，其意义在于对选官制度的影响。对于人的品行才能的鉴别，汤用彤先生说："汉人朴茂，晋人超脱。朴茂者尚实际，故汉代人观人之方，根本为相法，由外貌差别推知其体内五行之不同。汉末魏初犹存此风，其后识鉴乃渐重神气，而入于虚无难言之域。"这种风尚不但影响了创作方面的重传神、轻形似，还形成了文学批评中对于人品的比较批评传统。从文学批评的角度看，文品的高低受人品高低的影响，人品好的人作出的文章往往也很好。阮籍和嵇康以"越名教而任自然"的叛逆精神，任性的抒发内心的情感，进行文学创作，叶适从论人品、重道德的角度出发，分别批评二人说：

> "阮籍以酣纵逞人欲，而以慎密防世患，进不成显，退不成隐，岌岌乎刑戮之间，深昵权强，粗免其身，奚异乎群虱之裈处，而所谓大人先生者，乌在也？……嗟夫！世固未易济，而英雄亦多途，未知籍所存意如何，而不自容至此？亦可哀也！若嵇康则一志陆沈，性与

道会，信无求于世，不幸龙章凤姿，惊众炫俗，世犹求之不已，使不以正终，盖非其罪也。"①"昔孔子患世俗之多故，其教必以厚人薄己，远虑近忧，立则参前，舆则倚衡，凛然若兵之加颈；而又曰'鸟兽不可与同群，吾非斯人之徒与而谁与'；盖人道之难甚哉！然则康虽欲采薇散发以颐天年而不可得也。悲夫！悲夫！竹林之贤，过是无观已。"②

认为二人的思想不符合传统的儒家道德，二人多学老庄思想放荡不羁，肆意挥洒，这种言行不值学习、提倡。

隋唐以来，在人品与文品的关系问题上延续了魏晋以来的做法，在重视二者一致性的同时进行深入的探讨和扩展。"文以载道"是唐以来开展的古文运动所倡导的主要文学观念，知识分子内在的人格与价值以文的方式得以呈现。到了宋代，欧阳修承继唐代文以载道的思想，学道以修身见言，提出"大抵道胜者则文不难而自至"的观点，强调好的人品是产生好的文品的基础与主导。重视人品道德的价值取向，在宋人中成了普遍的趋势。周紫芝《乱后并得陶杜二集》诗云："少陵有句皆忧国，陶令无诗不说归。"宋人看重杜甫，不但在于他温柔敦厚的性格和宽容的胸襟，更在于他有强烈的政治责任感，忧国忧民的忧患意识，可谓性情之正。宋人重视道德功能，认为杜甫体道见性的慧思内化为一种自觉的道德意识，在这个趋势的影响下，对于道德价值的重视渐渐的超过了文艺审美追求，叶适在进行文学评论时往往也有此倾向。他曾说：

"任昉在齐梁之间，为一时宗主，然德义不足而文华有余，以声名势利接引而无侠义相与之实，不惟许郭旧意不复有，而竹林东山之游亦悬殊矣。自是后累数百年，风流殆绝，岂细事耶！"③

叶适认为任昉于齐梁时为一时之宗主，以文华见长，但是他的德义不足，

① （宋）叶适：《习学记言序目》，中华书局，1977年，第425页。
② （宋）叶适：《习学记言序目》，中华书局，1977年，第425页。
③ （宋）叶适：《习学记言序目》，中华书局，1977年，第473页。

因此其名与实不相符合。以人品评论文章优劣的倾向，自古就有之，在文学批评中被具体为"知人论世"的批评原则与方法。"知人论世"见于《孟子·万章下》，"颂其诗，读其书，不知其人，可乎？是以论其世也，是尚友也"，指的是对于文学作品的批评，要在了解作者的时代背景，思想经历，生活环境等方面的情况下才能展开，这些方面对于作者的创作都是有重要影响的因素，因此知其人、论其世是文学批评的必要前提与基础。因为人品与文品的一致性，从作品也可以反映作者的心理面貌，如《诗大序》说："诗者，志之所之也。在心为志，发言为诗。"以人品论文品的批评观对创作主体的道德修养有很高的要求，指向道德向善的方向，从而能够促使作家在文学创作的同时注重不断完善自身的内在修养以及提升自身的人格。

内在修养的提升，自身人格的完善，需要通过学习和思索，培养仁道、仁德，在道的指导范围内形成有价值的功利成果。在提出仁德问题的同时，往往要涉及语言的表达问题，而且道德常常被置于了文艺之前，正如叶适所说："古人言仁，不离巧言令色。然则学者之求仁，与仁道之既成，其浅深多寡不同耶？'君子食无求饱，居无求安，敏于事而慎于言，就有道而正焉'，此功用亦不易致，孔子不以许未成之材也。"[1]仁德的多寡可以从言语表情上判断出来，花言巧语常常是缺少仁德的表现。《文心雕龙·原道》开篇有言："文之为德也大矣。"刘勰认为，无论是天、地、还是人都有各自的文，这是自然之道。人文不但是博学多识的积累，更重要的是它顺应自然之理，符合人心的需要，以至能够上达于天道。文顺应自然之道的同时关注人心的需要，这就决定了文的性质："夫以无识之物，郁然有彩；有心之器，其无文欤？"[2]郁然有彩作为文的外在表现，其表达的是内在的文之心也就是文之德。过分的注重语言形式，就会影响仁德的修养。叶适在评价陆机、谢灵运、沈约、谢朓等对我国近体诗的发展做出过重大贡献的诗人时，充分体现了他重道德的文学批评倾向。叶适评价陆机说：

---

① （宋）叶适：《习学记言序目》，中华书局，1977 年，第 176 页。

② 周振甫：《文心雕龙今译》，中华书局，1986 年，第 11 页。

"自魏至隋唐，曹植、陆机为文士之冠。植波澜阔而工不逮机；植犹有汉余体，机则格卑气弱，虽杼轴自成，遂与古人隔绝，至使笔墨道度数百年，可叹也！然机于文字，组织错综之间，实有其功，虽古今豪杰命世者，亦有所不能预，此不可不知。观其讥切曹同，以退为高，而托寄非所，勋烈不就，竟夷其族；乃知文人能言者多，能行者少，固无取于智也。"①

他否定陆机改古道、变古体的做法，并由此而导致格卑气弱，言多行少最终又招来杀身之祸，实属不智。叶适因齐梁间变古体为近体的诗人过分注重诗歌的声律、文辞而冲淡了道德修养的地位，所以他否定齐梁间律诗的文学意义，他说：

"五七言律诗：按诗自曹、刘至二谢日趋于工，然犹未以联属校巧拙；灵运自夸'池塘生春草'，而无偶句亦不计也。及沈约、谢朓竟为浮声切响，自言'灵均所未睹'，其后浸有声病之拘，前高后下，左律右吕，匀致丽密，哀思宛转，极于唐人，而古诗废矣。杜甫强作近体，以功力气势掩夺众作，然当时为律诗者不服，甚或绝口不道。至本朝初年，律诗大坏，王安石、黄庭坚欲兼用二体，擅其所长，然终不能庶几唐人；苏氏但谓七言之伟丽者，则失之尤甚，盖不考源流所自来，姑因其已成者貌似求之耳。"②

充分展现了叶适以继承儒家传统思想的学者自居的思想，从这一层面来看，叶适以人品、道德为衡量文学作品的标准，与同时代的理学家的观点趋于一致。他还以义理为标准，认为"文士前称潘陆，后称颜谢，而延之颇存理义，不独以文也。"③将颜延之与谢灵运的诗歌以义理划分高低。

① （宋）叶适：《习学记言序目》，中华书局，1977 年，第 426—427 页。
② （宋）叶适：《习学记言序目》，中华书局，1977 年，第 705 页。
③ （宋）叶适：《习学记言序目》，中华书局，1977 年，第 454 页。

叶适十分欣赏有着高尚的道德境界与人生修养的文人陶渊明，他说：

"中世之士，或必于显，或必于隐，必于显者荣耀甚而不退，必于隐者憔悴极而不行；虽皆不概乎中道，而以失己者较之，其利害得丧固不同也。陶潜非必于隐者也，特见其不可而止耳。其所利所得，虽与必隐者无异，其所守则通而当于义，和而蹈于常，所以为优也。至于识趣言语足以高世，而咏歌陶然顺于物理，则不惟当于义，而又有文词之可观焉。盖中世之士，如潜者一二而已。潜之所称山林居处，殆孔子所谓不堪颜子之忧者，潜能乐之。而后世乃欲以徇利不已之心，过奢无制之物，有羡于潜而庶几之，岂不误哉！"①

叶适看重陶渊明的道德修养与人品，在文学批评中也以陶渊明为文学艺术的典范。陶渊明的高尚人格在整个宋人的心目中都受到了推崇。他有着凛然的义节，不屈强权的人格精神。即使如评人苛刻著称的理学家朱熹，也破例地对陶渊明少有微词，大加赞赏。朱熹对陶渊明的人品和诗品都给予极高的评价："陶元亮自以晋世宰辅子孙，耻复屈身后代。自刘裕篡夺势成，遂不肯仕。虽其功名事业不少概见，而其高情逸想，播于声诗者，后世能言之士，皆自以为莫能及也。"②他还精辟地指出陶诗的特征是："渊明诗平淡，出于自然。后人学他平淡，便相去远矣。"③陶渊明所处的社会环境与宋代内忧外患的社会现实相似，他所体现的人格理想对于宋人受时代环境影响所形成的忧心忡忡的心理，是一个能安顿人生、超越痛苦的理想精神典范。在社会氛围的影响下，理学家也对陶渊明的人格大加推崇，认为其"知道""悟道"。"宋人对陶渊明的欣赏，则主要着眼于顺应大化、保素守真的'明道'与悠然自得、无适不可的'见性'。前

---

① （宋）叶适：《习学记言序目》，中华书局，1977 年，第 473 页。

② （宋）朱熹撰，朱杰人，严佐之，刘永翔主编：《朱子全书》，上海古籍出版社，安徽教育出版社，2002 年，第 3662 页。

③ （宋）黎靖德：《朱子语类》，中华书局，1986 年，第 3324 页。

者是一种了悟天道的人生智慧，后者是一种优雅自在的生命情调。"①这种人格表现符合理学家所要求的体道见性的思想精神。

三、叶适德先艺后思想与理学家的重道德批评观

虽然词是有宋一代文学的独特代表，但是在南宋时期，词却处在被认为难登大雅之堂的尴尬位置，所以诗和文仍然是主要的文学形式，因而文学批评也以文论和诗论为主，对于词学的批评相对较少。叶适对于文学的批评，也主要集中于文和诗两个方面，在文论方面，前文已经提到了其对于文道观的辨析以及文论的阐释。在诗论方面，叶适也如自己"研玩群书"式的治学方法一样，涉及的范围较广，几乎涵盖了从先秦至当时为止的诗坛，尤其突出了对某一时期最有影响力的文人的诗歌评论。叶适在诗歌批评中体现的德先艺后思想与理学家的道德至上的诗歌批评原则趋于一致。对于某一时期文坛上的突出代表，理学家们也对他们的诗歌表现出了格外的关注与评论。理学家提出的文以载道文道观，在某种意义上说与以人品论文品的批评思想不谋而合，因而他们在评论文学时，更多地看重作者人品，从人品的高低、道德的有无来评判文学方面的价值。叶适在这一方面与传统的理学家相近，对道德的重视常常超过了文学艺术，这也是其重视实德思想在文学方面的体现。

"一从屈原离骚赋，便至杜甫短长吟。"②屈原和杜甫在宋代不但是文学家所关注的对象，也受到了包括也是在内的理学家的特别关注。宋代理学家的文学批评，受到伦理道德规范的很大制约，他们从儒家传统的文学观所倡导的乐而不淫、哀而不伤、温柔敦厚的"诗教"角度出发，不赞成抒发过于激烈的感情，因此，对于"露才扬己"的屈原及其充满了"怨怼激发"的作品，认为是不合伦理道德与传统诗教的。在北宋时期，理学家对于屈原就指出，"《离骚》之中，忧君之心则至，然谓之不合道者，后面比君为禽。"③对于屈原的忧国忠君

---

①　周裕锴：《宋代诗学通论》，巴蜀书社，1997年，第51页。

②　（宋）叶适：《叶适集·水心文集》，中华书局，2010年，第128页。

③　（宋）程颢，程颐：《二程集》，中华书局，1981年，第357页。

之情是肯定的，但"比君为禽"是"不合道"的。这与自汉代以来屈原及其作品《离骚》所受到的待遇几乎相似，一方面是对于屈原正道直行、竭忠尽智的崇高品质充分肯定，如司马迁认为"其志洁，故其称物芳；其行廉，故死而不容。自疏濯淖污泥之中，蝉蜕于浊秽，以浮游尘埃之外，不获世之滋垢，皭然泥而不滓者也。推此志也，虽与日月争光可也。"[1] 另一方面，如班固说："今若屈原，露才扬己，竞乎危国群小之间，以离谗贼。然责数怀王，怨恶椒兰，愁神苦思，强非其人。忿怼不容，沉江而死。亦贬絜狂狷景行之士。多称昆仑，冥婚宓妃，虚无之语，皆非法度之政。经义所载。谓之兼《诗》风、雅，而与日月争光，过矣！"[2] 对其人格缺陷深表不满。二程综合了前人的观点，并从比兴的手法入手来对《离骚》进行文学批评，同时，又超越了文学本身的范畴，在道德礼义的价值层面认为"比君为禽"不符合君为臣纲的伦理道德规范，屈原的志行偏离了中庸的道德规范，其文辞跌宕怪神、怨怼激发，也不符合温柔敦厚的传统诗教，由此可见，理学家对屈原的人品及作品的评价，离不开其理学的立场，以儒家中庸的规范而言，屈原的"忿怼不容"过于极端，但其爱国忠君的精神值得赞扬。他的作品从"发乎情"出发，但又因不能"止乎礼义"而受到批评。

叶适认为，楚怀王信谗、自用，最终导致了楚国的灭亡。屈原在这种情形下，忠君爱国之诚无从抒发，抑郁不得志，而产生了《离骚》之作，"若屈原之明于治乱，智足以扶危定倾，而疏斥不用，谏争莫行，《离骚》之词当为是起；盖五子作歌，三仁自献，文义详略不同，而大指可见矣。"[3] 虽然司马迁十分看重屈原，但是叶适不认同司马迁所认为的屈原作《离骚》的原因，提出了"夫一身之利害，少自好者不露芒刃，而况原乎？"[4] 的质疑，认为他并没有真正地理解屈原及其作《离骚》的意图，然而他又对司马迁的观点影响深远，直至当时仍然议论不明的现状表示了无奈。由此可知，叶适肯定屈原所具有的忠君

---

① （汉）司马迁：《史记》，中华书局，1982年，第2482页。

② （宋）洪兴祖：《离骚补注》，影印文渊阁《四库全书》本，第1062册，台湾商务印书馆，1986年，第143页。

③ （宋）叶适：《习学记言序目》，中华书局，1977年，第286页。

④ （宋）叶适：《习学记言序目》，中华书局，1977年，第286页。

爱国的道德品格，看重屈原"明于治乱、扶危定倾"的个人才能。因而他对于
《诗经》《离骚》所代表的古诗，表达了充分的赞赏，"《离骚》，《诗》之变也；
赋，《诗》之流也；异体杂出，与时转移，又下而为俳优里巷之词，然皆《诗》
之类也。宽闲平易之时，必习而为怨怼无聊之言；庄诚恭敬之意，必变而为侮
笑戏狎之情；此诗之失也。夫古之为诗也，求以治之；后之为诗也，求以乱之。
然则岂惟其见周之详，又以知后世之不能为周之极盛而不可及也。"①叶适从而
得出了诗歌的演变过程越来越偏离了古诗的根本宗旨，今诗不如古诗的结论。

　　与屈原有失中庸的儒家道德风尚相对应，杜甫的作品风格平和中正，并有
着"一饮一食，未尝忘君"的崇高人格，因而在宋代成了文人学者的人格典范，
并奠定了其在文学史上的地位。在北宋时，二程认为杜甫只是一个纯粹的诗人，
"或问：'诗可以学否？'曰：'既学时，须是用功，方合诗人格。既用功，甚妨
事。……某素不作诗，亦非是禁止不作，但不欲为此闲言语。且如今言能诗无如
杜甫，如云'穿花蛱蝶深深见，点水蜻蜓款款飞'，如此闲言语，道出做甚？"②
杜甫的地位因江西诗派的崛起，乃至在诗坛独领风骚而登峰造极，在文人眼中，
杜甫几乎是诗歌创作的最高典范，赞美之词不胜枚举，理学家对这位文坛的"诗
圣"也并没有无动于衷。理学家从自身的学术思想角度出发，以道德判断为标准
对人进行评价，有德然后有言，道德在审美之前处于第一位。宋人在道德与审美
两方面都对杜甫赞美有加，十分推崇，但在这两者之间道德判断处于最核心、最
基本的位置。理学家主张学习杜甫体现于诗中的"忠肝义胆"的爱国之情，这种
爱国之情对于鼓舞偏居一隅的南宋人民的士气是十分必要的。朱熹评价杜甫的人
品说："予尝窃推易说以观天下之人，……于汉得丞相诸葛忠武侯，于唐得工部
杜先生、尚书颜文忠公、侍郎韩文公，于本朝得故参知政事范文正公。此五君
子，其所遭不同，所立亦异，然求其心，则皆所谓光明正大、疏畅洞达、磊磊落
落而不可掩者也。其见于功业文章，下至字画之微，盖可以望之而得其为人。"③

---

　　①　（宋）叶适：《叶适集·水心别集》，中华书局，2010年，第700页。

　　②　（宋）程颢，程颐：《二程集》，中华书局，1981年，第239页。

　　③　（宋）朱熹撰，朱杰人，严佐之，刘永翔主编：《朱子全书》，上海古籍出版社，安徽教育
出版社，2002年，第3641页。

这五位君子确实都是磊磊落落之人，杜甫与之一起被认为是心地光明、道德高尚的文人。理学家认为，"道"与"艺"之间是密不可分的，有"道"才能有"艺"。从艺术审美角度上看，杜甫艺术创作的平淡之风被理学家所欣赏，其与诗坛流行甚广的江西诗派相异，具有典范的意义。朱熹认为："作诗先用看李杜，如士人治本经。本既立，次第方可看苏黄以次诸家诗。"[①]将李杜的诗与治学中的经典相提并论，使其定位在了一个相当高的高度。吕祖谦对杜甫的文学作品评价也很高，他说："文章无警策则不足以传世，盖不能辣动世人，如老杜及唐人诸诗，无不如此。但晋、宋间人专致力于此，故失于绮靡，而无高古气味。杜诗云：'语不惊人死不休'，所谓惊人，即警策也。"[②]认为杜甫诗歌取得的文学地位与其情感的自然流露而使世人产生心理共鸣密切相关。杜甫作为典范被树立，并形成广泛的影响，更多的是因为他自身修养的崇高和道德的完善。对于典范的崇拜，是中国人的一种思维模式，并形成了中国文化的一个重要特色。

宋代理学家在文学方面渗透了大量的理学观念，对前代及当代的文人作品进行了富有时代精神的审视、评论和判断，这种理学家的文学批评观不能纯粹的从艺术性出发，只是其理学思想下强烈的"宗经"意识而产生的附属品而已。以道德规范为最重要标准，为世人树立了人格的典范，将艺术审美看得轻之又轻。叶适的批评观与此十分相近，但是他并没有完全忽视文学的艺术特性，对纯粹的文学艺术美仍然做了一些思考。

第二节　叶适德艺兼成文艺观的价值与意义

宋初以来，儒学的复兴成了士大夫们关注的焦点问题，到庆历新政形成了一个高潮，其核心的问题就是道德的重建。其中的理学家们，在这样的历史大

---

① （宋）黎靖德：《朱子语类》，中华书局，1986年，第3333页。

② 黄灵庚，吴战磊主编：《吕祖谦全集（第十册）》，浙江古籍出版社，2008年，第21页。

背景下，引领了一股探讨心性之学的普遍思潮。虽然文学偏离了理学所讨论的天理、人性的中心议题，但是文学作为人学又是理学家必然会涉及的。正如前文所论述的，理学家评论文学时，将道德人品与文学艺术相结合，更加看重人品的审美取向。作为兼具学者与文人双重身份的叶适，在看重道德批评的同时，没有忽视文学的艺术价值，他不但将实德思想作为人修养的完整过程，学礼然后知敬，敬立而后德，将德和利并重，而且在这二者统一的实践活动中坚持着德艺兼成的文艺观，并在文学活动的实践中有所体现。

一、叶适的德先艺后论与德艺兼成观

道德修养问题在宋人的认识过程中是发展变化的，它起初并没有被文人所重视，而是表现的与政治联系紧密，"以直言谠论倡于朝"。道德修养问题对文学的渗透涉及文人的修养以及他们对于文道关系的看法。熙宁之后，随着黄庭坚这位兼具文人传统和理学思想的重要人物的出现，道德修养成为诗学理论考察的重要论题，他将理学的心性修养功夫带入诗学中。在这个思想潮流中，叶适对于道德修养与文学艺术的关系也进行了深入的思考。

叶适在道德修养的追求中以孔子思想为基础，主张德性的全面完善，在追求道的过程中，提高仁的道德修养境界，并通过实现事功突破个人的功利束缚，实现实政与实德并行的理想。叶适虽然重视道德的养成与完善，但他也并不轻视文学艺术美，在《跋刘克逊诗》一文中，叶适说：

> "诗必自作，作必奇妙殊众，使忧其材之鄙，不矩于教也。水为沅湘，不专以清，必达于海；玉为珪璋，不专以好，必荐于郊庙。二君知此，则诗虽极工而教自行，上规父祖，下率诸季，德艺兼成而家益大矣。"

叶适在遵循儒家温柔敦厚诗教传统的同时，强调道德人格的完善是诗歌创作之本，追求诗意的精进。他在论诗时表达了"诗虽极工，而教自行"的创作要求，叶适不但强调诗的教化，还提出"德艺兼成"的文学观点，要求文学创作要有艺术性，达到"作必奇妙殊众"的要求。

关于人的德行评判，古人不乏深入分析，以孟子的性善论和荀子的性恶论的影响面最广。叶适清醒地认识到孟子的性善论与荀子的性恶论都不是绝对合理的，孟子的性善论倾向于人类本性的善不应该被外在的恶的行径所掩盖，荀子的性恶论更强调后天的道德培养对于人性的恶的矫正，他不认同这种简单地将人性归结为"善"或者"恶"的论证方法，"古人固不以善恶论性"，孟子既然认为"人性之至善术尝见于搏噬、侵夺之中"，为什么又说"非至善字所能宏通"。而荀子"知其为恶而后进夫善以至于圣人，故能起伪以化圣，使之终于为善而不恶，则是圣人者，其性也未尝善欤？"针对这两种论点存在的矛盾，叶适说：

> "按《书》称'惟皇上帝降衷于下民'，即'天命之谓性'也，然可以言降衷，而不可以言天命。盖万物与人生于天地之间，同谓之命；若降衷则人固独得之矣。降命而人独受则遗物，与物同受命，则物何以不能率而人能率之哉？盖人之所受者衷，而非止于命也。"[1]

万物与人同有命，但"衷"乃人所独有，这也是人与其他生物的根本区别。"衷"是人的自然性与道德善恶的人性连接的桥梁，"衷"是人类所从事的学习过程，经过这个过程，才能入德成圣，也就是"习学成德"。早在先秦时期，儒家学者就有习学成德的观点，他们强调学习是成圣的重要途径。叶适提出的习学成德观与先秦儒家的主要区别，在于他是指向事功的现实目标。道德修养的目标与道德实践的出发点紧密相关，出发点是人行动的动机，道德学习需要明确的志向导向，立志于实现人所追求的目标、希望。叶适认为："人莫不有志也，特其志之非耳；诚知其非，则所志者道矣。据也、依也，亦莫不然。志者，从之主也。如射之的也；据者，其地也，依者，因地而立。"[2]同时还从反面加

---

① （宋）叶适：《习学记言序目》，中华书局，1977年，第107页。

② （宋）叶适：《习学记言序目》，中华书局，1977年，第183页。

以强调立志的重要性，他说："世之所谓无志者，混然随流俗，颓堕于声利而已矣。及其有志，则又以考之不详，资之不深，随其所论，牵陷于寡浅缺废之地，此自古之所患，是与无志者同为流俗也。"①叶适在批评"无志者同为流俗"的同时，再次强调了立志犹如立"的"，这个"的"就是叶适所强调的道德修养的目的。

理学家和文学家因其思想与学术的出发点存在根本分歧，所以在很多问题上都很难达成一致，以对韩愈人品的评价为例，虽然文学家和理学家都对其颇有微词，但产生这些看法的根源是显著不同的。在北宋崇韩风气盛行之际，王安石曾指出了韩愈的思想出处混淆不清的问题，认为他既有对孟子思想的片面肯定，又反驳杨、墨，对他与大颠的交往也颇有微词。而在理学家中，朱熹可谓是对韩愈的批评最严厉的，他认为韩愈"只是要做得言语似《六经》，便以为传道。至其每日工夫，只是作诗、博弈、酣饮取乐而已。……全无要学古人底意思。"②从儒家传统的根本出发，提出了韩愈在文学方面的追求导致了对儒家道统的偏离。可见，即使在一个很小的问题上，即使都是批评之言辞，理学家与文学家的切入角度仍然具有分歧。

前文我们提到，叶适在文学问题方面提出的德先艺后的思想与理学家趋于一致，但是，作为集南宋文人大成的重要文学家，叶适的文学家视野也是客观的存在的，在学者与文学家双重身份的融合下，叶适欣赏文学创作所带来的超然淡泊的境界，这种境界的生成离不开对仁德的思考和修养的习得。叶适曾称赞王大受说：

"君文峻简通缛，而诗特工。前四十年，余固已称之。自后岁别为什，什必愈进，格愈老，字愈嫩，语益近，趣益远，冰凝水泮，不可离合也。盖谋臣智士，遁藏草野，能终身不耀，养其心至矣，而文采晻郁，无名以传。骚人墨客，嘲弄光景，徒借物吟号，夸其名甚

---

① （宋）叶适：《叶适集·水心文集》，中华书局，2010 年，第 547 页。
② （宋）黎靖德：《朱子语类》，中华书局，1986 年，第 3260、3270 页。

矣，而局量浅狭，无道以守。若君忧患不干其虑，而咏歌常造其微，庶几兼之也。噫！笠泽烟雨之上，西湖花月之下，君未尝不留连顾赏，余亦一二寄怀其间矣。"①

叶适对王大受诗歌的艺术特色不吝称赞，这种艺术美的形成，正是道德修养所达到的审美境界，也正是叶适所提出的"德艺兼成"的艺术观，这种艺术观尤其突出的表现在其诗论中对诗歌艺术特质的追求。叶适追求的"德艺兼成"，"德"就是《诗经》所代表的最高的典范，"艺"就是诗歌创作中所体现的艺术审美特色，具体而言是其对唐诗为代表的诗歌发展的肯定性评论，这在前文对叶适与永嘉四灵的诗歌创作关系问题中有详细讨论，在此不赘述，"德艺兼成"就是"德"与"艺"两者之间的和谐统一、相互交融。

叶适的文论偏重教化，他的诗论中对教化的议论相对少了许多，他在遵循和继承汉代儒家诗教思想的基础上，对《诗经》发表了专门的议论，在《进卷·诗》中，他谈道：

"是故古之圣贤，养天下以中，发人心以和，使各由其正以自通于物。氤氲茫昧，将形将生，阴阳晦明，风雨霜露，或始或卒，山川草木，形著懋长，高飞之翼，蛰居之虫，若夫四时之递至，声气之感触，华实荣耀，消落枯槁，动于思虑，接于耳目，无不言也；旁取广喻，有正有反，此次抑扬，反覆申绎，大关于政化，下极于鄙俚，其言无不到也。当其抽词涵意，欲语而未出，发舒情性，言止而不穷，盖其精之至也。"②

叶适认为诗能够"大关于政化，下极于鄙俚"，涵盖的范围相当大，不仅仅局限于"经夫妇，成孝敬，厚人伦，美教化，移风俗"的伦理教化层面，因而

---

① （宋）叶适：《叶适集·水心文集》，中华书局，2010 年，第 606 页。
② （宋）叶适：《叶适集·水心别集》，中华书局，2010 年，第 699 页。

诗歌在情感的抒发方面，可以言说"动于思虑，接于耳目"的一切事物，可以包含进来一切事物的自然情感。叶适"德艺兼成"的艺术观还是他的一种思想指导，他在《徐斯远文集序》中指出：

> "斯远有物外不移之好，负山林沈痼之疾，而师友问学，小心抑畏，异方名闻之士，未尝不退叹长想，千里而同席也。初渡江时，上饶号称贤俊所聚，义理之宅，如汉许下、晋会稽焉。风流几泯，议论将绝，斯远与赵昌父、韩仲止，扶植遗绪，固穷一节，难合而易忤，视荣利如土梗，以文达志，为后生法。凡此，皆强为善者之所宜知也。"①

从叶适"德艺兼成"的主张中，我们可以体会到他对文学本质属性的倾向性与认同感，他一方面强调了文学由古传承而来的载道言志的重要使命，另一方面又没有忽视文学抒发情性和郁然有彩的艺术审美特性，并且在诗论中注意协调二者的关系，在审美的观照下达到和谐统一。然而在处理这两者之间的关系时也难免面临着矛盾，因为重视道德，所以叶适提出过今诗不如古诗的论点。然而，叶适又力求"德"与"艺"兼顾，强调从文学艺术审美的角度发现诗歌的艺术价值，从而导致其诗歌评论过程中出现了前后自相矛盾的言论和观点。对于这一矛盾，我们应该知道，叶适是一位始终以孔子所倡导的儒家之道自居的儒学大家，特别是在其晚年整理《习学记言序目》的时间里，他经世致用的思想根基愈发成熟，他对于诗歌评论的艺术追求渐渐的让位于其对于"德"的要求，于是追求"德"与"艺"兼成的平衡状态难免被打破，对道德本位的重视势必会超过艺术之精艺的欣赏。

二、叶适对审美价值独立于道德之外的肯定

将物与情、理对立起来，否定情感的审美价值，是宋代理学家的一贯主张，

---

① （宋）叶适：《叶适集·水心文集》，中华书局，2010 年，第 214—215 页。

他们以"理"作为一切事物的统摄，忽视文学的审美与情感要求。永嘉学派不但以提倡功利区别于传统的理学学派，而且对于文学也提出了明确的理论主张，如陈傅良曾说："论事不欲如戎兵，欲如衣冠佩玉，严重而和平；作文不欲如组绣，欲如疏林茂麓，窈窕而敷荣"①，提出了典雅的论事风格和平实的作文之风。叶适继承了永嘉文人重视文学艺术特性的传统，赵汝谠认为其文乃大成者，"以词为经，以藻为纬，文人之文也；以事为经，以法为纬，史氏之文也；以理为经，以言为纬，圣哲之文也。本之圣哲，而参之史，先生之文也，乃所谓大成也。"②不仅如此，叶适还强调道德之外的文学审美价值。

叶适对于文学审美价值的重视，突出体现在他受到了南宋中期文人崇尚苏轼宏放之文的影响，自然地接受了文学家的熏染。叶适推崇苏轼，认为议论之文至孔孟折衷大义以来，至宋代"虽韩愈、柳宗元、欧阳修、王安石、曾巩间起，不能仿佛也。盖道无偏倚，惟精卓简至者独造；词必枝叶，非衍畅条达者难工；此后世所以不逮古人也。独苏轼用一语，立一意，架虚行危，纵横倏忽，数千百言，读者皆如其所欲出，推者莫知其所自来，虽理有未精，而词之所至莫或过焉，盖古今论议之杰也。"③受到苏轼文风的影响，叶适的一些体现了其深厚的学术思想的散文形成了如同苏轼的散文一样潇洒的文风和奔放、刚健的艺术特点。叶适在衰世中"思行道于当时而见于功业"④，欣赏陈亮以经国济世为出发点，为文"海涵泽聚，天霁风止，无狂浪暴流而迴旋起伏，紫映妙巧，极天下之奇险"⑤的特色，叶适在政论文的创作中大都表明了自己与陈亮一致的志向，慷慨激昂的论恢复与革新，英姿勃发的陈述民心与民力。他在《上孝宗皇帝札子》中开篇说道：

---

① （宋）吴子良：《荆溪林下偶谈》，影印文渊阁《四库全书》本，第1481册，台湾商务印书馆，1986年，第513页。

② （宋）叶适：《叶适集》，中华书局，2010年，第1页。

③ （宋）叶适：《习学记言序目》，中华书局，1977年，第744页。

④ （宋）叶适：《叶适集》，中华书局，2010年，第3页。

⑤ （宋）叶适：《叶适集·水心文集》，中华书局，2010年，第597页。

"臣窃以为今日人臣之义、所当为陛下建明者，一大事而已。二
陵之仇未报，故疆之半未复，此一大事者，天下之公愤，臣子之深责
也。或不知所言，或言而不尽，皆非人臣之义也。"

叶适不满于对金的妥协投降与苟且偷安的现状，认为"以和亲为性命义理
之实，而言复仇雪耻者，更为元恶大憝"①是荒唐之言，"至如今日事势，亦只
当先论存亡。今日存亡之势，在外而不在内；而今日堤防之策，乃在内而不在
外；一朝陵突，举国拱手，堤防者尽坏而相随以亡，哀哉。"②总之，他在一系
列的政论文中语言犀利地剖析时事，情感激昂地列举对策，立场坚定地陈述恢
复国土、重振民族雄风的信念，"忠君爱国之诚，蔼然溢于言意之表。"③叶适认
为"自有文字以来，名世数十，大抵以笔势纵放，凌厉驰骋为极功"④，他在行
文中充分发挥政论文的审美特色，常常以成串的质问句式强化观点，文中铺陈
处以整齐划一的句式形成浩荡的气势，在长句式中又不乏三四字的短句式，读
之便有了跌宕起伏的美感。他还常常以顶针句的形式紧密衔接自己的观点，形
成密不透风、无懈可击的强大气势。

黄震曾评价叶适说："水心之见称于世者，独其铭志序跋，笔力横肆尔。"⑤
叶适的铭志之作，一扫南宋的"冗弱"之弊，以豪气充溢。叶适对于苏轼超越
了欧阳修、曾巩等人的序记之作也十分欣赏，他认为：

"韩愈以来，相承以碑、志、序、记为文章家大典册，而记，虽
愈及宗元，犹未能擅所长也。至欧、曾、王、苏，始尽其变态，如
《吉州学》《丰乐亭》《拟岘台》《道州山亭》《信州兴造》《桂州新城》，

①（宋）叶适：《习学记言序目》，中华书局，1977 年，第 641 页。

②（宋）叶适：《习学记言序目》，中华书局，1977 年，第 634 页。

③（宋）叶适：《叶适集》，中华书局，2010 年，第 1 页。

④（宋）叶适：《叶适集·水心文集》，中华书局，2010 年，第 210 页。

⑤（宋）黄震：《黄氏日抄》，影印文渊阁《四库全书》本，第 708 册，台湾商务印书馆，
1986 年，第 649 页。

后鲜过之矣。若《超然台》《放鹤亭》《篔筜偃竹》《石钟山》，奔放四出，其锋不可当，又关纽绳，约之不能齐，而欧、曾不逮也。"①

　　苏轼的雄放是他的序记之作超越欧、曾、王、苏等人的重要因素。叶适以苏轼为榜样，其记序、题跋之作也铺张扬厉，恣肆纵横，于典雅稳重的特质中尽显锋芒。这与陈振孙评价《习学记言序目》的"自孔子之外，古今百家，随其浅深，咸有遗论，无得免者"②的气魄，相得益彰。叶适不但欣赏苏轼的豪放，也称赞和学习欧阳修的悠长的情致。叶适常常在铭志之作中抒发议论和感慨，如在《著作正字二刘公墓志铭》中，他在陈述之后的大段议论和感叹，对此真德秀称颂叶适"笔势雄拔如太史公，叹咏悠长如欧阳子"③。叶适的铭志之作确实也受到了欧阳修的影响，其门人赵汝谠曾说："昔欧阳公独擅碑铭，其于世道消长进退，与其当时贤卿大夫功行，以及闾巷山岩朴儒幽士、隐晦未光者，皆述焉。辅史而行，其意深矣。此先生之志也。"④叶适注重欧阳修运用于铭志之作中的史笔手法，增加了铭志之作中的"春秋之义"，以客观公正地态度抒写自身的真实感受。叶适对欧阳修的序记风格也加以融会，深入学习，于雅正精致之中抒发豪放的文气，在舒展的节奏中孕育了旺盛的气势，在为他人之作品作序时往往结合作者本人来评论文章，作为表达个人的文学理论的一种途径。据《荆溪林下偶谈》记载：

　　"水心于欧公四六暗诵如流，而所作亦甚似之，顾其简淡朴素，无一毫妩媚之态，行于自然，无用事用句之癖，尤世俗所难识也。水心与篔窗论四六，篔窗云：欧做得五六分，苏四五分，王三分。水心

---

① （宋）叶适：《习学记言序目》，中华书局，1977 年，第 733 页。

② （宋）叶适：《习学记言序目》，中华书局，1977 年，第 767 页。

③ （宋）真德秀：《西山文集》，影印文渊阁《四库全书》本，第 1174 册，台湾商务印书馆，1986 年，第 551 页。

④ （宋）叶适：《叶适集》，中华书局，2010 年，第 1 页。

笑曰：欧更与饶一两分可也。"①

由此可见，对于欧阳修文章的审美风格，叶适也有深入的研究和学习。

叶适认为"文欲肆"②，是与"经欲精""史欲博""政欲通"只可擅其一的，在融合道德、功利与文章的同时也充分肯定了文的地位。他提出了散文的辞藻与风格的要求，认为散文写作应该"意趣高远，辞藻佳丽"③。叶适在《答吴明辅书》中说："意特新，语特工，韵趣特高远，虽昔之妙令秀质，其终遂以名世者，不过若是，何止超越辈流而已哉！"他不但是从意新、语工、韵高等三个方面肯定了吴明辅的诗歌创作，同时也借以表达了他的诗歌创作要求。诗歌的意是诗人学与思结合的结果，来源于诗人的创作构思，意的表现往往与现实社会相联系。叶适在论诗时将"意"置于首位，凸显了其对"意"的重视。意也是诗人个人才能的体现，"诗者，志之所之"，德高者其志向自然高远宏大，发于诗中自然诗意高明。叶适以"新"来要求诗歌的立意，诗意的创新可以避免雷同化，诗意的高远可以避免浅俗化。所以他称赞刘潜夫的诗"思益新"④，对其创作构思的新颖独特给予肯定，还推许陈耆卿之文"特立新意"⑤，认为对于"新意"的追求是有深远意蕴的。对于"新意"的要求固然无可厚非，然而，求新的路径要张弛有度。虽然可以以奇巧、险怪的方式生新意，但是奇巧险怪与新颖并不能完全等同，在《题陈寿老文集后》中，叶适在要求"特立新意"后接着要求到应该"险不流怪，巧不入浮"。这不但是立意的要求，也是对诗歌语言的要求。叶适说的"语工"就是要求诗歌的语言意蕴深远又自然简练，语言的表达始终离不开思想内容的表现，如他在论《诗》中所说的"言止而不穷"，说的就是这个意思。所谓"夫文者，言之衍也。古人约义理以言，言所未究，

---

① （宋）吴子良：《荆溪林下偶谈》，影印文渊阁《四库全书》本，第 1481 册，台湾商务印书馆，1986 年，第 498—499 页。

② （宋）叶适：《叶适集·水心文集》，中华书局，2010 年，第 225 页。

③ （宋）叶适：《叶适集·水心文集》，中华书局，2010 年，第 228 页。

④ （宋）叶适：《叶适集·水心文集》，中华书局，2010 年，第 611 页。

⑤ （宋）叶适：《叶适集·水心文集》，中华书局，2010 年，第 610 页。

稍曲而伸之尔。其后俗益下，用益浅，凡随事逐物，小为科学，大为典册，虽刻称损华，然往往在义理之外矣，岂所谓文也！"①诗歌创作需要反复斟酌、酝酿、锻炼文字，使其实现"语遂及其工"②"尤工为诗"③的诗歌语言艺术境界。叶适评杜甫《送扬六判官使西蕃诗》云："语出卓特，非常情可测。"④又评"四灵"诗："四人之语，遂极其工，而唐诗由此复行矣。"⑤虽然只是以一个"工"字概括了语言的要求，其含义是相当丰富的。如叶适在《跋刘克逊诗》中说："然其闲淡寂寞，独自成家，怪伟伏平易之中，趣味在言语之外，两谢、二陆不足多也。"与严羽的"兴趣说"相互生发，也与梅尧臣的"言不尽之意，见于言外"有异曲同工之妙。在言语之外的高远趣味就是叶适所说的"韵高"，如叶适在《沈子寿文集序》中所说："又能融释众疑，兼趋空寂，读者不惟醉饱而已，又当销愠忘忧，心舒意闲，而自以为有得于斯文也。"诗歌的思想内容带给读者的艺术陶醉与愉悦感显示了韵趣的高远，同时，语言形式也能为读者带来美感，"其不为奇险，而瑰富精切，自然新美，使读之者如设芳醴珍肴，足饮餍食而无醉饱之失也"⑥。通过参照读者的审美感受，可以体会"韵"的超越形象之外的飘逸之美，同时也是作者对审美追求的一个表现手段，尚韵是宋人的传统，从叶适对"韵高"的要求上也可以看出其与绝口不谈"韵趣"的理学家相比，是有区别的。叶适以"择其意趣之高远，辞藻之佳丽者而集之"为原则，编选了欧阳修等人的文章编为《播芳集》，做到了言行一致。

在创作中，"像叶适这样在多种文体的创作上同时取得突出成绩者，在南宋文坛也颇为少见"⑦。叶适兼备众体，对奏议、序记、碑志等文体多向发展，重视各种文体的审美价值。他重视文章之理，在尊古体的同时，并不鄙视今体，

---

① （宋）叶适：《叶适集·水心文集》，中华书局，2010 年，第 225 页。

② （宋）叶适：《叶适集·水心文集》，中华书局，2010 年，第 410 页。

③ （宋）叶适：《叶适集·水心文集》，中华书局，2010 年，第 438 页。

④ （宋）叶适：《叶适集·水心文集》，中华书局，2010 年，第 215 页。

⑤ （宋）叶适：《叶适集·水心文集》，中华书局，2010 年，第 410 页。

⑥ （宋）叶适：《叶适集·水心文集》，中华书局，2010 年，第 205 页。

⑦ 朱迎平：《宋文论稿》，上海财经大学出版社，2003 年，第 114 页。

认为"近世文学，视古为最盛，而议论于今犹未平。良金美玉，自有定价，岂曰惧天下之议，而使之无传哉。"①从文学艺术的角度对古今之作都给予了肯定。他认为：

> "建安中，徐、陈、应、刘，争饰辞藻，见称于时，识者谓两京余泽，由七子尚存。自后文体变落，虽工愈下，虽丽益靡，古道不复庶几，遂数百年。元祐初，黄、秦、晁、张，各擅毫墨，待价而显，许之者以为古人大全，赖数君复见。"②

他不但推崇建安，也崇尚元祐，对以辞藻华美著称的六朝之文也发出了赞美，认为"魏、晋名家，多发兴高远之言，少验物切近之实。及沈约、谢朓永明体出，士争劲之。初犹甚艰，或仅得一偶句，便已名世矣。夫束字十余，五色彰施，而律吕相命，岂易工哉？"③在自身的创作中也重视辞藻的作用，"藻思英发"④。叶适"志意慷慨，雅以经济自负"⑤，形成了豪气纵横的审美观念，他欣赏雄赡、奔逸的文学艺术审美风格，为文自然也具有纵横驰骋的气势。

三、叶适"德艺兼成"的文艺观与创作实践

叶适对于诗歌"意新""语工""韵高"的审美追求，概括了他"德艺兼成"的审美原则，体现了他学术思想与文学思想的紧密联系和价值特色。道本身虽不能言说，但诗的语言表达恰是人内在的思的外在表现，所以诗歌的外在表现是为了更好的言说内在的道。从叶适的创作实践来看，他的诗作被后人诟病颇多，艺术水平相对不高，但他的散文却赢得了不少赞许。吴子良作为叶适

---

① （宋）叶适：《叶适集·水心文集》，中华书局，2010 年，第 227 页。
② （宋）叶适：《叶适集·水心文集》，中华书局，2010 年，第 609 页。
③ （宋）叶适：《叶适集·水心文集》，中华书局，2010 年，第 321 页。
④ （元）脱脱等：《宋史》，中华书局，1977 年，第 12889 页。
⑤ （元）脱脱等：《宋史》，中华书局，1977 年，第 12894 页。

的再传弟子，对于文论思想进行了丰富而系统的总结，提出了六经在载义理之外，"其文章皆有法度"①的观点。他认为，作文"主之以理，张之以气，束之以法"②，提出了散文的写作不但要讲求法度与技巧，还应当言之有理，形成宏大的气势。叶适的文学创作实际，正如吴子良所说的"为文之大概"，他的文章体现了其"德艺兼成"的文学期待的同时，也以文章的外在形式表达了其内在的思考。

文的外在表达是以内在的文德为依据的，孔子曾说："远人不服，则修文德以来之。"文德之说，始于周文王的以文治世观。文德含有仁义道德和礼文修养两个方面的内容，所谓"君子之道，礼义之文"。子贡也说过："夫子之文章，可得而闻也；夫子之言性与天道，不可得而闻也。"③文章可以见闻是因为有表现于外在的文饰，文章之中隐含的"性与天道"的重要内容是不可以被见闻的。人们生活在人类创造的物质文明和精神文明之中，外在的文明与文化是学而习之的，隐而不显的"性与天道"不在于学而在于思，通过文章的见闻可以到达"性与天道"的内在境界。叶适认为，"子贡虽分截文章、性命，自绝于其大者而不敢近，孔子丁宁告晓，使决知此道虽未尝离学，而不在于学，其所以识之者，一以贯之而已。"④孔子曾对子贡说过，"赐也，女以予为多学而识之者与？"对曰："然，非与。"曰："非也，予一以贯之。"⑤对于孔子提出的"一以贯之"之说，子贡虽然没有实质的回答，但前文提到其所说的"夫子之言性与天道，不可得而闻"可以看作对这个问题的侧面回答。他的意思表明了要超越文章的外表而深入到文章之中体会"性与天道"的道理。"性与天道"因为不能直接得而闻也，所以不能靠学习的方式获得，"其所以识之者，一以贯之而已"，通

---

① （宋）吴子良：《荆溪林下偶谈》，影印文渊阁《四库全书》本，第1481册，台湾商务印书馆，1986年，第517页。

② （宋）吴子良：《荆溪林下偶谈》，影印文渊阁《四库全书》本，第1481册，台湾商务印书馆，1986年，第500页。

③ 杨伯峻：《论语译注》，中华书局，2009年，第45页。

④ （宋）叶适：《习学记言序目》，中华书局，1977年，第178页。

⑤ 杨伯峻：《论语译注》，中华书局，2009年，第159页。

过思考的方式达到一以贯之的境界，使"文章"和"性与天道"实现贯通。叶适在散文创作时秉承了"折衷天下之义理，必尽考详天下之事物而后不谬"的创作态度，首先直面的就是北复故土之事。在叶适作的《上孝宗皇帝札子》中，叶适批评了投降妥协的言论与行为，系统的提出了恢复故土振兴国家的建议和措施，"忠君爱国之诚，蔼然溢于言意之表"。尤其是叶适在淳熙十二年（1185年）冬为入朝面对皇帝"质问"而作的四十篇论文，结集为《外稿》，收于《水心别集》中。这四十篇论文围绕"治道"展开，"上考前世兴坏之变，接乎今日利害之实"，在充分认识历史的基础上，以物义，"步步着实，言之必使可行"。正如王直《黎刻〈水心文集〉序》所说：

> "先生之学，浩乎沛然，盖无学不窥。而才气之卓越，又足于发之。然先生之心，思行道于当时而见之功业，不但为文而已也。观之议论谋猷，本于民彝物则之常，欲以正人心……至于求贤、审官、训兵、理财，一切施之政事之间，可以隆国体，济时艰。"

叶适的政论文犹如一份制定详尽的治国纲要，气势磅礴，纵横捭阖，从内政外务等诸多方面提出改革方案，也代表了叶适融义理与事功于一炉的学术思想的全面成熟。"叶适志意慷慨，情感激昂，事功急切，其散文表现了忠贞深沉的爱国热情；他重视散文说理的形式技巧，形成了工致辩丽的艺术风格。"[①] 从艺术创作角度来看，叶适对于苏轼的散文是多有借鉴的，他不但在借鉴苏轼的过程中肯定了审美价值，还在政论文的创作中融会了文学艺术美，结合永嘉学术的底蕴，使其政论文具有了"德艺兼成而家益大"的境界。

叶适作文奉行"文必己出"的原则，据吴子良《荆溪林下偶谈》卷三记述的叶适和门人陈耆卿讨论文章写作一事：

> "水心与笰窗论文至夜半……因问笰窗某文如何。时案上置牡丹

---

① 刘春霞：《叶适散文的"纵横"品质》，《名作欣赏》，2006 年，第 10 期，第 8 页。

数瓶。笕窗曰：'譬如此牡丹花，他人只一种，先生能数什百种。'盖极文章之变者。水心曰：'此安敢当，但譬之人家馂客，或虽金银器照座，然不免出于假借。自家罗列，仅瓷缶瓦杯，然却是自家物色。'水心盖谓不蹈袭前人耳。瓷瓦虽谦辞，不蹈袭则实语也。"①

叶适自出机杼的为文原则，要求内容上的独抒己见，他认为文以言志，所以志必己出，"出奇吐颖，何地无材"，"片辞半简，必独出肺腑"②而且也在艺术构思上独立创新，自成一格，讲求语言、声韵的技巧，"公文出新意，作生语，致密简雅，无刻露之态。"③"……公不用诗家常律，及其意深义精，自成宫徵，而工诗者反皆退舍，殆过古人矣。"④叶适晚年著成的读书札记《习学记言序目》，"自六经诸史子以及《文鉴》，皆有论说，大抵务为新奇，无所蹈袭，其文刻削精工，而义理未得为纯明正大也。自孔子之外，古今百家，随其浅深，咸有遗论，无得免者"。⑤陈振孙的这段品评概括了叶适写作《习学记言序目》时所追求的创新意识以及文章的艺术美。

叶适的文学创作实践并不仅限于奏议和札记等文体，而是众体兼备，特别是墓志、序、记等体裁的散文尤其擅长。叶适认为，自"韩愈以来，相承以碑志、序记为文章家大典册"⑥。对于这些"大典册"的创作叶适是乐此不疲的。《水心文集》自卷十三至卷二十五，共收入了叶适所作墓志十三卷，总计一百四十八篇，几乎是篇幅总量的近一半，在叶适的文学作品中具有很强的代表性。叶适为人所作的墓志，突破传统墓志平铺直叙的单调的叙事模式，有时颠倒叙述顺序，突出具体的生活细节，以墓主的生平言行为主要叙述要点，使

---

① （宋）吴子良：《荆溪林下偶谈》，影印文渊阁《四库全书》本，第 1481 册，台湾商务印书馆，1986 年，第 503 页。

② （宋）叶适：《叶适集·水心文集》，中华书局，2010 年，第 217 页。

③ （宋）叶适：《叶适集·水心文集》，中华书局，2010 年，第 364 页。

④ （宋）叶适：《叶适集·水心文集》，中华书局，2010 年，第 600 页。

⑤ （宋）叶适：《习学记言序目》，中华书局，1977 年，第 767 页。

⑥ （宋）叶适：《习学记言序目》，中华书局，1977 年，第 733 页。

人读起来如同亲见墓主的形貌风神。"如《墓林处士志铭》，墓主何溥（商霖）乃一处士，无功名、仕履、交游可述，叶适则通过描写他的住、言、行，刻画了一位令人难忘的贤者形象，实乃一篇记人散文，与一般的墓志铭迥异。其他墓铭，亦大多能勾画墓主生平独特事迹，或置于时代大背景中叙述，或置于文化道义之中评论，皆能拔地而起，令人过目不忘。"① 同时，抒发自身对墓主的评价或对其一生言行的感慨，形成了独具一格的墓志创作风格。例如，在《著作正字二刘公墓志铭》中，叶适两次对二公发表了议论，"呜呼！二公之道，所谓忧天下之危而忘其身，图国家之便而不利其乐者欤！""呜呼悲夫！二公之卒也，艾轩先生为国受吊，笔濡不忍铭以至是也，而余何敢僭！"议论的渲染增强了墓志的悠长之风，显示出了更加凄切的情意。

对于叶适的墓志之作，吴子良评论道："水心为诸人墓志，廊庙者赫奕，州县者艰勤，经行者粹醇，辞华者秀颖，驰骋者奇崛，隐遁者幽深，抑郁者悲怆。随其资质与之形貌，可以见文章之妙。"② 叶适对于不同身份的墓主人各有侧重的描述其一生，以巧妙地构思和文字为后人记录了一组组生动、形象的人生历程。后世学者真德秀盛赞叶适说，"永嘉叶公之文，于近世为最，铭墓之作，于他文又为最"。叶适对墓志的精心创作，体现了对文学艺术的不断追求，同时也蕴含着其"德艺兼成"的思想内涵。赵汝说《水心文集序》说："昔欧阳公独擅碑铭，其于世道消长进退，与其当时贤卿大夫功行，以及闾巷山岩朴儒幽士隐晦未光者，皆述焉，辅史而行，其意深矣。此先生之志也。"③ 欧阳修之"独善碑铭"是为了能够"辅史而行"，赵汝说认为叶适创作墓志的行为是上承欧阳修，因而才立下了创作墓志的志向。今人沈松勤在《叶适"集本朝文之大成者"刍议》一文中对于叶适创作墓志有多角度的看法，从学术思想来看，叶适这一做法是"将当代人物的言行置于古今历史的序列中，进一步丰富他所开创的历史谱系学，为成德新德寻找真正的根据"；从文学思想来看，"是他对'德艺兼

① 杨万里：《从永嘉文体到永嘉文派》，《江海学刊》，2011 年，第 1 期，第 201 页。

② （宋）吴子良：《荆溪林下偶谈》，影印文渊阁《四库全书》本，第 1481 册，台湾商务印书馆，1986 年，第 503 页。

③ （宋）叶适：《叶适集》，中华书局，2010 年，第 1 页。

成’的具体追求。这里的‘德’又往往是作者与墓主共同所拥有的。”①随后沈松勤引用了叶适作的《陈同甫王道甫墓志铭》《著作正字二刘公墓志铭》两篇墓志铭，意在说明墓主身上存在的有感于故疆未付而产生的大义、大虑、大节也是作者所有的，墓主的言行德性与作者的相一致。“要之，叶适所作墓志，或记言，或述事，方式各异，贯穿其间的却是传主与作者共有的那份中正无偏的德性。”②从这一层意义来看，叶适的散文创作也是“德艺兼成”的。

与叶适篇数众多的墓志作品相比，他的序、记作品数目少了很多，只有共四卷八十八篇作品，但从《水心文集》的整体来看，其占的比例也是可观的。他的序、记作品之间也很少雷同现象，对于作品的序、记，他往往会根据作者的性格不同和文风的短长进行多元的表现和多样的处理。如《龙川集序》说：

> “初，天子得同甫所上书，惊异累日，以为绝出，使执政召问当从何处下手，将由布衣径唯诺殿上以定大事，何其盛也！然而诋讪交起，竟用空言罗织成罪，再入大理狱，几死，又何酷也！……呜呼悲夫！同甫其果有罪于世乎？天乎！余知其无罪也；同甫其果无罪于世乎？世之好恶未有不以情者，彼于同甫何独异哉！”

陈亮命运的崛起与跌落引起了叶适的极大愤慨，他情绪激昂地发出了强烈的控诉，对于人生的不公奋起反抗之意流露无遗。叶适在感叹之中多少也夹杂了对自己人生的思考，借助语言磅礴的气势一下子迸发出来。又如《烟霏楼记》不但有残落破碎的衰景，也有优美舒心的美景，叶适一一叙述，娓娓道来，抒发的委婉的感情淡淡的投射在作品之中。可见叶适在创作时应该一直提醒自己每一次写作都要有新意，尤其是同一体裁的作品更要避免相似化。但叶适又不主张刻意为之的追求新意，而要“自然”“浑成”，水到渠成一般。

叶适在《答刘子至书》中说：

---

① 沈松勤：《叶适“集本朝文之大成者”刍议》，《文学遗产》，2012 年，第 2 期，第 13 页。
② 沈松勤：《叶适“集本朝文之大成者”刍议》，《文学遗产》，2012 年，第 2 期，第 13 页。

　　"今子至以平日研精之深，一旦悟入自然，得其七八，可谓古今至难之事。若由此进而不已，浑脱圆成，继两大家，真为盛矣。近世独李季章，赵蹈中笔力浩大，能追古人，虽承平盛时亦未易得。然子至遂谓如机自动，天籁自鸣，不待雕琢，证此地位，则其不然！如子至得从来下功深之，方有今日，第其间尚有短乏未坚等，滓垢未明净者，以下功犹未深也。若便要放下，随语成章，则必有退落……"①

　　可见叶适在文学实践中的"德艺兼成"的追求与他对文学思考的重视是分不开的。

第三节　叶适德艺兼成观影响下的诗学取向

　　律体诗是理学与诗之间矛盾的激化点，朱熹就曾大力反对律诗，他在《晦庵先生朱文公集》卷三九《答杨宋卿》中说："至于格律之精粗，用韵、属对、比事、遣词之善否，今以魏晋以前诸贤之作考之，盖未有用意于其间者，而况于古诗之流乎？近世作者，乃始留情于此，故诗有工拙之论，而葩藻之词胜，言志之功隐矣。"又在卷六四《答巩仲至》中说："至律诗出，而后诗之与法始皆大变，以至今日，益巧益密，而无复古人之风矣。"他认为"诗人之诗"不可取，但是，义理丰富、蕴含哲理的诗可以与理学和谐的统一。叶适的诗学取向恰与之相反，他认为律诗才是诗歌的美的所在。

一、宋诗的变革特色

　　"《三百篇》之不能不降而《楚辞》；《楚辞》之不能不降而汉魏；汉魏之

---

　　① （宋）叶适：《叶适集·水心文集》，中华书局，2010年，第554页。

不能不降而六朝；六朝之不能不降而唐也，势也。"① 诗歌在我国文学史上经历了千年的发展，四言诗体，在周代末期已渐入窘境；五七言古诗经历了汉、魏晋、六朝的长期发展，可谓气数将尽；五七言近体诗于唐代三百年的时间里绽放出了绚烂的色彩，到了宋代，如果仍然还要在这发展势头低迷的状态中继续振臂而起，难免会落入前人窠臼。在重重困境之中，宋人以强烈的自立精神突出了宋诗的改造特色，将宋代诗坛推上了一个不能被文学史所忽视的地位。

之所以我们说宋诗于困境重重中产生，是因为宋代过于太平的政治环境，使得诗人们在舒适的环境中难以发出"不得其平则鸣"的声音，太平政治只会产生太平文学，只有混乱的政治才能激发文艺的生长，正如混乱的周代末期产生了《诗经》，混乱的汉代末期产生了新乐府与建安文学，混乱的南北朝产生了民间歌谣和士大夫文学，唐开元之后的混乱产生了唐诗②。宋代不但政治环境过于太平，而且学术界中产生了势力强大的理学思想。形成于北宋中后期的理学，"与宋诗之间的关系或若即若离，或势同水火：至南北宋之交，由于吕本中等人之努力，加强了理学与江西诗派之联系；南宋中期，藉朱熹、陆九渊等人之结缘，理学对宋诗促成推波助澜之效用。宋代诗人或与理学家相师友，或身是理学中人，故论诗主张，或与之相近相似，或可以相互发明"③。宋诗作为一代文化的表现，是这种文化的如实投影，理学风气形成的理学诗感染了宋代的诗风。恶劣的社会背景不但没有终结诗歌的发展，反而促使宋诗形成了令人惊讶的态势，《御定四朝诗录》宋诗人凡八百八十二家，《宋诗纪事》共计三千八百余位宋诗人，《宋诗记事补遗》又补录三千余家（其中有一部分为《宋诗记事》所有），这远远超过了《全唐诗》所著录的两千多位诗人的数量，诗人数量之多令人瞠目。宋代虽然不是诗歌发展的理想时期，但仍然产生了诗篇上万的诗人，如陆游、杨万里等，我们不免要思考，什么原因使得宋代有这么多的诗人、诗作产生？这一方面得益于君主的明确提倡；另一方面，是对宋代流行的词体的

---

① （清）顾炎武著，黄汝成集释：《日知录集释》，上海古籍出版社，2006 年，第 1194 页。

② 胡云翼：《宋诗研究》，巴蜀书社，1993 年，第 9—10 页。

③ 张高评：《宋诗特色研究》，长春出版社，2002 年，第 280 页。

有意回避。相对于宋词为小道末技，为艳科的地位，诗歌是历来文人的正业，孔子所讲的诗教规定了诗歌这种文体的尊重的地位。

在整个诗歌的发展历史中，宋诗的变革性是最强的，宋诗不但对前代诗歌范式进行改造，还在自身范式的形成中不断发展变革。宋诗相对于唐诗有明显的不同，但是又与唐诗之间有着密不可分的关系，即以唐诗为范本，宋诗发生了巨大的变革，后世评论家在提及宋诗时，常常会以唐诗为参照体系。这样又难免会形成自宋至今的以"宋调"对比"唐音"的唐、宋诗之争。在这种思维的影响下，学者们产生了大量的关于唐诗与宋诗的比较研究与特色评价的研究成果。最常说的就是，读唐诗以情韵，品宋诗以理趣，这主要是就诗歌的风格而言的。唐诗重视情意的抒发，所以大多表现的委婉蕴藉，情韵丰厚，浑雅华腴。宋诗在唐代之后又继续发展了三百余年，处于唐诗之后的宋诗，在这种承前启后的位置上只能对"尚情韵"的特点做出改变，表现出"尚理趣"的特点，因而宋诗变得直接、精辟，以筋骨思理见胜。学者张毅在《20世纪的唐宋诗之争及宋诗特色研究》（载于《淮阴师范学院学报》2002年第2期）一文中，梳理了20世纪对于唐诗与宋诗比较研究的成果。张毅首先提及"胡云翼的《宋诗研究》是20世纪第一部关于宋诗的系统研究专著，开篇的第一章便是'唐诗与宋诗'的评价问题"[1]。胡云翼在书中指出，"只要我们拿大多数的作品去归纳比较，唐宋诗的鸿沟，便立显在我们面前。诚然我们不敢说唐优宋劣的话，但是在唐诗里面许多伟大的独具特色，在宋诗里面却消灭掉了"[2]。他为宋诗归纳了四个特点，"一是消灭掉了唐代那种悲壮底边塞派的作风，因宋时国势衰弱，诗坛也和时代一样的没有了英雄气；二是消灭掉了唐代那种感伤底社会派的作风，到了宋代变成了太平笙歌的天下，没有了能够深刻感人的悲剧诗；三是消灭掉了唐代那种哀艳底闺怨宫怨的作风，老实忠厚的宋代诗人，根本不像唐人那般爱写女性和爱情；四是消灭掉了唐代那种缠绵活泼底情诗的作风，宋人的不懂

---

①　张毅：《20世纪的唐宋诗之争及宋诗特征研究》,《淮阴师范学院学报》, 2002年第2期, 第212页。

②　胡云翼：《宋诗研究》, 巴蜀书社, 1993年, 第5页。

得写喜剧的艳情诗，犹之乎他们不喜欢作悲剧的宫怨闺怨诗一样。"① 最后，他得出结论："在唐诗里面，有令人鼓舞的悲壮，有令人凄怆的哀艳，有令人低徊的缠绵，有令人痛哭的感伤，把我们读者的观感完全掉在一个情化的世界里面去。宋诗似乎最缺乏这种狂热的情调，常常给我们看着一个冷静的模样，俨然少年老成，没有一点青春时期应有的活泼浪漫气，全不像唐人的要说什么就说什么的天真烂漫。这是唐宋诗显著的分歧点，也就是宋诗的缺点。"② 对宋诗的评价在参照唐诗的基础上，得出的结论往往是宋诗不如唐诗。

　　对于唐诗与宋诗的问题，需要公正对待。唐代诗歌取得的成就有目共睹，达到了一个令后世难以企及的高水平，宋诗继唐诗之后想要突破，难度也是人所共识的，但是，经过宋代诗人的艰苦努力，宋诗在唐诗的基础上已经有所突破和变革，达到了能与唐诗相当的高度。学者程千帆在《读〈宋诗精华录〉》中指出："唐人之诗，主情者也，情亦莫深于唐。及五季之卑弱，而宋诗以出。宋人之诗，主意者也，意亦莫高于宋。后有作者，文质迭用，固罔能自外焉。"以"情"与"意"的对举，表明了唐诗与宋诗只是侧重的方面不同。他还说："唐人以情替汉、魏之骨，宋人以意夺唐人之情，势也。浸假而以议论入诗。夫议论则不免于委曲，委曲则不免于冗长。长则非律绝所任，此所以逮宋而古诗愈夥也。其极至句读不葺，而文采之妙无征；节奏不均，而声调之美遂閟。此宋人之短，非宋人之长。"③ 对于唐诗与宋诗的短长都作了分析。宋诗的变革还表现在扩展了思想内容，在动荡的社会背景影响下，加入了反映民族矛盾、政治斗争的主题。同时，在诗歌的艺术表现上也更加的细致，正如清代学者翁方纲的《石洲诗话》所说："诗则至宋而益加细密，益刻抉入里，实非唐人所能囿也。"以黄庭坚及江西诗派为代表的诗歌创作，讲究诗歌体制、律法的严谨，在客观事物的描写上也侧重于细致之处的把握。缪钺在《论宋诗》中分析说：

---

　　① 张毅：《20世纪的唐宋诗之争及宋诗特征研究》，《淮阴师范学院学报》，2002年第2期，第212页。

　　② 胡云翼：《宋诗研究》，巴蜀书社，1993年，第7—8页。

　　③ 程千帆：《古诗考索、唐代进士行卷与文学》，武汉大学出版社，2008年，第357—358页，第358—359页。

"唐诗以韵胜，故浑雅，而贵蕴藉空灵；宋诗以意胜，故精能，而贵深折透辟。唐诗之美在情辞，故丰腴；宋诗之美在气骨，故瘦劲。唐诗如芳药海棠，秾华繁采；宋诗如寒梅秋菊，幽韵冷香。唐诗如啖荔枝，一颗入口，则甘芳盈颊；宋诗如食橄榄，初觉生涩，而回味隽永。譬诸修园林，唐诗则如叠石凿池，筑亭辟馆；宋诗则如亭馆之中，饰以绮疏雕槛，水石之侧，植以异卉名葩。譬诸游山水，唐诗则如高峰远望，意气浩然；宋诗则如曲涧寻幽，情境冷峭。唐诗之弊为肤廓平滑，宋诗之弊为生涩枯淡。虽唐诗之中，亦有下开宋派者，宋诗之中，亦有酷肖唐人者；然论其大较，固如此矣。"①

以精细见长于唐诗，是宋诗对于唐诗变革的突出表现。著名的日本学者吉川幸次郎在《宋诗概说》中指出："诗之叙述性、社会性、生活性、哲学性，唐诗皆远不如宋诗之普遍、密切、详细与刻露；且唐诗承继悲哀，宋诗表现旷达；唐诗眼界较窄，宋诗则视野宽阔。"宋诗以对传统诗歌改造的姿态展现于文学史上，从表现内涵、艺术手法、甚至思想观念等方面，不断地为诗歌的发展注入活力。可见在整个诗歌的发展过程中，宋诗所具有的变革性是巨大的，宋诗对传统诗歌的积极的变革与发展精神是她的独特魅力。

学者吴小如在《宋诗漫谈》中说："总的说来，在唐诗以后，能在中国诗歌史上独树一帜的，只有宋诗；能有资格与唐诗相颉颃，基本上可以分庭抗礼的，也只有宋诗；对于后世，除了唐诗，能给予诗歌以重大影响的，还是只有宋诗。"②宋诗在对唐诗的不断扬弃中，形成了独特的审美艺术特征。由于苏、黄等大家的诗歌创作实践，使我们后人不自觉地以一些典型的艺术风格来概括宋诗。然而，宋代诗歌经过了三百余年的发展，产生了数量惊人的诗歌作品，据清代厉鹗的《宋诗记事》所统计，宋代诗人达三千八百余家之多，宋诗开创了诗歌史上的又一兴盛期，因而宋诗的特色不是某几个抽象的概念所能涵盖的。

---

① 缪钺：《诗词散论》，上海古籍出版社，1982 年，第 36 页。
② 吴小如：《宋诗漫谈》，《文史知识》，1990 年第 1、2 期，第 10—19 页。

宋代的社会状况与时代精神，深刻地影响到了宋诗的发展，宋代在诗歌发展规律的影响下，在对唐诗诸多方面变革的同时，在自身的发展轨迹中也在不断地反省、变革、超越，加之宋人对诗歌心理功能的新认识，开创了自身发展变化的新轨迹。宋代数量繁多的诗人和种类发达的诗作，构成了不同风格特色的宋诗，既有西昆体、晚唐体、元祐体，又有江西诗派、理学诗派、江湖诗派。这些宋诗的体格、派别的出现，标志了宋诗的发展变革不仅仅是对前代诗歌范式的改造，其本身也是一个不断变革与改造的过程，说明了宋诗具有强烈的自立精神与宗派意识。北宋初期，宋诗继承和延续着晚唐诗风，并没有形成自身独特的艺术特征。到了北宋中期，出现了欧阳修、梅尧臣等大家，他们提倡诗歌的复古运动。同时，受到儒学复兴的影响，诗歌的政教特色与正统观念也渗透到了宋代诗歌之中，诗歌在北宋初期的风格上产生了变革。以欧阳修为代表的一个诗人群体迅速地在诗坛崛起，他们以自身的创作实践为宋诗特色打下了初步的基础，以诗歌复古运动发动声势，扩展诗歌的影响范围。欧阳修通过集士人、学者、文人于一身的身份角色，在科举之中大量的发现人才，培养了王安石、苏轼等最后实现宋诗艺术高峰了一代大家。在北宋走向衰败、社会矛盾日渐加剧的时代背景下，宋代诗坛迎来了大家辈出的时代，他们创作风格各异，个性得到了充分的张扬，最终将宋诗推到了辉煌的高峰。随着宋室南迁，社会的动荡加剧，以及风格各异的诗坛大家们相继辞世，宋诗发展也走到了一个相对低谷期，在诗人的选择与实践中，最终凝结成了江西诗派。这一诗派主宰了两宋之交六十余年的诗坛，并持续影响至清末。

江西诗派是诗歌史上第一个明确提出的诗歌流派。宋代之前，虽然在文学史上也出现过文人之间的聚合与群体的称谓，但诗人自觉的提出正式的宗派之名只有到了宋代才真正的形成。宋代的前期，是诗人群体建立诗歌体派意识形成的初期，这一时期的诗人群体与诗歌体派与唐代的情况相似，主要是在后世的接受视野中被确认。① 到了宋代后期，诗人建立体派的自觉性增强，明确的派别意识凸显，从而孕育了宋代诗歌体派多样的类型。"正是宗派意识的确立和

---

① 许总:《唐宋诗体派论》，江西人民出版社，2008 年，第 29—30 页。

强化，使诗人的创作个性得以充分发挥，而这种由诗人个性的充分发挥与众多诗派的争相自立相融合的群体意识与创作个性的互为体现、包容、联结，也就进一步促使宋诗疆域的不断推扩和宋诗艺术的不断出新。"①宋人创新精神的高扬和发展意识的展现，是宋代诗歌流派多样的根本原因。《四库全书总目提要》云："宋代诗派凡数变，西昆伤于雕琢，一变而为元祐之朴雅，元祐伤于平易，一变而为江西之生新。南渡以后，江西宗派盛极而衰，江湖诸人欲变之而力不胜，于是仄径旁行，相率而为琐屑寒陋，宋诗于是扫地矣。"②宋诗的体派之间互相否定、排斥而不断地变革，逐渐地增强了宋人宗派意识的自觉与强化。在这众多的诗歌体派中，江西诗派是宋代诗人确定的宗派意识中最为强烈也是在诗歌史上产生的影响最大的。但是，因为规范的宗派意识和固定的思维模式江西诗派难免走向僵化。面对流弊日深的江西诗派，派中诗人吕本中以"活法"说为江西诗派注入了活力和新的发展方向，并被陈与义所继承，并扩大到了对时代和社会发展的关注方面。注入了新鲜血液的江西诗派，为南宋中期诗坛的复兴拉开了序幕。陆游、范成大和杨万里这三位与江西诗派有着深厚渊源的大家，以爱国情怀和清新气息，开创了宋代诗歌发展史上的第二座高峰。而反对江西诗派的诗人们又不约而同地将目光转向了晚唐，提出了诗学晚唐的发展思路。经过叶适提携的"永嘉四灵"，更是明确指出了诗学贾岛、姚合。由"永嘉四灵"而起的这一思想最终发展成了南宋末期诗坛的主流诗派——江湖诗派，宋诗再一次的产生了变革。江湖诗派中的成员大多远离政治，因而也就加重了诗歌创作中的平民意思，而且，在国恨家仇的感情冲击下，他们将爱国主义与民族精神融进了诗歌中。

　　宋代诗歌是历史上唯一可以与唐诗相媲美的，虽然在谈论它的同时难免会以唐诗为参照，但这丝毫不能减弱宋诗所具有的独特魅力，尤其是宋诗所含有的变革精神，是历代诗歌所不及的。在变革的过程中，体现的是思想的交锋、创造力的展现，因而，变革的意义是深远的。

---

　　①　许总：《唐宋诗体派论》，江西人民出版社，2008 年，第 25 页。

　　②　（清）纪昀，永瑢等：《四库全书总目提要（三十二）》，集部别集类二十，上海商务印书馆，1933 年，第 51—52 页。

二、叶适崇律体、倡唐诗的诗学取向

随着江西诗派的不断发展，后期产生了以生新拗峭的艺术风格将宋调推向极端的弊病，这就是叶适所说的"黜唐人之学"最甚者。随着反对江西诗派的呼声日高，出现了前文提到的"永嘉四灵"与江西诗派之间的对垒。叶适《题刘潜夫南岳诗稿》云"徐道晖诸人摆落近世诗律，敛情约性，因狭出奇，合于唐人，夸所未有"，他在称赞"四灵"的诗歌特色的同时，表达了"摆落近世诗律"的要求。"永嘉四灵"因受到了叶适的大力揄扬而声名鹊起，从之者多，渐渐引导了诗歌风气的转变，而叶适也借着"永嘉四灵"的诗歌实践，标榜了自身对唐律的推崇与提倡。

叶适指出："夫争妍斗巧，极外物之变态，唐人所长也；反求于内，不足以定其志之所止，唐人所短也。"[1]叶适以"争妍斗巧"和"极外物之变态"概括了唐诗的审美特征，即对于景物的外在描写突出。并进一步在《徐道晖墓志铭》中，提出了"唐人之精"的观点。他说：

> "盖魏晋名家，多发兴高远之言，少验物切近之实，及沈约、谢朓永明体出，士争效之，初犹甚艰，或仅得一偶句，便已名世矣。夫束字十余，五色彰施，而律吕相应，岂易工哉！善为是者，取成于心，寄妍于物，融会一法，涵受万象；猕苓桔梗，时而为帝，无不按节赴之；君尊臣卑，宾顺主穆，如丸投区，矢破的，此唐人之精也。"

指出了魏晋诗的特征是"发兴高远"，与唐诗相比较，"少验物切近之实"，也就是说，他认为唐诗是"验物切近"的。

魏晋诗歌的传统与唐诗传统之间的特征与价值问题，苏轼在《书黄子思诗集后》早有提到。他说："苏、李之天成，曹、刘之自得，陶、谢之超然，盖亦至矣。而李太白、杜子美以英玮绝世之姿，凌跨百代，古今诗人尽废，然魏晋以来，高风绝尘，亦少衰矣。李、杜之后，诗人继作，虽间有远韵，而才不逮

---

① （宋）叶适：《叶适集·水心文集》，中华书局，2010年，第221页。

意，独韦应物、柳宗元发纤浓于简古，寄至味于澹泊，非余子所及也。唐末司空图，崎岖兵乱之间，而诗文高雅，犹有承平之遗风。"苏轼认为，汉魏晋自成一个传统，"苏、李之天成，曹、刘之自得，陶、谢之超然"，这就是他说的"魏、晋以来高风绝尘"，这里举魏、晋以概汉；而唐代诗歌中，李、杜"以英玮绝世之姿，凌跨百代，古今诗人尽废，然魏、晋以来高风绝尘，亦少衰矣"。他将唐代诗歌中的韦应物、柳宗元及司空图等单列出来，认为他们没继承唐诗的传统，而是上承汉魏晋传统，李、杜在汉魏晋之外成为唐诗传统的代表。从而，我们可以认为苏轼指出的李、杜的特征与汉魏晋的传统之间的差异实际上就是唐诗传统与汉魏晋诗传统两者之间的差异。

叶适与苏轼不同的是，在区分了两个传统之后，他表示了对于唐诗写物与律体的结合的肯定。叶适以是否"验物切近"来区分魏晋诗与唐诗，他认为唐诗的验物切近与律体形式得到了完美的结合。"束字十余"表明唐代律诗的一联之内十余个字，也就是说五律是十个字，七律是十四个字。在这一联之内既要"五色彰施"，又要"律吕相命"，就是要求既要在语言描述中体现出色彩，又要符合声律的要求。要实现这一高水平的要求，从构思上看要"取成于心"，经过心的构思才能形成诗，在心的统辖下才能将各种因素"融会一法"。"寄妍于物"，就是说对于外物的描写要妍丽。各种事物经过心的构思形成了诗，这就是"涵受万象"的意味。之后叶适以狶苓、桔梗等普通药材在某些药方中以不同的方式加以组合可以变得珍贵为例，说明即使是普通的景物，以一定的组合方式形成诗歌，就如"君尊臣卑，宾顺主穆"，表达出来也会变得不那么普通了。这样我们也就理解了叶适所说的"唐人之精"，主要可以概括为声律和谐的律体和妍丽的景物描写。

前文在论述叶适的发展文学观时涉及他对"永嘉四灵"诗歌的评论，从艺术审美角度来看，叶适提倡"四灵诗"，也是因为其创作继承了叶适所说的唐诗的传统。叶适表彰"四灵"，提倡晚唐，但他并没有将唐代诗歌分为盛唐、晚唐等分期，他在其著作中两处使用了"晚唐"一词，一处见于《水心文集》卷一《上光宗皇帝札子》："大则无东汉戡复之勋，小则无晚唐羁縻之政"，另一处见于《水心文集》卷七《虎长老修双峰》："雁荡初传晚唐世，掩抑众岳夸神灵。"但都不是为了说明诗歌的分期。从叶适对于唐诗的声律和谐和妍丽的景物描写

所形成的"唐人之精",可以看出叶适所谓的唐诗特指唐律。叶适在《徐文渊墓志铭》中说:

> "初,唐诗废久。君与其友徐照、翁卷、赵师秀议曰:'昔人以浮声切响、单字只句计巧拙,盖风骚之至精也。近世乃连篇累牍,汗漫而无禁,岂能名家哉?'四人之语遂极其工,而唐诗由此复行矣。"

"浮声切响"和"单字只句"指的是诗歌的声律和对偶的技巧问题,这是律诗创作时必须考虑的,所以叶适所说的唐诗是指唐代的律诗而言的。他认为唐诗废久,"四灵"继承了唐代的律诗,所以才有唐诗的复兴。正如林希逸的《方君节诗序》所载:"诗有近体,始于唐,非古也。今人以绳墨矩度求之,故江西长句,紫芝有诗论之讥。盖紫芝于狭见奇,以腴求瘠,每曰:'五言字四十,七言字五十六,使益其一,吾力匮焉。'其法严如此。"[①]赵师秀就是针对五律和七律发表的上述言论的,也说明了"四灵"作诗继承的正是唐代的律体诗。

在叶适看来,唐代的律体诗并不包括杜甫的诗,他认为唐诗分杜甫和唐代律诗两个传统。在《徐斯远文集序》中叶适指出:"庆历、嘉祐以来,天下以杜甫为师,始黜唐人之学,而江西宗派章焉。然而格有高下,技有工拙,趣有浅深,材有大小,以夫汗漫广莫,徒枵然从之,而不足充其所求,曾不如胠鸣吻决,出豪芒之奇,可以运转而无极也。故近岁学者已复稍趋于唐而有获焉。"[②]叶适认为在宋代风靡一时的江西诗派继承的是杜甫的传统,而"唐人之学"是这一派所反对的另一个传统,"四灵"继承了这一派的传统,在宋代的诗歌史上以和江西诗派相对立的姿态出现。叶适在《习学记言序目》中对这两个传统有进一步的说明,"及沈约、谢朓竞为浮声切响,自言"灵均所未睹",其后浸有声病之拘,前高后下,左律右吕,匀致丽密,哀思宛转,极于唐人,而古诗废矣。杜甫强作近体,以功力气势掩夺众作,然当时为律诗者不服,甚或绝口不

---

① (宋)林希逸:《竹溪鬳斋十一稿续集》,影印文渊阁《四库全书》本,第 1185 册,台湾商务印书馆,1986 年,第 676 页。

② (宋)叶适:《叶适集·水心文集》,中华书局,2010 年,第 214 页。

道。至本朝初年，律诗大坏，王安石、黄庭坚欲兼用二体，擅其所长，然终不能庶几唐人；苏氏但谓七言之伟丽者，则失之尤甚，盖不考源流所自来，姑因其已成者貌似求之耳。"[1]律诗由魏晋六朝开始发端直到唐代才正式的成熟，唐代律诗具有了完备的律诗的特征，在当时，"杜甫强作近体"，与前人所不同，在当时就不被接受。因此，杜甫被独立在了唐人律诗的传统之外，与"唐人之学"相对立，不具备"前高后下，左律右吕，匀致丽密，哀思宛转"的律诗特征。

对于叶适提出的这一观点，笔者认为，这与律诗的发展流变以及在宋代形成的新的形式有关。根据明代高棅《唐诗品汇》的说法，杜甫去世的唐代宗大历五年（770 年）为盛唐诗歌的结束，此后直至唐末的 130 余年称为中晚唐时期。"从诗律流变的角度看，中晚唐诗人们在律诗的对仗、词汇使用等方面都呈现出了不同于盛唐的特征，其总体基调与指导思想是尝试与创新。"[2]"从形式上看，中晚唐律诗确实有不同于盛唐之处。一方面是走向精致化（格律有意求难、对仗的精致化），另一方面又有日常化特征（口语化倾向）。就诗体发展而言，中晚唐的这些新变是尝试性和探索性的，有些进一步演变为宋代律诗的形式特色，因此，后人大多认为中晚唐诗人是宋人的先导。"[3]宋诗的描写内容大多指向现实生活，着重于对物与事的描摹。这一特色的形成可以追溯至中晚唐的诗歌，与盛唐诗以自然景物入诗的特色形成鲜明对比。以杜甫为师的"江西诗派"，其影响从北宋元祐年间的黄庭坚、陈师道，一直到南宋后期的刘辰翁、方回等，其间占据诗坛长达二百余年之久。自南宋中后期的杨万里提出诗学晚唐的观点以来，诗风才从江西一派开始转变，叶适正是处于江西诗风流弊日渐浮靡，诗风转向晚唐的过程中，他认为江西诗派诸家学杜诗，产生了"汗漫广莫"的弊端，江西诗派做的长篇大论以及追求气势之功力的诗歌显然违背了唐人律诗的传统，所以他在讨论唐诗的问题时自然的就把杜甫单独作为一个传统，与唐代律诗承继六朝而来的传统相区分。同时，他在现实中发现了"四灵"的诗歌崇尚律体，而且在短篇小幅之中追求细微的功夫，从而作为"唐人之学"

---

① （宋）叶适：《习学纪言序目》，中华书局，1977 年，第 705 页。

② 陈静：《唐宋律诗流变研究》，齐鲁书社，2009 年，第 60 页。

③ 陈静：《唐宋律诗流变研究》，齐鲁书社，2009 年，第 71 页。

的继承加以提倡。

刘埙在《隐居通议》中所说:"江西派犹佛氏之禅,医家之单方剂,近年永嘉,复祖唐律,由是唐与江西相轧。"叶适虽然对"永嘉四灵"大加提携,但是并不十分满意"四灵"诗宗晚唐体的风格,然而这一点在当时并没有被其他文人学者所理解,因而江西诗派后学方回在维护江西诗派而攻讦永嘉及江湖诸人时,说"近世之诗,莫盛于庆历、元祐。南渡犹有乾、淳,永嘉水心叶氏,忽取四灵晚唐体,五言以姚合为宗,七言以许浑为宗,江湖间无人能为古、《选》体,而盛唐之风遂衰,聚奎之际亦晚矣。"① 他从为江西诗派张目的角度出发,却没有指出叶适及四灵的晚唐体不合江西诗风,而是批评其不合"盛唐"之风,可见对唐诗,尤其是盛唐诗歌的崇敬与倾心,是宋代诗人潜意识中所共有的情感因子。

方回在《瀛奎律髓》卷二十中也指出:

> "乾、淳以来,尤、杨、范、陆为四大家,自是始降而为江湖之诗,叶水心适以文为一时宗,自不工诗,而永嘉四灵从其说,改学晚唐,诗宗贾岛、姚合,凡岛、合同时渐染者,皆阴挃取摘用,骤名于时,而学之者又不能有所加,日益下矣,名曰厌傍江西篱落,而盛唐一走不能少进。"

表达了他对于"盛唐"诗的标榜,其实是对"宋调"的坚持与提倡。这又从一个侧面说明了叶适崇律体、倡唐诗的诗学思想,在当时诗歌发展的过程中是有着一定思想基础的。然而,直到严羽的《沧浪诗话》,才有"截然谓当以盛唐为法"的对盛唐诗歌的明确称赞,奏响了诗宗盛唐的最强音。

叶适进一步指出,宋诗与六朝诗、唐诗相比,重"志"而轻"物",重"内"而轻"外"。诗歌批评发展到了宋代,对于自身的主体意识逐渐增强,对

---

① (宋)徐照,徐玑,翁卷,赵师秀撰,赵平校点:《永嘉四灵诗集》,浙江大学出版社,2010年,第330页。

于"志"看得越来越重。这内心的"志"并不是喜怒哀乐的感情，更多的是浸染了道德的思想观念。对于道德层面的"反求于内，不足以定其志之所止"的要求，叶适不可能视而不见，他与理学家在文学批评方面有共同的思想基础，然而，他的辩证发展观使得他能更客观、全面地认识到唐诗并没有因为妍巧而妨碍了道德意义的客观存在。在叶适的心中，唐诗也好，宋诗也罢，都是各有长处与短处的，他能在道德价值为尊的环境下肯定什么价值存在的意义，这才是最宝贵的一点。

晚唐体并不是反对江西诗派的唯一方式，受理学影响较大的文人更倾向古体诗的形式，这样就可以避免在追求律诗的形式技巧和语言优美的同时失去了诗歌言志载道的道德功能。宋诗对于唐诗由学习开始，进而对其进行建构，在建构的同时不但有突破与放弃，也有创造与调整，在变化中走出一条自成一家的道路。宋代儒学的全面复兴以及伦理意识的空前强化，诗歌被置于了道之余的位置，因而理性精神在宋诗中有各种表现，叶适虽自云崇律体、倡唐诗，但他的诗歌也被其弟子吴子良以"义理"为标准加以衡量，"水心诗早已精严，晚尤高远。古调好为七言八句，语不多而味甚长，其间与少陵争衡者非一，而义理尤过之。……虽少陵未必能追攀。"[1]他认为叶适诗在同一联中以"春色"和"秋声"对举，蕴含了深刻的理性化的思考倾向。这与宋代理学家评论诗歌的眼光是十分相近的。理性精神在宋代大放光芒，这就导致了宋诗无法避免遭到理学家否定的命运，追求"修身、齐家、治国、平天下"的道德功用的理学家们，认为"风花雪月"的情感抒发是没有意义的"闲语言"。同时，讲究艺术技巧的诗歌需要"穷思极致"，"用功"而为，这样势必就会耽误了道德修养的实践工夫，对于道德的养成得不偿失。诗歌讲求在心为志，发而为诗，然而，儒家传统的"诗言志"在宋诗学中往往被"写意"所替代。宋诗的视角集中于内在的心灵的世界，"心"是至高无上的主宰，它把物质世界所带来的外在感官刺激屏蔽去了。从宋代诗人群体的庞大，诗歌流派之多样的事实出发，我们可以说，

---

① （宋）吴子良：《荆溪林下偶谈》，影印文渊阁《四库全书》本，第1481册，台湾商务印书馆，1986年，第512页。

理学家的影响并没有真正危险到诗歌的存在，相反，在某种程度上看，还进一步为诗歌的发展提供了深厚的哲学底蕴和伦理底蕴，使诗人们追求"艺术"之余，还有更深刻、更有价值的"道""德""仁"等理想的人生境界值得追求。

"唐诗、宋诗，亦非仅朝代之别，乃体格性分之殊。天下有两种人，斯分两种诗。"[1] 叶适于理性的控制之下为唐诗"菁华极盛、体制大备"的魅力所感召，于"宋人生唐后，开辟真难为"[2] 的实际困境中自我省察，对盛唐的诗风无限向往，在他的感染下，"四灵"诗歌在学贾岛、姚合过程中，对其悲哀的情调也有所扬弃，表现出诗律"合于唐人"的努力倾向。

---

① 钱钟书：《谈艺录》，中华书局，1984 年，第 2 页。

② （清）蒋士铨：《忠雅堂集校笺》，上海古籍出版社，1993 年，第 986 页。

第四章

叶适中和、平淡、自然的审美追求

中和的理论特色形成了我国传统最高审美标准之一的中和之美，这种审美思想在社会的各个领域都有所体现。叶适思想的中和特征影响了他的审美追求，表现在他的文学创作和文学批评中对"温柔敦厚"诗教思想的充分认同。"中和"的精神内涵十分丰富，在"中和"思想的影响下，情感的抒发也会具有中和之美，平淡而自然的审美追求是中和之美的具体表现。叶适以独特的审美风格，为中国文学思想史的发展，做出了不容忽视的贡献。

第一节　叶适思想的融合性与中和之美的追求

叶适可谓兼具了政治家、学者和文人三重身份的一代大师，他的思想也是兼容并蓄的一个复杂有机体，不同的思想在叶适的体系中相互碰撞、融合，最终以儒家的"中和"思想为平衡点，其突出表现就是对儒家"温柔敦厚"的诗教思想的自觉实践。"温柔敦厚"不但是一个重要的诗歌理论，也是我国传统文化中的一个影响深远的命题，它常常被作为"中和"美学观念的典型表现被提出。

一、叶适思想的融合性

叶适之学承薛季宣、陈傅良，上溯可以追至二程，是一位儒家思想浓厚的事功主义者。他在学术研究中，系统地梳理了永嘉学派的思想脉络，以儒家思想为底蕴，考察了孔子之后儒家文化的发展变化，从史书与儒家经典出发，将治经与治学相统一，理论化和系统化了永嘉之学，发挥了永嘉之学的功利思想特色。同时，他也是一位文人学者，在永嘉文派中蔚然为一大宗。叶适的文学思想融合了其学术思想的特色，他要求文章的情与志要融合与统一，再加上辞藻的艺术技巧，才是理想的为文之道。

叶适有着深厚的儒家思想，当他面对着宋代理学虽以"儒学"为宗，但已不再纯粹的情况时，指出"本朝承平时，禅说尤炽，儒释共驾，异端会同。其间豪杰之士，有欲修明吾说以胜之者，而周、张、二程出焉，自谓出入于佛老甚久。"①叶适试图将由于理学的冲击而失去本色的儒学冲刷一新，恢复并重新审视其原初的本来状态。他对于佛、老思想侵入儒家传统大加批判，"周衰，诸子各骋私见为书，续裂王道而态于曲学，腆其最甚者。祥浸所蒙，大义蔽矣，固不得而强同也。每叹六经、礼、孟，举世共习。其魁俊伟特者，乃或去而从老、佛、庄、列之说，怪神虚霍，相与眩乱。甚至山栖绝俗，木食涧饮，以守其言，异哉！"②自从董仲舒"罢黜百家，独尊儒术"，儒学思想的官方意识越来越明显，然而，经历了魏晋南北朝时期佛家、道家的冲击，以及隋唐时期佛教中国化之演变，儒学这面旗帜背后的儒家思想已经浸入了佛与道两者的部分内容。叶适对儒家思想的坚持，就是对构成儒家传统的核心价值观念，如理与器，道与气，阴阳太极等的重视，这些观念大多是相对应的两个概念构成的，在这诸多观念中，对于义和利之间的讨论，不但是叶适自觉的继承和发展儒家传统思想的表现，也体现了其功利思想的融合特色。

义利之间的辩证关系是形而上的、道德层面的概念与形而下的、实践层面的概念的对立。义利之间的关系自古就存在，并且在不断的变化。从尧、舜时期，圣人就要求义利为一而非二，讲求的就是"成利致义"的治道。《诗》《书》所谓稽古先民者，皆恭俭敬畏，力行不息，去民之疾，成其利，致其义，

---

① （宋）叶适：《习学记言序目》，中华书局，1977 年，第 740 页。

② （宋）叶适：《叶适集·水心文集》，中华书局，2010 年，第 602 页。

而不以身参之。"① 到了儒家思想的形成之初，义利之间的关系出现了重义轻利、以义制利的超功利主义倾向。孔子在《论语》中有"子罕言利"的观点，孟子进一步发展为"何必曰利，亦有仁义而已矣。"汉代董仲舒的"正其谊不谋其利，明其道不计其功"的观点为后代的儒家学者所继承，将重义轻利的价值取向推向极端。对于义利概念的讨论，显示了儒学传统思想的不断发展。"古人之称曰：'利，义之和；'其次曰：'义，利之本；'其后曰：'何必曰利？'然则虽和义犹不害其为纯义也，虽废利犹不害其为专利也，此古今之分也。"② 叶适主张义利二者的统一，利是义之和，义是利之本，以事功作为阐发义理的手段，以功利作为衡量道义的标准，"以利和义"是叶适所认为的处理义利关系的中和之道。这与南宋理学家注重个人的道德情操的修炼与内在涵养的提升，以不言利、只求义为判定学术思想是否醇正的一条重要标准相违背，如朱熹就曾提出："义利之说，乃儒者第一义。"③"学无深浅，并要辨义利。"④ 他把义利的关系问题作为儒学中最突出的问题来看待。叶适重视经世致用之学，提倡"修实德""行实政""建实功"，重视国富民强，民族兴盛的事功关怀。"高谈者远述性命，而以功业为可略；精论者妄推天意，而以夷夏为无辨。"⑤ 义利关系从先圣一直到宋代的理学家，始终是被关注的重点，因此叶适说："义理之是非在目前者常又不能守，而每以利害为去就，盖自古而然；而又有庸人执以为义理之所在非圣人不能择者，亦自古而然；二端，学者不可不谨察也。"⑥

义利问题是一个随着古代社会的产生就产生的问题，古代的社会情况我们无法真实的看到，只能被不同时代的后人不断的猜测、想象，因此，叶适在描述他眼中的古代社会时说：

---

① （宋）叶适：《习学记言序目》，中华书局，1977 年，第 322 页。

② （宋）叶适：《习学记言序目》，中华书局，1977 年，第 155 页。

③ （宋）朱熹撰，朱杰人，严佐之，刘永翔主编：《朱子全书》，上海古籍出版社，安徽教育出版社，2002 年，第 1082 页。

④ （宋）黎靖德：《朱子语类》，中华书局，1986 年，第 227 页。

⑤ （宋）叶适：《叶适集·水心别集》，中华书局，2010 年，第 832 页。

⑥ （宋）叶适：《习学记言序目》，中华书局，1977 年，第 184—185 页。

"天地之初，皆夷狄也，相攘相杀，以力自雄，盖其常势，虽炎
黄以道御之，不能止也。及尧舜以身为德，感化而化物，远近不变，
功成治定，择贤退处，不为己有，而忠信礼让之俗成矣。夫先人后
己，徙义远利，必出于心之自然而明于理之不可悖。"①

叶适在这里涉及的利是他所言的为己的私利问题。对于"私利"，他认为是
"有己则有私，有私则有欲，而既行之于事矣，然后知仁义礼乐之胜己也，折而
从之"。②这里说的私欲，在南宋的理学家看来是与理性之间不可调和的一组矛
盾，叶适也将其统一了起来，他认为，物欲的存在是合情合理的，是人的一种
客观需求。"人心，众人之同心也，所以就利远害，能成养生送死之事也。"③他
认为每个人都有人心，这是平常人之心，他们天生的本性就是就利远害的物欲
之心。他认为人心"可以成而不可以安，能使之安者，道心也，利害生死不胶
于中者也。"④他认为物欲只能满足人心，但不能使之心安，只有道心才能安人
之心。也就是说，叶适主张以伦理道德引导人欲，"盖于未发之际能见其未发，
则道心可以常存而不微；于将发之际能使其发而皆中节，则人心可以常行可不
危；不微不危，则中和之道致于我，而天地万物之理遂于彼矣。"⑤叶适将理与
欲相融合，统一为一体。仁义礼乐在叶适看来都是由私欲发展而来的，他肯定
这种私欲的存在，也就是肯定由此产生的"私利"的存在。相对于"私利"，叶
适认为"天下之利"是一种公利，"昔之圣人，未尝吝啬天下之利"⑥。在"私
利"与"功利"的取舍上，他反对"私利"，反对"务以自利多取为悦"⑦的做
法，因而他认为王安石等人"诱赚商旅，以盗贼之道利其财"⑧。虽然叶适反对

① （宋）叶适：《习学记言序目》，中华书局，1977年，第528页。
② （宋）叶适：《叶适集·水心别集》，中华书局，2010年，第701页。
③ （宋）叶适：《习学记言序目》，中华书局，1977年，第52页。
④ （宋）叶适：《习学记言序目》，中华书局，1977年，第52页。
⑤ （宋）叶适：《习学记言序目》，中华书局，1977年，第109页。
⑥ （宋）叶适：《叶适集·水心别集》，中华书局，2010年，第672页。
⑦ （宋）叶适：《叶适集·水心别集》，中华书局，2010年，第658页。
⑧ （宋）叶适：《叶适集·水心别集》，中华书局，2010年，第775页。

私利，但是从道德的义由私利而产生的这一点出发，私利和义之间也是统一的，所以叶适的义利观不但融合了私利与公利，也消解了义利之间的矛盾。叶适的功利思想是在尊重道德的义的前提下肯定利的合理存在与价值，是对义与利的合理融合。

在学术思想注重融合的影响下，叶适的文学思想也持有融合志、藻、情相统一的言论。"……道之所以晻郁于后者，天与人殊而人与己殊，道非其道而学非其学也。理不尽，徒胶昔以病今；心不明，姑舍己以辨物。勤苦而种，皆文藻之末；鲁莽而获，皆枝叶之余。扬雄、韩愈尤然，况其下乎！"① 由道而生的文，是叶适所看重的，正如他在评论《皇朝文鉴》中所说的，"且人主之职，以道出治，形而为文，尧舜禹汤是也。"② 指出了写文章不是根本的目的，根本目的是从道出发，自然而成文章，表现治道。三代时期的道是叶适看重的真正的治道，因此三代之文是叶适看重的。

> "……司马迁创本纪、世家，史法变坏，遂不可复；老、庄推虚无冲漠，正道票裂，遂不可合。孙、吴以狙诈祖兵制，申、商以险刻先治道。若夫言语之缉为辞章，千名百体，不胜浮矣，程、张虽订之于理，然而未几性也。凡此皆出孔氏后，节目最大，余所甚疑……"③

三代之文具有志、藻、情相统一，自然结合，至善至美的特点。与古代相比，今世之文章已不具备此等美感，但有益治道的特点仍可以坚持。因而他又说："若所好者文，由文合道，则必深明统纪，洞见本末，使浅知狭好无所行于其间，然后能有助于治，乃侍从之臣相与论思之力也。"④ 肯定了今世"有用"之文。

---

① （宋）叶适：《叶适集·水心文集》，中华书局，2010 年，第 192 页。

② （宋）叶适：《习学记言序目》，中华书局，1977 年，第 696 页。

③ （宋）叶适：《叶适集·水心文集》，中华书局，2010 年，第 199—200 页。

④ （宋）叶适：《习学记言序目》，中华书局，1977 年，第 696 页。

二、中庸思想与叶适对中和之美的追求

前文在论述叶适的"凡物皆两"的观点时，提到他既反对"天下不知其为两也久矣，而各执其一以自遂"①的片面性的思维方式，也反对"及其为两也，则又形具而机不运，迹滞而神不化"②的将事物两面相孤立的观点，他认为，只有中庸之道才能知物之两，"然则中庸者，所以济物之两而明道之一者也，为两者之所能依而非两者所能在者也。水至于平而止，道至于中庸而至矣！"③中庸被叶适从道德思想的最高境界超越出去，作为事物发展变化的一种和谐的状态，在"中庸"的状态中，"对立的两个极端既不在中点而又依存于中点，两极的对立在这里得到了调和、取得了均衡、达到了统一，正如水流至于平而止一样，两极对立至于中庸而止。"④

受中庸在儒家思想中是最高的道德境界观念的影响，叶适在解释"中庸"的时候说：

> "诚者何也？曰：'此其所以为中庸也。'"⑤他把天、地、人的存在都看做是诚然有规律的，"日月寒暑，风雨霜露，是虽运也而可以候推，此天之中庸也，候而不至，是不诚也。艺之而必生，凿之而及泉，山岳附之、人畜附之而不倾也，此地之中庸也。是故天诚覆而地诚载。惟人亦然，如是而生，如是而死，君臣父子，仁义教化，有所谓诚然也。是心与物或起伪焉，则物不应矣；高者必危，卑者必庳，不诚之患也。"⑥

---

① （宋）叶适：《叶适集·水心别集》，中华书局，2010 年，第 732 页。
② （宋）叶适：《叶适集·水心别集》，中华书局，2010 年，第 732 页。
③ （宋）叶适：《叶适集·水心别集》，中华书局，2010 年，第 732 页。
④ 张义德：《如何评价叶适的"中庸"、"致中和"思想》，《孔子研究》，1993 年第 3 期，第 88 页。
⑤ （宋）叶适：《叶适集·水心别集》，中华书局，2010 年，第 733 页。
⑥ （宋）叶适：《叶适集·水心别集》，中华书局，2010 年，第 733 页。

　　叶适认为"中庸"和"诚"都是人的最高道德标准，"诚"的本意具有诚实、真实的含义，是精神要求的重要方面，作为精神实体有化育万物的作用。"诚"还被叶适看成了自然界与人类社会运动变化的状态，这种状态具有"诚"的本质因素，即自然与诚然的规律。从"诚"的概念出发，叶适进一步地把"诚"解释为"中和"，从而引出了"中和"的概念。"'致中和，天地位焉，万物育焉'，何谓也？曰：'此明其所以为诚也。'"①叶适不但将"诚"与"中和"联系起来，也与"中庸"相联系，他说："故中和者，所以养其诚也。中和足以养诚，诚足以为中庸，中庸足以济物之两而明道之一，此孔子之所谓至也。"②叶适"济物之两而明道之一"的唯物主义辩证观与中国传统思想的"中和"概念得到了统一，可以说，在叶适看来，"中庸""中和"与"诚"之间几乎是相等同的。叶适对"中和"进一步解释说：

　　　　"未发之前非无物也，而得其所谓中焉，是其本也枝叶悉备；既发之后非有物也，而得其所谓和焉，是其道也幽显感格；未发而不中，既发而不和，则天地万物，吾见其错陈而已矣。古之人，使中和为我用，则天地自位，万物自育，而吾顺之者也，尧、舜、禹、汤、文、武之君臣是也。夫如是，则伪不起矣。"③

　　"中和"是事物发展变化的和谐状态，这种状态需要人的认识和对其规律的把握。在人的参与下，无序的、纷然的状态可以得到转变，成为各居其位的有序和谐状态。在"中庸"和"中和"这两个概念中，共同有一个"中"字。"中"是一种适中的状态，是"过犹不及"。"过犹不及"是孔子在被端木赐问及撷孙师和卜商哪个贤的问题时说的，他说："师也过，商也不及，……，过犹不及。"④这里体现了孔子的辩证思维，他认为"过"和"不及"都是一样不好的。

---

① （宋）叶适：《叶适集·水心别集》，中华书局，2010年，第733页。

② （宋）叶适：《叶适集·水心别集》，中华书局，2010年，第733页。

③ （宋）叶适：《叶适集·水心别集》，中华书局，2010年，第733页。

④ 杨伯峻：《论语译注》，中华书局，2009年，第113页。

叶适对孔子的这一论点提出了自己的解释，他认为："夫师之过，商之不及，皆知者、贤者也，其有过不及者，质之偏，学之不能化也。若夫愚、不肖，则安取此道之不明与不行，岂愚、不肖者致之哉？"① 叶适认为颛孙师和卜商都是贤者、知者，他们分别有着"过"和"不及"的缺点，他们的缺点都是贤者、知者的，并没有因为缺点的不同而使一方成为愚者、不肖者。叶适说："且任道者，贤与智者之责也，安其质而流于偏，故道废，尽其性而归于中，故道兴；愚、不肖者何为哉？"② 他认为贤者与智者承担着道的兴废重任，当他们偏向到了"过"或者"不及"的时候，道就废了；如果能从偏向中得到纠正，回到"中"的位置上，道就可以兴了。叶适的观点承接了孔子的思想，认为"过"和"不及"都是不合于道的，倒是偏向的状态，只有"中"才是时中、适度的合于道的状态。"中"可以从"中庸"里边分开来看，剩下的"庸"也有其自身的意思。

> "又'庸'字，古称'弗徇之谋勿庸'。'自我五礼有庸哉'，'生生自庸'，'庸庸祗祗''民功曰庸'，《左氏》'无辞有庸'，《孟子》'利之而弗庸'，《丧服四制》'此丧之中庸'，大抵为用、为利、为实、为常之义。《周官》'以乐德教国子：中、和、祗、庸、孝、友'，然则中庸之为德，岂其此类也欤？"③

他认为"庸"是用、利、实、常之义，意义没有"中"那么重要。叶适曾以中庸之道来教导其门生丁希亮，他在《答少詹书》里说：

> "某虽薄多难，自少粗闻义理之大方，所愿守常道，不逾乎中庸之德。虽其间气质有偏，不能尽合，然要当修为充扩，勉而中道。……及见少詹欲自负太过，慕为豪杰非常之行，轻鄙中正平易之

---

① （宋）叶适：《习学记言序目》，中华书局，1977 年，第 109 页。

② （宋）叶适：《习学记言序目》，中华书局，1977 年，第 109 页。

③ （宋）叶适：《习学记言序目》，中华书局，1977 年，第 111 页。

论，而多为惊世骇俗绝高之语，又未尝不太息也。……至于以机变为经常，以不逊为坦荡，以窥测隐度为义理，以见人隐伏为新奇，以跌荡不可羁束为通透，以多所疑忌为先觉，此道德之弃才也。为之必不成，行之必不遂，读书之博，祇以长傲；见理之明，祇以遂非：故不愿少詹如此，而不敢深言也。"①

从这封信中，我们可以了解到丁希亮在言行表象上有点"过"，他轻鄙"中正平易之论"，即反对中庸的无过无不及的要求，叶适就对他进行劝导，希望能帮助他改变"过"的行为状态，趋于中正。从叶适对丁希亮的心中，也反映出了其对思想和操守的价值观。叶适能够"中"与"庸"并用，教导门生，遵守中庸之德，而且还能将"中"与"和"并用，叶适对"和"也是十分重视的。

"和"的观念在我国最早是由西周末年的史伯提出来的，他说"夫和实生物，同则不继。""同"的意思是指抽象的同一性，即事物与自身同一，或此事物与它事物的简单相加，这样的同一性不包含任何差别和对立，因此又叫形式的同一性、空洞的同一性，是形而上学抽象思维的表现；而"和"则与此相反，是包含差别与对立的同一性，是具体的同一性，是辩证思维的概念。② 意思是说，不同的事物相加能产生新事物，相同的事物相加则不能产生新事物，只是能够带来数量的增长。晏子在史伯的基础上以羹喻和，进一步发挥了这一思想，认为"五味"相和，才能成羹，"和如羹焉"，并以此说明君臣关系应和而不同。《论语》也有孔子和而不同思想的记载，"君子和而不同，小人同而不和"。③ 叶适在前人思想的基础上阐述了自己对"和而不同"观点的认识，"弃和取同，史伯以是为（周）幽王致寇之本，晏子亦陈和同之异甚详，然不言其为兴亡之所在也。……因史伯、晏子所言验天下古今之常理，凡异民力作，百工成事，万物并生，未有不求和者，虽欲同之，不敢同也；非惟不敢，势亦不能同也。惟

① （宋）叶适：《叶适集·水心文集》，中华书局，2010 年，第 550 页。

② 张义德：《如何评价叶适的"中庸"、"致中和"思想》，《孔子研究》，1993 年第 3 期，第 89 页。

③ 杨伯峻：《论语译注》，中华书局，2009 年，第 140 页。

人心之取舍好恶，求同者皆是，而求和者千百之一二焉；若夫綦而至人主，又万一焉。贤否圣狂之不齐，治乱存亡之难常，其机惟在于此，可不畏哉！"① 叶适辩证地谈论了"同"与不能"同"之间的辩证关系，"虽欲同之，不敢同也"，"势亦不能同也"。从人心上看，求"同"者居多，求"和"者占少数，叶适因此发出了"可不畏哉"的感慨。叶适将"中""和"并称，以"中和之道"为目标，并将其与"天地万物之理"相对应。他说："盖于未发之际能见其未发，则道心可以常存而不微；于将发之际能使其发而皆中节，则人心可以常行而不危；不微不危，则中和之道致于我，而天地万物之理遂于彼矣。自舜禹孔颜相授最切，其后惟此言能继之；《中庸》之书，过是不外求矣。"② 当"中和之道"与"天地万物之理"之间联系到一起之后，"中和之道"就有了客观物质基础，就不再是一种单纯的观念和道德追求，这也说明了叶适的思想是辩证的唯物主义的。

对于"中和之道"的探究过程就是"致中和"，叶适说：

> "性合于中，物至于和，独圣贤哉？乃千万人同有也。何孔、孟所称稀阔而不多钦？由孔、孟至于今，又加久矣，其可称者，何寥沈而不继软？呜呼！安得不博类广伦以明之，毕躬力以奉之钦！此师友之教，问学之讲，所以穷无穷、极无极也。"③

他认为"致中和"的过程就是"穷无穷、极无极"。叶适虽然说"中和"并非圣贤所独有的，乃"千万人同有也"，但是，上古时就"不多"，传久了而又"不继"。说明"中和"是人们精神境界的崇高的和谐的状态，是思想与行为发展过程的一个最佳的点，人们以此为最终目标而不断的追求、提升。"中和"是一种理想的社会状态，他紧密地贴近着人的生活，社会的发展始终指向着这个方向。"致中和"的过程，就是社会不断发展、日趋完善的过程。前文提到的叶

----

① （宋）叶适：《习学记言序目》，中华书局，1977 年，第 171 页。

② （宋）叶适：《习学记言序目》，中华书局，1977 年，第 109 页。

③ （宋）叶适：《叶适集·水心文集》，中华书局，2010 年，第 185 页。

适的内外交相成的认识论，正是叶适在思想认识方面"致中和"的结果。他继承了孔子不离物言道的思想，从物质入手认识世界，并且充分调动思维的作用，"耳目与心官并用"，将感性认识与理性认识都纳入认识的范围中，他的这一观点不但表现了叶适思想鲜明的中和特征，而且他的功利之学的建构也是在其闻见之知的基础上独立思考而得来的。

　　此外，在治学方面，叶适既认为三代的治国之道是后世学习的楷模，与儒家大多数的学者一样承认"道统"的存在，又对理学家所认为的由韩愈至程朱的传承是对子思、孟子的继承加以否定。他认为"不能言统记者固非，而能言者亦未必是也。"① 在叶适的治学思想中，尊古与疑古的学术精神并存，尊古的同时又疑古，他梳理了道的发展过程，破立结合地阐发了自己对道的理解，一方面维护了尧舜周孔的道统，另一方面否定了思孟程朱的正统地位。他的治学思想从现实出发，联系社会实际，阐释了自己对道即道统的独特理解，内外并举，提出了一系列的改革时弊、振兴图强的统一大计，这些再次显示了叶适思想的中和特征。因为叶适的尊古而又疑古，所以对于儒家经典他也是持中和的态度的，他尊经而不盲从，疑经而不武断。对于《周易》，他认为"《易》不知何人所作"②，没有人云亦云的认为其作者是周文王。也对孔子作《易传》的看法提出怀疑，他说："《彖》《象》辞意劲厉，截然著明，正与《论语》相出入，然后信其为孔氏作无疑。"③ 肯定孔子作了《彖》《象》两篇，因为其与《论语》风格一致，"至所谓《上下系》《文言》《序卦》，文义复重，浅深失中，与《彖》《象》异，而亦附之孔氏者，妄也。"④ 其余几篇存在很多问题，故可以断定不是孔子所作。叶适能够顺应社会时代尊经的趋势，将其置于至高的位置，同时，又能认真思考、独立分析，对经典中存在的问题提出疑问和合理的解释，正是其思想的中和特征所影响的结果。

　　理欲与义利的融合，尊古又疑古、尊经又疑经，叶适思想的方方面面几乎

---

① （宋）叶适：《习学记言序目》，中华书局，1977年，第246页。
② （宋）叶适：《习学记言序目》，中华书局，1977年，第739页。
③ （宋）叶适：《习学记言序目》，中华书局，1977年，第35页。
④ （宋）叶适：《习学记言序目》，中华书局，1977年，第35页。

都体现着他中和的思想特征，这种特征是有一定价值的，"叶适经世致用的学术主旨鲜明地体现在他的中和观上，其中和论表现出'事上理会，步步着实'的基本特征，从而为两宋儒学中和哲学书写了非理学形态的独特一笔"[①]。"中和足以养诚，诚足以为中庸，中庸足以济物之两而明道之一"的原则，可谓是叶适中和思想的根本出发点，他在儒家道德领域之外，将"中和之道"引进了思想的诸多领域，最终形成了独具特色的思想体系。

三、叶适温柔敦厚的诗教思想

前文在论述叶适思想的中和特征的时候，笔者分析了叶适找到了"诚""中和""中庸"的契合点，叶适认为："故中和者，所以养其诚也。中和足以养诚，诚足以为中庸，中庸足以济物之两而明道之一，此孔子之所谓至也。"[②]并将三者相联系。当笔者对"中庸""中和"和"温柔敦厚"三者进行研究的时候，也发现了一个共通的现象，就是在《礼记》中，"中和"和"温柔敦厚"的概念首次被提出，"中庸"作为儒家的人生哲学和处世态度最终得以完成其理论建构的，这三者集中在了《礼记》之中，这一点是值得我们思考的。虽然我们不能因此认为它们是在《礼记》中同时形成的，但是这三者之间在彼此论证时互为理论依据，可见，从根本上来看，三者之间有着深远的理论意义。

孔子从"中庸"所代表的思想道德的行为准则思想出发，阐述了"中和"的美学观，并引申为了"温柔敦厚"的文学艺术审美要求。"中庸"作为儒家哲学的基础性思想，在《礼记》中最终形成，它最初也是由孔子提出的。在《论语·尧曰》中，孔子认为"允执阙中"的"中"是处理矛盾与对立事物的适当尺度，"中"是一种平衡的状态，而不是极端的，事物在一定的范围内可以适度的发展，但不能超过一定的度，也不能离度的标准太远，这样才能使各个方面都保持着平衡和稳定。孔子认为，"中庸之为德也，其至矣乎！"[③]"中庸"成了

---

① 刘燕飞：《叶适思想的中和特征》，硕士学位论文，河北大学哲学系，2003 年。

② （宋）叶适：《叶适集·水心别集》，中华书局，2010 年，第 733 页。

③ 杨伯峻：《论语译注》，中华书局，2009 年，第 63 页。

孔子评判道德水平的最高标准。孔子说的"正中""时中""中道""中行""刚中""柔中"等概念，也是表达了中庸的意思。《礼记·中庸》是孔子中庸思想的最集中的体现。中庸思想表现的就是一种不偏不倚的中和之道。"中和"的概念在《礼记》中首次被提出："喜怒哀乐之未发，谓之中；发而皆中节，谓之和。中也者，天下之大本也；和也者，天下之达道也。致中和，天地位焉，万物育焉。"① 情绪还没有表现时，是"中"的状态，当情绪需要表现时，要和谐的调节各种情绪，就是"和"，"中和"思想扩展渗透到了各个美学领域，成为一种"中和"的美学观念。"温柔敦厚"之说就是"中和"的美学观在诗歌理论上的体现。"温柔敦厚"最早见于《礼记·经解》，"孔子曰：'入其国，其教可知也：其为人也，温柔、敦厚，《诗》教也。"② "温柔敦厚"的诗教是使人具备温柔敦厚的人格品质所采取的一种方式，孔颖达解释"温柔敦厚"说："温，谓颜色温润；柔，谓性情和柔。诗依违讽谏，不指切事情，故曰温柔敦厚诗教也。"③ "温"和"柔"指的是颜色的外在光彩和性格外在的风貌，"敦厚"指的是思想内容表达时的深沉、浑厚。温柔敦厚并用，就是说本质的、内在的充实与深刻，要通过温润柔和的外在形式加以委婉含蓄的表现。

对于"诗教"叶适曾说："自文字以来，诗最先立教。"④ 可见对于"诗教"的重视，是儒家一贯的思想。我国古代的诗歌，不但是文学艺术的表现，也具有政治的意义。尤其是民间的诗歌，常常是统治者考察民俗民情的重要途径。据《礼记·王制》记载，"岁二月，东巡守，至于岱宗，柴而望祀山川，觐诸侯，问百年者就见之。命大师陈诗，以观民风"⑤。《诗》作为一个沟通的渠道，能够实现"上以风化下，下以风刺上，主文而谲谏，言之者无罪，闻之者足以戒"⑥ 的效果。因为诗具有这样的政治意义，所以"诗教"的传统得以形成，并

---

① （宋）朱熹注，王浩整理：《四书集注》，凤凰出版社，2008 年，第 17 页。
② （汉）郑玄注，（唐）孔颖达正义：《礼记正义》，上海古籍出版社，2008 年，第 1903 页。
③ （汉）郑玄注，（唐）孔颖达正义：《礼记正义》，上海古籍出版社，2008 年，第 1904 页。
④ （宋）叶适：《叶适集·水心文集》，中华书局，2010 年，第 215 页。
⑤ （汉）郑玄注，（唐）孔颖达正义：《礼记正义》，上海古籍出版社，2008 年，第 491 页。
⑥ 陈子展撰述：《诗经直解》，复旦大学出版社，1983 年，第 1 页。

流传于后世，以"温柔敦厚"的传统来规范诗歌的创作。可见"温柔敦厚"最初是谈论对人的教育的，没有涉及文学创作问题，属于伦理教育与礼仪规范的范畴。《礼记》中提到的"温柔敦厚"，意在使人在《诗》的熏陶下能提高修养，形成温和宽容的性格，善良儒雅的品德，这种理想人格是儒家通过诗教想要达到的儒家道德规范的实际效果。据《尚书》记载："帝曰、夔、命汝典乐、教胄子。直而温、宽而栗、刚而无虐、简而无傲。"[①] 这里体现了在人的道德修养要求中的"温柔敦厚"的中和特征，以音乐为在这种理想人格的塑造手段，可见养成这种性格的文学艺术本身也是具有相应的思想内容的。

孔子曾说："《诗三百》，一言以蔽之，曰：'思无邪'。"[②] 可以说，孔子在编选《诗三百》的时候正是以中正无邪为标准的，以温柔敦厚之性情吟咏温柔敦厚之诗。"温柔敦厚"的道德规范通过诗教不断的规范人的性格，并成为一种重要的诗学思想，它要求在诗歌创作时也以此为规范。诗歌表现的温柔敦厚其实是诗人自身性情修养的"中正平和"的外在表现。人的性情对文学创作的制约和影响作用是直接的，特定的审美心理与文学创作之间存在着密不可分的辩证关系。"温柔敦厚"，从原有的"诗教"自然而然地过渡到"诗学"，即从伦理学层面上的"温柔敦厚"向文学艺术方向转变，无论是在道德领域还是文学领域，"温柔敦厚"的观点从本质上看，都是以"中和"思想为核心的。"中和之美"是儒家诗教界定诗歌美学特质的根本出发点，温柔敦厚的诗教理论可以用"中和"二字来概括。因此，在诗歌评论中"中和之美"统辖下的"温柔敦厚"的诗歌审美要求为历代文人学者所共同追求与遵守。

"发乎情，止乎礼义"是对诗歌表现内容的要求，儒家诗教以礼义为诗歌抒情言志是否合乎标准的尺度，要求诗歌创作时不能没有节制，抒发感情要中正平和，温柔敦厚。孔子评价《诗经》开篇的《关雎》时说："乐而不淫，哀而不伤"[③]，表达喜悦而不至于无节制，表达悲伤不至于伤害身心。孔子认为这首诗在表达人物情感方面十分恰当，即孔子所说的"哀而不伤"；当他求得"淑女"

---

① 曾运乾：《尚书正读》，中华书局，1964 年，第 26 页。

② 杨伯峻：《论语译注》，中华书局，2009 年，第 11 页。

③ 杨伯峻：《论语译注》，中华书局，2009 年，第 30 页。

准备迎娶时，产生了欢快之情，但也没有过度，只以"琴瑟友之""钟鼓乐之"来表达，即孔子所说的"乐而不淫"。因此从孔子的审美要求来看，在悲情与乐情抒发的时候都不能超过儒家礼教的规范。对此孔安国和朱熹分别解释说："乐不至淫，哀不至伤，言其和也。""淫者，乐之过而失其正者也；伤者，哀之过而害于和者也。"他们都指出了孔子对《关雎》的评价恰当地抓住了其情感的抒发与理性的控制和谐的统一的特点，是"中和之美"在文学艺术上的体现。诗人感情常常因外物而感发，孔颖达在《毛诗正义序》中说："夫诗者，论功颂德之歌，止僻防邪之训，虽无为而自发，乃有盖于生灵。六情静于中，百物荡于外。情缘物动，物感情迁。……发诸情性，谐于律吕。故曰：感天地，动鬼神，莫近于《诗》。"[①] 真情与乐律相和，成为诗。宋代的张耒也说过："彼诗者虽一人之私意，而要之必发于诚而后作。故人之于诗，不感于物、不动于情而作者，盖寡矣。……夫情动于中而无伪，诗其导情而不苟，则其能动天地，感鬼神者，是至诚之悦也。"[②] 认为情感的抒发需要礼义的规范才能有所止，才能合乎中，得乎正，而不至于肆虐。可见情与理是儒家诗论中的必不可少的两个方面，"发乎情"和"止乎礼仪"二者融洽的统一，就可以避免诗歌流为单调的道德说教或者"为文而造情"的形式化。在《诗经》的大多数诗篇中，几乎都展现了这种"中和之美"，如"《国风》好色而不淫，《小雅》怨诽而不乱"。在孔子之前的吴公子季札，认为《诗经》中的《周南》《召南》"勤而不怨"；《邶风》《卫风》"忧而不困"；《王风》"思而不惧"；《豳风》"乐而不淫"；《魏风》"大而婉，险而易行"；《小雅》"思而不贰，怨而不言"；《大雅》"曲而有直体"；《颂》"直而不倨，曲而不屈"[③]。

文与质的关系是文学创作中的重要问题，对此，儒家诗教以"中和"的原则来解决诗歌的内容与表现形式的问题。孔子说："质胜文则野，文胜质则史。

---

① ［日］岗村繁著，俞慰慈，陈秋萍，俞慰刚译：《毛诗正义注疏选笺（外二种）》，上海古籍出版社，2009 年，第 15—16 页。

② （宋）张耒撰，李逸安，孙通海，傅信点校：《张耒集》，中华书局，1998 年，第 840 页。

③ 杨伯峻编著：《春秋左传注》，中华书局，1990 年，第 1164 页。

文质彬彬，然后君子。"① 如果文采不够，文章就会粗野不生动，如果文辞过于华丽而内容空虚，文章就会浮华，这两种现象都是不好的，应该对"文胜质"与"质胜文"的现象进行折中，达到"文质彬彬"，即文质相半，文华质朴相伴然后可为君子。文章实现文质并茂才能达到"中和之美"，这样才可以称得上是君子之文。"温柔敦厚"的儒家诗教要求诗歌表达思想情感应以委婉含蓄、曲折蕴藉的方式，因而从艺术特点与艺术手法相联系的角度来看，"比兴"的艺术手法自然成为与"温柔敦厚"联系最密切相关的艺术表现方法。刘勰在《文心雕龙》中指出："《诗》主言志，话训同《书》，离风裁兴，藻辞谲喻，温柔在咏，故最附深衷矣。"② 他认为因为在《诗经》的创作中采用了比兴的表现手法，所以才使得温柔敦厚的艺术特点让人体会的更加深刻。"比兴"作为《诗经》的六艺之一，是作者表达个人情感的创作方式，在文学评论家看来，通过风雅比兴等手段，一些曲折的情感表达可以得到过滤，从而可以实现"温柔敦厚"的特点，或者可以使作品"温柔敦厚"的色彩更加浓厚，因此，常常将其与"温柔敦厚"相提并论。"就深度而言，比兴手法本身寓含了对深刻的社会内容的要求，要在描摹自然的同时寄寓情感于其中。就格调而言，这种曲折言之的手法可以使情感本身显得不那么咄咄逼人，不那么直截了当。……对国计民生的忧患通过美刺讽谏表露出来，对命运乘骞的慨叹通过春秋代序流露出来，这固然是《诗经》比兴手法要义所在；而要求诗人通过创作来节制自己情感的强度，也未必不是比兴的意义所在。"③ "温柔敦厚"的诗教观促进了比兴手法的合理运用，作者在反映深刻的社会矛盾问题和表现悲愤情感的诗作的时候，以"比兴"的手法可以缓和激动的情感，对表达的内容进行适当的调整和过滤，使对立与冲突得以调和到中正状态上，以相对平和的面貌呈现出来，以含蓄蕴藉的艺术风格，实现"怨而不怒""哀而不伤"的艺术境界。而运用比兴手法的作品自然也会形成含蓄蕴藉的风格，从而实

---

① 杨伯峻：《论语译注》，中华书局，2009 年，第 60 页。

② 周振甫：《文心雕龙今译》，中华书局，1986 年，第 28 页。

③ 白振奎，石晓宁：《儒家"温柔敦厚"诗教散论》，《贵州社会科学》，1999 年第 3 期，第 81—82 页。

现"温柔敦厚"的中和之美。

儒家中和思想的审美范畴，不但要求文学创作要有"中正平和"的艺术审美特色，而且由人的性情修养沉淀为一种人生的价值理念和心理结构。在"中和"思想的指导下，对待事物可以执两用中，对待文学艺术创作的内容可以做到情理交融，在表达形式上要"文质彬彬"。"温柔敦厚"的诗歌理论恰当地体现了儒家思想的中庸之道与中和之美，因此受到了广泛的认可和接受。

第二节　中和思想影响下的平淡审美基调

儒家的中和文化思想历来被人们偏重于"和"的方面，认为中和就是不违背"中庸"之道。《国语》中有"和从平"的表述，我们可以看出在某种程度与范围内，"平"是"和"所遵从的规则标准。"平和"的思想本质在于平衡，要求矛盾冲突的和谐统一，由此产生的文学艺术观念，不但反对极端化的发展形式，而且要求情感的抒发符合心志的规范，提倡温柔敦厚的文学思想要求。由此产生了宋代文学突出的平淡审美基调。叶适在提倡儒家中和思想的同时，继承了宋人普遍的平淡审美趣味，他的这种审美追求与其中和思想之间具有紧密的联系。

一、叶适情感抒发的中和美

"中和"的德教观影响到叶适中正和平的审美取向。叶适的学术思想中充满了"中和"的特征，他道德思想的核心内外交相成的思想，是"中和"特征得以形成的根本所在。叶适既继承了周行己、郑伯熊"兢省以御物欲"的对内心道德的重视，又继承了薛季宣、陈傅良"弥纶以通事变"的注重开物成务的精致之学。因此，叶适对于开物成务和内心道德的自我完善都有深入的思考，形成了内外交相成的思想。对于"内"的道德修养，叶适认为人心之中存有道，道就是中和，在《宜兴县修学记》中，他说："夫发其劲挺，孰若纳于中和；

华其文辞，孰若厚其根本！根本，学也；中和，道也。"[1] 学是增强道心的根本，中和是道心的状态。"将进于道，必约以性，通以心，肝脾胃肾无恣其情，念虑思索无挠其灵，则偏气不胜而中和全矣。"[2] 叶适重视对心性道德的修养，认为时时约束规范内心，才能不生放荡之情，从而实现自然中和。《礼记·中庸》说："喜怒哀乐之未发谓之中，发而皆中节谓之和"[3]，叶适认为："于未发之际能见其未发，则道心可以常存而不微；于将发之际能使其发而皆中节，则人心可以常行而不危。不微不危，则中和之道致于我，而天地万物之理遂于彼矣。"[4] 叶适虽然重视内在道德的自我完善，但他没有空谈心性而不务实，他认为"学之本统，古今伦贯，物变终始，所当究极"[5]，学习应该广泛涉猎，追求外王的事功事业。"故非礼则不以视听言动，而耳目百体瞿瞿然择其不合乎礼者期去之。昼去之，夜去之，旦忘之，夕忘之，诚使非礼之毫发皆尽，则所存虽丘山焉，殆无往而不中礼也，是之谓礼复。礼复而敬立矣，非强之也。"[6] 礼的存在可以分辨是非，约束身心，外在的礼可以通过言行的熏陶而转化成内心习性的敬，实现内外交相成的礼的教化。"它向外注重兼收并蓄的开物成务，向内开展道德自律的本根建设，要求心性道德达到本根扎实、躧事增华做到礼的教化，认为礼乐兼防而中和兼得，则性正而身安。这样一来，叶适所重视的礼，也就必然带有'德艺兼成'的中和美的特色。"[7]

"德艺兼成"是叶适区别于传统理学家文艺观的突出表现，他以此为解决理学家和文学家之间文道矛盾的中和之路，在文学内容上要求实现道的教化，在表现上配以文采辞章，发乎情止乎礼，以道德为标准避免文章流于文字技巧之流，从而实现文道合一的中和之美。中和之美源于性情的中和，温柔敦厚不但

---

① （宋）叶适：《叶适集·水心文集》，中华书局，2010 年，第 195 页。

② （宋）叶适：《叶适集·水心文集》，中华书局，2010 年，第 195 页。

③ （宋）朱熹注，王浩整理：《四书集注》，凤凰出版社，2008 年，第 17 页。

④ （宋）叶适：《习学记言序目》，中华书局，1977 年，第 109 页。

⑤ （宋）叶适：《叶适集·水心文集》，中华书局，2010 年，第 490 页。

⑥ （宋）叶适：《叶适集·水心文集》，中华书局，2010 年，第 164 页。

⑦ 李新：《叶适的中和文艺美学观》，《中共中央党校学报》，2008 年，第 12 卷，第 2 期，第 57 页。

是儒家仁义道德对人内心的要求，也是文学艺术思想的追求，尤其是诗歌理论的审美特色。孔子追求"志于道，据于德，依于仁，游于艺"的理想境界，德在艺先，道德修养的广大深厚，道德的美根本在于心。"内外两进"强调了内外两个方面缺一不可，否则就无法达到内外和谐的中和之美。韩愈在北宋中叶之前就成了士人的榜样，"通过韩愈，宋儒重新受到先秦士人那种以天下为己任、为帝王师的主体精神之感召，他们因此而将独立人格的自我建构当作自己的首要任务。"①士人们以自强自立的人格为统治阶级所倚重。朱熹考辨韩集，对韩愈的儒学、人品、文风等方面有细致的研究，他在重道轻文的思想下认为韩愈对于儒家之道与文学之文一分为二，对于道"能言其大体"，而"未见其有探讨服行之效"，道与文之间，"而于其轻重缓急、本末宾主之分，又未免于倒悬而逆置之也。"②虽然朱熹是站在"道"的立场，从以理为本的角度出发批评韩愈重文轻道的倾向，认为他"不求知道养德以充其内，而汲汲乎徒以文章为事业。……韩愈氏出，始觉其陋，慨然号于一世，欲去陈言以追《诗》、《书》、六艺之作，而其弊精神、糜岁月，又有甚于前世诸人之所为者。然犹幸其略知不根无实之不足恃，因是颇沂其源而适有会焉。……呜呼，学之不讲久矣，习俗之谬，其可胜言也哉！"③但也确实指出了韩愈因本人心性道德修养不够，而没有将内里省察和外在为学为文的关系合理的统一，没能达到中正平和的状态。

　　叶适对于韩愈也有类似的看法，"韩愈盛称皋夔伊周孔子之鸣，其卒归之于诗，诗之道固大矣，虽以圣贤当之未为失，……，如郊寒苦孤特，自鸣其私，刻深刺骨，何足以继古人之统？又况于无本者乎！愈欲以绝识高一世，而不自知其无识至此，重可叹尔。"④他不满韩孟诗派瘦苦孤寒的诗风，认为韩愈不自

① 李春青：《论自得——兼谈宋学对宋代诗学的影响》，《中国文化研究》，1998 年，第 91 页。

② （宋）朱熹撰，朱杰人，严佐之，刘永翔主编：《朱子全书》，上海古籍出版社，安徽教育出版社，2002 年，第 3375 页。

③ （宋）朱熹撰，朱杰人，严佐之，刘永翔主编：《朱子全书》，上海古籍出版社，安徽教育出版社，2002 年，第 3374—3376 页。

④ （宋）叶适：《习学记言序目》，中华书局，1977 年，第 701 页。

知，"韩愈尽废之，至有乱杂蝉噪之讥。"① "欲求风雅之万一"而自不能自得。"本根不重，诚敬不持，涵养不足，自然不能温文尔雅。而稍有淹謇、不平之事，即鼓噪其声，发鸣怨语，此皆为文人浮靡浅险之作，未能得风骚之旨。若性情中和醇正，文章也会温柔含蓄，无怨戾愤激之语，无不平则鸣之叫嚣。"② 叶适认为只有避免讥怨不平的情感，才能表现出温柔敦厚的情感，抒发出诗歌的中和之美。实现"学与道会，人与德合，登高丘可以奄鲁，俯长流可以观逝，则山川虽富，同游于覆载之内，义理至乐，独行于物欲之外矣"③ 的理想境界。叶适并不反对情感的表现，他承认情感的合理性，只是认为需要礼的合理规范，情才能实现"中和"的状态。他在《沈氏萱竹堂记》中认为耳目之玩、游赏之乐是应该受到肯定的，他说：

> "古之人，惟颜子知自备天地万物之道，其陋巷饮水，如寄泊焉。圣贤之致同而行不同也，故或登东山，登泰山，叹逝川，乐山以为仁，乐水以为智。若此岂异人？乃孔子也。游观之术进矣，大而高丘大泽，放荡独往；小亦幽花丛薄，啸歌自命；此文人才士之所以逞其赡逸雄豪，放臣逐子之所以平其郁纡悲忧也。累世之笔墨，未有抑此而不扬者也，又可陋乎！……然则君之为此堂也，既收合宗族，同养其和平，而又发舒心思，特致其高洁，亦可矣。余故因君之自叙，稍推进之，使知游观之义未当贬也。"④

他认为孔子的仁者乐山、智者乐水的情感抒发就是中和之美的表现，"逐臣忧愤之词"是诗体的败坏，然而忧郁不平的情感以符合儒家中和之美的方式得以抒发，仍然具有温柔敦厚的审美风格。

---

① （宋）叶适：《习学记言序目》，中华书局，1977年，第701页。

② 李新：《叶适的中和文艺美学观》，《中共中央党校学报》，2008年，第12卷第2期，第58页。

③ （宋）叶适：《叶适集·水心文集》，中华书局，2010年，第195页。

④ （宋）叶适：《叶适集·水心文集》，中华书局，2010年，第154页。

叶适认为，吕祖谦编选的《皇朝文鉴》做到了"自古乐府至本朝诗人，存其性情之正、哀乐之中者"①，哀乐适中，性情端正，以"涵濡道德，发舒心术之所存"为追求的上古之诗，是上古三代圣人以礼治教的诗歌典范。礼成，性情合乎中，在儒家礼教的教化下情感的表达得以纯粹与真实。宋代理学家从对道理之真的探讨扩展为对性情之真的追求，正如杜书瀛先生曾指出："审美活动实际上就是充分体现，展示人的本质的活动，是人的充分自由自觉的活动。凡是审美的，都无例外地必须是体现着人的本质的；而且愈是审美的，就愈是能够充分地体现着人的本质的。审美活动的本质就在于它是人对自己的本质的一种自我发现、自我确证、自我肯定、自我观照、自我欣赏。人之外，没有审美。"②可见人对本质的认识过程是一个求"真"的过程，是对美的追求过程。叶适在谈论当时文学作品的时候也常以"真"为批评原则，朴素不造作，独出机杼的自然本真。他曾与门人陈耆卿谈论作文之事：

> "水心与笃窗论文至夜半，……因问笃窗某文如何？时案上置牡丹数瓶，笃窗曰：'譬如此牡丹花，他人只一种，先生能数什百种，盖极文章之变者。'水心曰：'此安敢当，但譬之人家觞客，或虽金银器照座，然不免出于假借。自家罗列，仅瓷缶瓦杯，然却是自家物色。'"③

这里一方面体现了叶适作文重视己出的独创性，另一方面表现了"自家物色"虽无他人物色华美的光芒、纯美的色彩，因为是自我的、真实的，因而更胜一筹。

所以叶适反对过于重视外表形式，而忽略了本真情感的文章。"以为文正当尔，华忘实，巧伤正，荡流不反，于义理愈害而治道愈远矣。"④他尤其指出了

---

① （宋）叶适：《习学记言序目》，中华书局，1977 年，第 701 页。

② 杜书瀛：《文艺美学原理》，社会科学文献出版社，1992 年，第 20 页。

③ （宋）吴子良：《荆溪林下偶谈》，影印文渊阁《四库全书》本，第 1481 册，台湾商务印书馆，1986 年，第 503 页。

④ （宋）叶适：《习学记言序目》，中华书局，1977 年，第 695 页。

齐梁之间文人的作品过于重视耳目声色之美，雕镂文辞，锻炼声韵，却忽略了感情的纯真，他说："士盖有意于立言，而未专为文也。言之枝流派别，散而为文，则言已亡，言亡而大义息焉。……文之不可以为言也。"① 齐梁文人一味的炫耀文采，为文而作，将作文作为个人才情的展示手段，情感与道德被置于无足轻重的地位，这种失去了情感与性格真实的诗歌空洞而没有内涵，与"立言"之作相去甚远。"立言"起于作者的感情充沛，情志不得不发的"中"的状态，道德涵濡，阐释义理，发舒心术之文才能有助于治道，才是合乎儒家伦理纲常的"立言"之作。晚年，叶适因为"四灵"诗"镂心鉥肾，刻意雕琢；而取径太狭，终不免破碎尖酸之病"② 而由曾经的奖掖转为批评。在他看来，"四灵"诗歌没有开拓出广阔的人生境界，没有展现出宽广的胸怀气象，局限于炼字琢句的技巧之中，所以没有实现儒家所要求的发明道德心性的温柔敦厚的主张。

　　叶适提出的德艺兼成的文学中和之美，在南宋中后期一方面弥补了文章家义理之不足；另一方面纠正了理学家重道轻文、质朴拙野之病。然而德与艺之间的比重在叶适看来也不是没有轻重之分的，他以德为文学之根本，认为有德之文才符合"以道出治，形而为文"的三代之文的标准，对道德的方面产生了倾斜，自然对文学就相对的有所轻视。叶适对于性情抒发的冲和平淡，以及文章写作表现出"内外两进"的要求，继承了中国古代文学的温柔敦厚传统，体现了中和之美。

二、叶适对平淡审美基调的提倡

　　《国语·周语下》载："夫政象乐，乐从和，和从平。声以和乐，律以平声。……物得其常曰乐极，极之所集曰声，声应相保曰和，细大不踰曰平。"③ "中和"思想中的"和"，从本质上来看，是由"平"而产生的结果。《国

---

　　① （宋）叶适：《习学记言序目》，中华书局，1977 年，第 547 页。

　　② （宋）徐照，徐玑，翁卷，赵师秀撰，赵平校点：《永嘉四灵诗集》，浙江大学出版社，2010 年，第 264 页。

　　③ 上海师范大学古籍整理组校点：《国语》，上海古籍出版社，1978 年，第 128 页。

语》又说："夫和实生物，同则不继。以他平他谓之和，故能丰长而物归之。若以同裨同，尽乃弃矣。"①将"和"与"同"放在了对立的两面，因此"中和"的状态不但是一种和谐统一，也是"以他平他"的一种运动。这种运动表现于文学方面，就是对各种偏激的文学风格的反对。中和性情由艺发言于外，以诗文的形式表现出温和柔美、清远平淡的文学艺术美。这种文学艺术美首先源于中和平淡的生活，在平淡的生活态度下才能创作出风格中和平淡的诗文，形成具有自在价值的平淡的文学理想。

"平淡"是中国古典诗歌源远流长的传统风格之一，其源头可以追溯至先秦两汉。虽然当时所谓的"淡"并不完全等同"平淡"的意思，但是先秦诸子的哲学思想奠定了平淡风格形成的理论基础。经历后世历代思想家、文学家的不断探索与自觉实践，"平淡"毫无疑问地成为我国古典诗歌的风格。这是中国所特有的文学艺术发展的成果，是诗歌审美趣味与美学风格成熟的标志。叶适对平淡的提倡首先表现在对抒发山林逸想、高洁情志的诗文十分认同，他称赞隐居山林，不慕名利甘于贫贱的士人的高洁闲远、清净修为之志。叶适所追求的清新恬淡的文学风格可以上溯至唐代王维、孟浩然等所开创的山水田园一派，继而由韦应物、柳宗元等人形成了空寂古淡的风格特色，从而形成了"平淡"的成熟审美姿态。叶适对于平和清淡诗风的追求是宋代崇尚"平淡"风格影响下的一个必然趋势。在宋初潘阆、魏野等人的笔下，淡逸宁静的趣味浓厚，潘阆以《逍遥集》为诗集命名，诗作多表现平淡闲适的生活状态，其好友魏野，在《书友人屋壁》中云："闲惟歌圣代，老不恨流年。静想闲来者，还应我最偏。"在幽静淡泊之中，透露出了冲淡祥和的气氛。王禹偁在遭贬后向禅境寻找解脱时创作的作品也表现了平淡闲雅的风格。以"梅妻鹤子"著称的林逋，被后世的苏轼称赞为"先生可是绝俗人，神清骨冷无由俗。"②梅尧臣也称赞他："其顺物玩情为之诗，则平淡邃美，咏之令人忘百事也。其辞主乎静正，不主乎

---

①　上海师范大学古籍整理组校点：《国语》，上海古籍出版社，1978年，第515页。

②　（清）王文诰辑注：《苏轼诗集》，中华书局，1982年，第1344页。

刺讥，然后知趣向博远，寄适于诗尔。"[1] 梅尧臣正是拉开宋人追求平淡之美的重要人物，他不仅欣赏前人的平淡之美，在自身的创作中追求平淡的风格，他还将此种种凝结成为理论形态。梅尧臣最早提出"作诗无古今，惟造平淡难"的口号，"平淡"成为宋代的一股审美思潮。

叶适追求儒家思想的中和之美，在文学表达上反对过于浓烈的颜色和激烈的味道，"绘事后素"，也就是对平淡的认同，因此他对"赋"这一文学体裁持有反对意见，认为其"虚夸妄说，盖可鄙厌。"[2] 过于强调文字表达的技巧和声律的顿挫，甚至以纯功利性为目的的，"昔梁孝王、汉武、宣每有所为，辄令臣下述赋，戏弄文墨，真俳优之雄；而历代文士，相与沿袭不耻，是可叹也。"[3] 在赋所盛行的汉代，学者们对"平淡"也是有所关注的，正如杨雄在《法言》中指出："大事弥朴，质有余也。"王充在《论衡》中也表示："养实者不充华，调行者不饰辞。"他们将"平淡"作为一种朴素、无意雕琢的艺术风格，表达了对自然质朴的偏爱。这种"平淡"之美没有脱离"质朴"的意味，以汉乐府诗及古诗十九首等汉代诗歌作品为代表。叶适对朴素之美的追求与同时代的理学家的文学观相近，朱熹曾说"漱六艺之芳润，以求真淡，此诚极至之论"[4]，这里的"真淡"是指诗歌的内在美，与其"忠信所以进德"的内在修养观相一致，在为平淡美加入了性命义理之本体论的意义。

宋代士人对于道的坚守也体现于"韩愈、欧、王、苏氏皆绝不为（赋）"[5] 的行为中，他们继承儒家的立身原则，"穷则独善其身，达则兼济天下"。能真正实现兼济天下的毕竟只是少数，尤其在南宋社会，国家被迫南迁，在偏安一隅的情况下，更多的是默默无闻、甘于贫贱的独善其身者。对于他们，叶适称赞有加，认为他们在平淡的生活中形成的文学创作风格也平淡自然，体现着中

---

[1]（宋）林逋：《林和靖集》，影印文渊阁《四库全书》本，第 1086 册，台湾商务印书馆，1986 年，第 616 页。

[2]（宋）叶适：《习学记言序目》，中华书局，1977 年，第 696 页。

[3]（宋）叶适：《习学记言序目》，中华书局，1977 年，第 697 页。

[4]（宋）魏庆之编：《诗人玉屑》，中华书局，1959 年，第 4 页。

[5]（宋）叶适：《习学记言序目》，中华书局，1977 年，第 696 页。

和之美。正如皎然所提出的诗歌"以缓慢而为冲淡"，他认为"淡乎寡味"是诗学的平淡美理想，这种"平淡"为宋人所接受。皎然评论前代诗歌，以谢灵运为首推，谢灵运与魏晋六朝时期的其他诗人相比，其诗歌创作的自然清新特色比较突出，皎然在《诗式》"文章宗旨"中认为谢灵运"真于情性，尚于作用，不顾词彩，风流自然"，在"重意诗例"中又言其"但见情性，不睹文字，盖诗道之极也"。在皎然看来，谢灵运的诗歌能够将"情性"和"作用"结合起来，达到"至苦而无迹"的艺术境界。① 皎然在《诗式》"池塘生春草"卷中评点谢公历来被人评论的"池塘生春草，园柳变鸣禽"名句说："客有问予，谢公二句优劣奚若？余因引梁征远将军记室钟嵘评为'隐秀'之语。且钟生既非诗人，安可辄议？徒欲聋瞽后来耳目。且如'池塘生春草'，情在言外；'明月照积雪'，旨冥句中。风力虽齐，取兴各别。……情者，如康乐公'池塘生春草'是也。抑由情在言外，故其辞似淡而无味，常手览之，何异文侯之听古乐哉。"皎然引申了钟嵘的"隐秀"之语，指出了"似淡而无味"的诗歌"实则情味隽永"的审美特征。从皎然对谢灵运的评价中，我们看到他突破了浪漫绮丽的审美追求，也突破了质朴无华的审美追求，建立起一种新的"至丽而自然""至苦而无迹""至难而状易"的平淡美的诗学理想。

　　叶适在《徐斯远文集序》中说："斯远有物外不移之好，负山林沈痼之疾，……，斯远与赵昌父、韩仲止，扶植遗绪，固穷一节，难合而易忤，视荣利如土梗，以文达志，为后生法。凡此，皆强于善者之所宜知也。"② 徐斯远一生中的大部分时间都在永嘉过着隐居的生活，他悠然自得，散漫无束，和赵昌父、韩仲止之间经常唱和往来，书信酬答，他们三人于草野之间安贫乐道，在山林之中寄托高远之志。因此，创作的作品才能"虽铺写纵放，亦无怠惰剥落之态，逆流陡起，体势各成，殆非料拣所能致也。"③ 叶适称赞于隐居生活中创作的散漫、平淡的作品。正如陶渊明一般，诗作追求清新恬淡的风格，以朴素平淡的形式表现"结庐在人境，而无车马喧"的田园隐居生活之乐。隐居生活

---

① 许连军：《皎然〈诗式〉》研究，中华书局，2007 年，第 73 页。

② （宋）叶适：《叶适集·水心文集》，中华书局，2010 年，第 214—215 页。

③ （宋）叶适：《叶适集·水心文集》，中华书局，2010 年，第 214 页。

容易贴近自然，物我常常融为一体，精神上自在无忧。这种平淡的风格，不仅是对"彩丽竞繁"的一种矫正，也是文人内心的情感的自然流露，是慷慨雅怨的表现。在平淡之词的形式之下，包含着对俗世的愤慨与不平，以平淡之美抒发不平淡的情感。叶适在《答刘子至书》中以陶渊明、韦苏州的诗歌为标准来评价刘子至等当时诸位诗人的诗，他认为"盖自风雅骚人之后，占得大家数者不过六七，苏、李至庾信通作一大家，而韦苏州皆兼有之，陶元亮则又尽弃众人家具而独作一大家者也。"① 陶渊明与韦苏州的诗语言自然不刻意雕琢，清新随和，田园气息浓郁，远离了俗世的喧嚣繁华。刘子至的诗作有两位大家的风采，"如子至得从来下功深之，……当使内外两进，未可内外两忘也。"② 叶适对于平淡自然诗歌风格的追求，也是在强调"内外两进"的中和之道。"内外两进"的中和之道是一种和谐的状态，这种和谐的形成，是对抗的产物。"相互排斥的东西结合在一起，不同的音调造成最美的和谐；一切都是斗争所产生的。"③ 这种斗争是对有矛盾冲突的两方的和谐统一，最终都平衡于自身的一个稳定的状态。儒家的"平和"思想传统体现于诗歌上，要求诗歌形式美的"济其不及，以泄其过"，因而就表现为振起柔弱或平抑险怪的避免任何一种极端的过分发展。初唐陈子昂强调"兴寄"，提倡"汉魏风骨"，刘克庄认为："陈抬遗首倡高雅冲淡之音，一扫六代之纤弱，趋于黄初、建安矣。"④ 他所表达的平淡诗歌观念就是在形式上反对辞谢雕采，内容上倡导骚雅风骨。

叶适所倡导的平淡美，在形式上否定重雕琢绮丽之美的诗学风尚的同时，但并没有单纯地将"了无篇什之美"提出。他的诗学思维不再是单纯的反对一种风格而提倡另一种风格，而是在寻找一个平衡，建立一种既不崇尚绮采也不反对绮采，辩证的认识诗歌的审美风格，建构起平淡美的理想。平淡诗美既反对浮艳险怪又反对纤弱柔顺，平淡之中透露出了不平淡。

---

① （宋）叶适：《叶适集·水心文集》，中华书局，2010年，第553页。

② （宋）叶适：《叶适集·水心文集》，中华书局，2010年，第554页。

③ 北京大学哲学系美学教研室：《西方美学家论美和美感》，商务印书馆，1980年，第66页。

④ （宋）刘克庄：《后村先生大全集》，四川大学出版社，2008年，第4421页。

三、平淡出于自然流溢

叶适提倡文学创作的自在自然，不刻意做作，从而产生平淡的文学风格。他遵循儒家经典《诗经》为后世文人的创作所提供的理论规范，以温柔敦厚的诗教引导了平淡的诗歌风格，叶适对于平淡的追求，就是把生活中平凡的事物的内在美以自然质朴的语言描绘出来，其中包含了深刻的人生问题，使平淡的审美境界具有深刻的哲理意味。宋人欣赏陶渊明抱素守真，悠然自得，以陶渊明、韦应物等为平淡风格的榜样，淡泊自适，自在自由就是平淡的至醇之味。

与宋代文人提倡淡泊自适风格以陶渊明、韦应物为典范相似，叶适也推崇陶、韦的文学作品，他说：

> "盖自风雅骚人之后，占得大家数者不过六七，苏、李至庾信通作一大家，而韦苏州皆兼有之，陶元亮则又尽弃众人家具而独作一大家者也。从来诗人，不问家数大小，皆模拟可到。独渊明、苏州，纵极力仿像，终不近似。惟韦诗中有数首全似渊明者。江淹作渊明《田居》，语若类而意趣全非。今子至以平日研精之深，一旦悟入，自然得其七八，可谓古今至难之事。若由此进而不已，浑脱圆成，继两大家，真为盛矣。近世独李季章、赵蹈中笔力浩大，能追古人，虽承平盛时亦未易得。然子至遂谓如天机自动，天籁自鸣，不待雕琢，证此地位，则其不然！"①

叶适欣赏自然平易、简朴无雕琢的作品。自然就是不做作、不雕饰的本色，朱熹也曾称赞陶渊明"诗出于自然"，是率性而为的无意得之之作。平淡所呈现出的自然特征，并不是真的不经过雕饰，而是"既雕既饰，复归于朴。"儒家反对过分的重视文采而忽视文章的道与德，但并没有完全否定文采，平淡的自然形态与儒家的要求是一致的。平淡的诗歌风格取材往往也是平淡无奇的，如同陶渊明的诗歌中，出现的多是村舍房屋之间的犬吠鸡鸣，树下田间的劳作耕耘

---

① （宋）叶适：《叶适集·水心文集》，中华书局，2010年，第553—554页。

的意象，这些生活的场景无所挂碍，很容易引起诗人的情感流溢，于平凡中发现神奇，于浅言中蕴含深刻的生活感悟，使读之者感到亲近、亲切，容易与自身的情感融为一体。也就是所谓曾点的那种"暮春者，春服既成。冠者五六人，童子六七人，浴乎沂，风乎舞雩，咏而归"的自适淡泊的愉悦心情，很容易激发读者的共鸣与向往。本性地生活，自由的追求就能达到淡泊的心境。

叶适晚年居住水心村，那里傍会昌湖，可以远眺西山，山水之乐给了叶适很多平淡的生活感受。他在诗歌中抒发了这种平淡生活之美，这类的诗歌有：

西山

对面吴桥港，西山第一家。

有林皆橘树，无水不荷花。

竹下晴垂钓，松间雨试茶。

更瞻东挂彩，空翠杂朝霞。

建会昌桥

十里沧桑绝岸遥，

幽人行处有谁招。

幸无车马妨来往，

买断寒蔬取意挑。

雪后思远楼晓望

腊尽冻初合，风花江欲平。

急从高处赏，已向负前晴。

莫与鬓争白，试将身比清。

楼头接远岫，历历正分明。

位于温州城西的西山，东临会昌湖，自古就是风光胜地。谢灵运有《晚出西山射堂》诗吟咏的就是这里。会昌湖边面对西山群峰矗立着宋代郡守刘述建造的思远楼，这里是当时人们在端午节时经常聚集观看龙舟竞渡的一个去处。

永嘉人民庆祝端午节的热闹场面，也被叶适记录于《端午行》《永嘉端午行》《后端午行》等诗歌当中。在平淡的生活中，叶适体会到了如同陶渊明般的纯真自在、和谐无争的境界，从恬淡生活之中他领会了隐居生活的快乐，虽然这样的作品在他大量的赠答诗、送别诗、挽词等诗歌创作中凤毛麟角、屈指可数，但是这也反映了叶适文学风格淡远的一个方面，就是在自然之中体悟到了平淡生活的美，是他抛弃了名利之后对精神自由的追求的表现。

叶适晚年的隐居生活恬淡自适，他对自然平淡美的追求与实践的根源，仍然要归结为他对于中和思想的深入理解。叶适曾说：

> "是故古之圣贤，养天下以中，发人心以和，使各由其正以自通于物。絪蕴芒昧，将形将至，阴阳晦明，风雨霜露，或始或卒，山川草木，形著懋长，高飞之翼，蛰居之虫，若夫四时之递至，声气之感触，华实荣耀，消落枯槁，动于思虑，接于耳目，无不言也；旁取广喻，有正有反，比次抑扬，反覆申绎，大关于政化，下极于鄙俚，其言无不到也。当其抽词涵意，欲语而未出，发舒情性，言止而不穷，盖其精之至也。言语不通，嗜欲不齐，风俗不同，而世之先后亦大异矣；听其言也，不能违焉，此足以见其心之无不合也。然后均以律吕，陈之官师，金石震荡，节奏繁兴，羽旄干戚，被服衮黼，拜起揖逊，以祭以宴，而相与乐乎其中。于是神祇祖考相其幽，室家子孙协其明，福禄盛满，横畅旁浃，充塞宇宙，薰然粹然，不知其所以然。故后世言周之治为最详者，以其《诗》见之。然则非周人之能为《诗》，盖《诗》之道至于周而后备也。"①

叶适认为，《诗经》中对于山川草木、四时之景的描绘，体现了自然变化的和谐。诗经的内容丰富多样，这些事物之间自然流畅的和谐相处，在多彩之中呈现了中和的状态。它描绘的时代也是后世所称赞的详治完备的典范，是儒家

---

① （宋）叶适：《叶适集·水心别集》，中华书局，2010 年，第 699 页。

所推崇的中庸之道的具体体现，时代风气的和谐表现在诗歌之中，这种平淡之美、中和状态的诗歌是理想的诗歌。

"平淡"的审美风格在宋代理学家的推动下，得到了进一步的加强。《诗经》于古朴之中求平淡的艺术风格是理学家平淡的美学风格形成的主要依据。理学家对于平淡自然之美的提倡，也出于对儒家所规定的美的追求。理学家们反对刻意为之的平淡，强调平淡应该出于自然之中，这一点与文学艺术的自然审美风格相一致。而与之不同的是，理学家不仅单纯地追求自然平淡，还提出平淡与豪气相结合的审美要求。朱熹认为，"健则不求其辞之工而自能工；淡则不求其格之高而自能高。不俊健则慢，他批评齐梁诗歌读之使人四肢懒慢不收拾；不平淡则巧，如李贺诗巧得流于怪，黄庭坚诗歌'忒巧了'。只有将平淡与俊健二者结合，才能达到高格。"① 朱熹认为陶渊明的平淡，就是豪气寓于其中的平淡，他说："陶渊明诗，人皆说是平淡。据某看，他自豪放，但豪放得来不觉耳。其露出本相者是《咏荆轲》一篇，平淡底人如何说得这样言语出来！"② 陶渊明虽隐居于田园中，但并不是真的不问世事，朱熹认为，在陶渊明平淡的外表下，是一颗济世之心，表现在诗歌中就是将豪放之气蕴藏在平淡之中。方回称赞朱熹，品评陶渊明诗歌平淡的同时，能体悟出其中的豪放之情。对于陶渊明的诗歌，朱熹还提出了"语健而意闲"的特点。他说："陶却是有力，但语健而意闲。隐者多是带气负性之人为之。陶欲有为而不能者也，又好名。"③ 朱熹于陶渊明的平淡之中读到了"语健而意闲"的意味，看到了陶渊明看似淡泊名利背后的"好名"的本真。

叶适反对理学家的这种以豪气入平淡的诗论观点，认为气之不平是对平淡之美的破坏。从他对韩愈诗歌的评论中，我们可以看出他对违背儒家诗教观的反对。他说：

> "唐变为近体，虽白居易元稹以多为能，观其自论叙，亦未失诗

① 邓莹辉：《两宋理学美学与文学研究》，华中师范大学出版社，2007 年，第 156 页。

② （宋）黎靖德：《朱子语类》，中华书局，1986 年，第 3325 页。

③ （宋）黎靖德：《朱子语类》，中华书局，1986 年，第 3327 页。

意，而韩愈尽废之，至有乱杂蝉噪之讥。此语未经昔人评量，或以为是，而叫呼怒骂之态，滥溢而不可御，所以后世诗去古益远，虽如愈所谓乱杂蝉噪者尚不能到，况欲求风雅之万一乎！孟郊谓'诗骨耸东野，诗涛汹退之'，而愈亦自谓'还当三千秋，更起鸣相酬'。呜呼！以豪气言诗，凭陵古今，与孔子之论何异指哉！"[①]

认为以豪气论诗从根本上与儒家温柔敦厚的诗教观相背离，可见他对平淡美的追求与理学家的将豪气寓于平淡之中是不一致的。叶适在提倡自然平淡的同时，往往也要求诗歌的独创性与有新意。叶适在《题陈寿老文集后》中评论陈文说："今陈君耆卿之作，驰骤群言，特立新意，险不流怪，巧不入浮，建安、元祐，恍然再睹，盖未易以常情限也。若夫出奇吐颖，何地无材，近宗欧、曾，高揖秦、汉，未脱模拟之习，徒为陵肆之资，所知不深，自好已甚，欲周目前之用固难矣，又安能及远乎？"这里认为诗文"特立特意"，才能有创造性的摆脱模拟的习气，险而不怪，巧而不浮，正是在平易之中蕴含着奇险和精巧。

叶适对于宇宙和人生深入思考，洞察世界的深邃，他的哲学思想使得其文学创作，尤其是诗歌创作中增添了平淡自然之美。叶适"平淡"的文学思想的背后，是其经历了人生的起伏、坎坷之后的从容心态，是超越了功利思想之上的对于自然自在、淡定高远的人生的不懈追求。

第三节 叶适审美追求的得与失

叶适的中和审美追求，不但是其融合的思想特色的必然结果，而且也受到了宋人普遍的审美趣味的影响。在审美追求的过程中，叶适不断地探索、创

---

① （宋）叶适：《习学记言序目》，中华书局，1977年，第701页。

新，为南宋文学的审美导向产生了一定的影响，奠定了永嘉文派的审美追求的基础。

一、探索调节文与道矛盾的中和审美之路

对儒学"中庸"的分析和批评，是叶适思想中的一个重要部分。作为儒家传统经典中最有哲学意义的代表，《中庸》被历代学者赋予了多种多样的解释，叶适认为这些理解与解释有很多矛盾之处，在提出自己对中庸理解的同时，形成了中和的审美追求，这一审美追求调和了文学家和道学家对于文道关系的矛盾，为文与道的矛盾关系的调和寻找到了一条中和之路。

叶适认为中庸就是"包含着各种对立成分的道的运动变化过程，它是不依赖人的选择而存在的。"[1] 在孔子及其之前，中庸是一种"执两用中"的实践智慧和方法，是无过不及的道德行为准则，没有被上升为普遍的道德理论。相传孔子后人子思作《中庸》，深化了中庸的理论阐释，在形而上的层面对"中"作了诸多思考，将其看作是普遍的存在，这种抽象的思考成为道德的终极基础，然而却在阐释的过程中产生了诸多歧异。宋代的理学在批评佛教的同时，也受到了佛教思想的侵染，理学家对抽象的理论思辨产生了浓厚的兴趣。宋代理学家以儒家道德形上学的重建为目的，更加注重于探讨《中庸》的抽象理论，从而忽视了作为实践智慧的"执两用中"思想和其本身所含有的理论上的矛盾。叶适从中庸融合内外之道的思想出发，指出道德思想的核心即"内外交相成"。向内，他同程朱等理学家类似，注重心性修养的自律与建设，反对务外而遗内的汉唐儒学风气，具有宋代所特有的理性思考精神。向外，他具有现实主义的眼光与批判意识，以怀疑的精神发现经典阐释中的矛盾与不合理之处，因而提出了"内外交相成"的融合之道。"在叶适看来，在古代社会和思想中，它们都是不可分离的统一体，道和物、君和民、义和利、治和教都是统一的，'道无内

---

① 陈锐：《叶适对〈中庸〉的批评及其对儒学的阐释》，《杭州师范大学学报（社会科学版）》，2012 年第 2 期，第 22 页。

外',但在后代社会,由于人的智谋巧诈,却将它们分离开来。"①在这种兼容并蓄思想的影响下,叶适以"德艺兼成"的中和审美风格的提出,调和了宋代理学家与文学家在文道关系方面的矛盾。

叶适对于文道关系的调和并不是在文与道之间找到了一个中道,正如在道德与不道德之间并没有一个中道的存在,而理学家恰恰在这个问题上产生了诸多困扰。"伊川曰:'儒者潜心正道,不容有差,其始甚微,其终则不可救。如师也过,商也不及。于圣人中道,师只是过于厚些,商只是不及些,然而厚则渐至于兼爱,不及则便至于为我,其过不及同出于儒者,其末遂至于杨墨'。"②二程已经注意到"中庸"作为衡量行为准则的"度"的时候,是可以遵守的,但上升到道德的本体时,就会产生逻辑的矛盾,因为过与不及之间"度"的差别,最终会产生根本的质变。正如在善与恶的问题上,没有一个中间的"度"。"季明问:……曰:'中有时而中否?'曰:'何时而不中?以事言之,则有时而中。以道言之,何时而不中?'"③尽管中庸是道德的最高标准,他对外在事物具有解释与规范的作用,但也不是在任何情况下都适用,尤其在阐释其本体的时候。叶适在对中庸思想的研究中也注意到了这些无法避免的问题和困难,明确指出了有些问题并不能用不及和过度来解释。就像在文与道之间,也不存在着一个亦文亦道的中间状态,寻求文与道之间一个相对稳定的和谐状态,在德性所代表的中间性中展现文与道的最高的美,是理学家和文学家共同面对的问题。理学家坚持着文以载道、甚至作文害道的观点,无视文学的合理性,他们在涉及文学的问题上就失去了中庸之道的精神。

叶适认为,文与道之间并不存在难以调和的矛盾,文不但是艺术的表现也承载着道。叶适追求发乎情止乎礼的儒家诗教观,重视礼的教化和由礼而产生的合理的情感,主张文采与道德的并行不悖,"诗虽极工而教自行,上规父祖,

---

① 陈锐:《叶适对〈中庸〉的批评及其对儒学的阐释》,《杭州师范大学学报(社会科学版)》,2012 年第 2 期,第 22 页。

② (宋)程颢,程颐:《二程集》,中华书局,1981 年,第 176 页。

③ (宋)程颢,程颐:《二程集》,中华书局,1981 年,第 201 页。

下率诸季，德艺兼成而家益大矣。"① 他在"内外两进"的修养功夫之上提出了"德艺兼成"的中和审美要求，以情感的中和状态解决了理学家与文人在文道关系上争论已久的矛盾。文铺写物象，以美的形式承载和传达了道的教化作用，同时，华美的文章需要道德的存在而避免流于空洞。叶适提倡的中和审美风格源于其对《诗经》的理解和阐释，"是故古之圣贤，养天下以中，发人心以和，使各由其正以自通于物。"② 叶适的文道观可谓欲合周程、欧苏之裂，在义理与文法之间进行调和，弥补了文人对于义理的忽视和理学家对于文采的不屑，为文学的发展方向起到了引导的作用。

叶适的文学中和审美之路的形成，一方面源于他"读书不知接统绪，虽多无益也；为文不能关教事，虽工无益也"的作文原则，他认为文学应该继承儒家的传统精神，具有反映社会现实的作用，而不是恣意妄为的滥发情感，这是对于文学情感抒发的限定，即叶适始终要求不能离开德的约束。因而他认同理学家如朱熹等人对于韩愈等文学家的怨怼不平之语的反对。同时，叶适还肯定文学艺术具有抒发情感的功能，因为从儒家传统来看，"乐而不淫，哀而不伤"的艺术思想奠定了中和的文学理论基调。情感抒发的中和就是不过分悲伤、不过分雕饰，含蓄蕴藉，达到"发乎情止乎礼义"的理想状态，以温柔敦厚为主要特征。厚重的道德修养焕发为一种深沉的情怀，中正的情怀流淌到言意间，文字之美的背后是源源不断的道德底蕴。因为有了德才有艺，才有了道德醇厚的中和之美。

另一方面，叶适中和审美之路的形成也源于他对于文学艺术审美的肯定与自觉实践。叶适不但自觉遵守儒家温柔敦厚的文学思想，对于与之相冲突的文学风格也能够发现值得赞美之处。例如，他曾称赞苏轼的散文："独苏轼用一语，立一意，架虚行危，纵横倏忽，数千百言，读者皆如其所欲出，推者莫知其所自来，虽理未精而词之所至莫或过焉，盖古今议论之杰也。"③ 他欣赏苏轼"理未精"的议论散文，对于苏轼纵横捭阖的气势和恣肆起伏的文风大加赞

---

① （宋）叶适：《叶适集·水心文集》，中华书局，2010年，第613页。

② （宋）叶适：《叶适集·水心别集》，中华书局，2010年，第699页。

③ （宋）叶适：《习学记言序目》，中华书局，1977年，第744页。

赏，这与他"文欲肆"①的创作要求相一致，他在散文创作中充分展现了这一艺术风格。清代的阮元曾称赞叶适"即以文体而论，亦笔力横肆，足可以振刷浮靡"②，突出了叶适散文辩丽雄肆的纵横风格，充分说明了叶适在散文创作中也体现了他慷慨的意志、激昂的情感和事功的热情心态。

二、叶适对唐代审美风格的有限度回归

南宋时期，"永嘉四灵"与江西派的对垒推动了唐宋诗之争的高潮。"永嘉四灵"刻意雕琢、"非极莹不出"的创作态度，与叶适贵精切的旨意相契合，他们宗晚唐的姚合、贾岛，擅长精巧的五言律诗，从叶适为"永嘉四灵"中二徐所作的墓志铭中，可以看出叶适对于江西末流的厌恶以及对"四灵"的赞赏之意。关于叶适与"永嘉四灵"之间的关系，前文已有论述，这里我们要关注的是叶适趋向唐代诗歌审美风格的意义。

首先，叶适对唐代审美风格的提倡是唐诗与宋诗的风格论争的一个代表，其本质是对文学艺术之美的坚持，对宋诗的发展具有指导意义。宋诗的独特风貌形成于北宋中期，欧阳修、梅尧臣等人所领导的诗歌复古运动，在学晚唐昆体的基础上进行了变革和批判，在理学思想萌发、政治文化一体化的背景下，开创了宋代诗歌的新面目，带来了艺术风格上的极大转变。北宋中、后期，社会内部矛盾与外在的民族矛盾交织、激化，宋诗在时代背景的影响下迅速发展达到了一个高点，宋诗史上迎来了一个大家辈出的时代，王安石、苏轼、黄庭坚等大师以独特的个性展示了多样的艺术风格，也主导了具有独特风采的诗歌派别。苏轼以博大而丰富的思想体验和热情高扬的情感抒发，开创了一个几乎占据当时整个诗坛的苏氏门人群体。他的门人中以黄庭坚与陈师道的成就最突出。黄、陈二人以规范的诗歌格律与深入的内心体验相结合，形成了独特的诗歌规范与法式，奠定了江西诗派的创作基础。江西派以山谷为宗，他虽曾从师

---

① （宋）叶适：《叶适集·水心文集》，中华书局，2010 年，第 225 页。

② （清）阮元：《揅经室集·揅经室外集》，中华书局，1993 年，第 1269 页。

于李商隐,但自成家门之后则戒学晚唐,"学老杜诗,所谓'刻鹄不成尚类鹜'也;学晚唐诸人诗,所谓作法于凉,其弊犹贪,作法于贪,弊将若何!"[①] 在黄庭坚的影响下,宋诗渐渐远离晚唐诗。在两宋之交社会动荡之际,宋诗的创作风格受到黄、陈二人的影响而趋于一致,在众多后人的模仿、学习中凝聚成了一个阵容庞大的诗派——江西诗派。江西诗派虽然具有相对规范的创作模式,但某一模式很难有机的扩充和不断的延展,加之群体中成员的个人能力和水平存在着差别,固定与僵化的问题在所难免,在固定模式的束缚下,诗人的创作个性日渐消磨,眼界无法扩展。在江西诗派的诗歌境界走向枯竭之际,吕本中提出了"活法",力图转变僵化的诗歌模式,曾几也以清新的诗风扭转江西诗派的末流之弊,陈与义进一步扩大了诗歌的境界,关照了当时的社会动荡、民族存亡。

宋代诗坛在江西末流衰弊之际,在南宋中期迎来了以陆游、范成大、杨万里为代表的中兴局面。陆游的慷慨激昂、范成大的宽广意境、杨万里的情景交融带来了南宋诗风的变革,陆、范、杨三家虽难以割裂与江西的渊源,但他们的宽阔情怀、清新气息和走向外界现实的特性,现实了其与江西诗派的根本差异。学江西体久而生厌者很容易转向晚唐,杨万里就提出了"晚唐异味"之说,"笠泽诗名千载香,一回一读断人肠。晚唐异味同谁赏,近日诗人轻晚唐。"[②] 杨万里学诗从江西入,但不从江西出,转变的关键就是学晚唐诗。他在《荆溪集自序》中说:"余之诗始学江西诸君子,既又学后山五字律,既又学半山老人七字绝句,晚乃学绝句于唐人。"[③] 这里杨万里自述其诗歌的学习经历,"唐人"指的其实就是晚唐人,他对于晚唐诗重视的同时,自然会表现出对轻视晚唐的江西诗派中人的不满了。他在《双桂老人诗集后序》中说:"近世此道之盛者莫盛于江西,然知有江西者,不知有唐人;或者左唐人以右江西,是不惟不知唐人,

---

① (宋)黄庭坚:《山谷老人刀笔(三)》,《答赵伯充》,中华再造善本,北京图书馆出版社,2005年。

② (宋)杨万里:《诚斋集》,影印文渊阁《四库全书》本,第1160册,台湾商务印书馆,1986年,第288页。

③ (宋)杨万里:《诚斋集》,影印文渊阁《四库全书》本,第1160册,台湾商务印书馆,1986年,第84页。

亦不可谓知江西者。"① 这里也称晚唐人为"唐人"，以江西与唐人对举，更加明显地提出了江西诗派与晚唐诗体之间的矛盾。杨万里提倡"晚唐异味"之时，江西诗派与"永嘉四灵"之间的论争渐起，也许杨万里最初所指的是一个较为广泛的唐诗范围，但在叶适对"永嘉四灵"的称赞，进而形成对姚合、贾岛诗风的尊崇的背景下，他的论调似是调停于中间，实则因以晚唐之指称，与叶适及"永嘉四灵"对晚唐的提倡融为一体。叶适对晚唐诗歌的提倡，是宋代诗歌发展的必然趋向，也是唐诗与宋诗之争问题的焦点。

　　叶适提倡唐诗的审美风格影响了诗人刘克庄，他在《林子显诗》中说："近世理学兴而诗律坏，惟永嘉四灵复为五言，苦吟过于郊、岛，篇幅少而警策多。"② 他鼓吹"永嘉四灵"的晚唐体，"旧止四人为律体，今通天下话头行"③。而对于江西诗派，刘克庄却大加讥讽，"元祐后诗人迭起，一种则波澜富而句律疏，一种则锻炼精而性情远，要之不出苏、黄二体而已。及简斋出，始以老杜为师，……造次不忘忧爱，以简严扫繁褥，以雄浑代尖巧，第其品格，故当在诸家之上。"④ 刘克庄认为江西诗派存在种种弊病，只有简斋以老杜为师，勉强值得学习。刘克庄可谓江湖诗派的领袖，这个由"永嘉四灵"为源头的诗派，成为南宋末期诗坛的主要力量。江湖诗派的诗歌风格体现了对晚唐诗风的学习，宋末诗坛似乎又回到了宋初学习晚唐体的情形。晚唐体被宋代诗坛两次提出，是有着不同意义的。宋代初期晚唐诗风的产生，是在时代发展上前代诗风对于后代的自然影响，是诗歌风格发展的自然延续，而由叶适及"永嘉四灵"提出的晚唐诗风则是对宋代诗歌发展过程中产生的江西诗派的反拨，是在变革过程中所产生的一种选择，这种变革不但是宋诗变革性的体现，也是叶适变革精神的一个展现。叶适提倡晚唐诗，以晚唐诗概括了唐诗，也有使宋诗向上通于唐诗，对宋诗继承了唐诗的正统地位也是一个证明。

---

① （宋）杨万里：《诚斋集》，影印文渊阁《四库全书》本，第1160册，台湾商务印书馆，1986年，第70页。

② （宋）刘克庄：《后村先生大全集》，四川大学出版社，2008年，第2540页。

③ （宋）刘克庄：《后村先生大全集》，四川大学出版社，2008年，第477页。

④ （宋）刘克庄：《后村先生大全集》，四川大学出版社，2008年，第4441—4442页。

从叶适对"四灵"的态度前后有变化，可以看出叶适既对晚唐体表示称赞，又认识到了晚唐体存在着问题。从叶适对于"四灵"诗的有褒有贬中，反映出了叶适对于晚唐体认识有着逐步的深入和全面的过程，从而实现对于诗歌审美风格提升的目的。

三、叶适的审美追求对永嘉文派的影响

产生于南宋中期的永嘉学派，在学术、政治思想等方面对后世产生了深远的影响，成为学术史上备受重视的一个学术派别。同时，永嘉学派有重文的传统，这一传统发展的自然结果就是永嘉文派的形成。朱迎平教授通过考述，从永嘉学派到永嘉文派的主要传承线索简列为：周行己—郑伯熊—薛季宣—陈傅良—叶适—陈耆卿—吴子良—舒岳祥—戴表元—袁桷。其中以叶适为转折点，在叶适之前，永嘉学派以传学为主，可谓"学文兼擅"，在叶适之后则以传文为主，"自水心传于赘窗，以至荆溪，文胜于学，阆风则但以文著矣。"① 从"学文兼擅"到"文胜于学"再到"但以文著"，构成了永嘉文派演变的三部曲。②

对于永嘉文派，学界存在不同的观点，清代四库馆臣在评价叶适弟子戴栩的散文时说："其文章法度，则本为叶适之弟子，一一守其师说传，故研炼生新，与《水心集》尤为酷似。中如论圣学、论边备诸劄子，亦复敷陈剀切，在永嘉末派，可云尚有典型。"③ 这里的"永嘉末派"说明了在清代，叶适所引领的温州文学的流派就隐然可见了。今人朱迎平教授认为，"永嘉文派"是"在叶适之后，永嘉学派在承传过程中渐渐蜕化成为永嘉文派"④。陈安金在《论水心辞章之学的大众化和异化》（载于《学术界》2006 年第 3 期）一文中继承并深化了朱教授的观点。马茂军在《宋代散文史论》中也认为，"永嘉学派"的形成

---

① （清）黄宗羲，全祖望：《宋元学案·水心学案》，商务印书馆，1933 年，第 83 页。

② 朱迎平：《宋文论稿》，上海财经大学出版社，2003 年，第 127—128 页。

③ （宋）戴栩：《浣川集》，影印文渊阁《四库全书》本，第 1176 册，台湾商务印书馆，1986 年，第 687—688 页。

④ 朱迎平：《宋文论稿》，上海财经大学出版社，2003 年，第 117 页。

就是"永嘉文派"的形成，包括薛季宣、陈傅良、叶适及叶门弟子。他指出，"历代研究者关注'永嘉学派'，即关注其学术成果。永嘉学术的载体——散文，具有鲜明的艺术特点。永嘉学者在讲学传学时，形成了一个群体。他们在说理论政时，自觉追求文章辞藻、句式、结构等形式上的技巧，其散文具有较高的文学价值。所以，可以从文学的角度来界定一个流派。"① 还有杨庆存的《宋代散文研究》（人民文学出版社 2002 年版）在第八章第四节中，也从文学的角度提出了"永嘉派"之说。刘春霞的硕士学位论文《永嘉文派研究》（华南师范大学 2005 年）也是从永嘉学派出发，对于永嘉文派进行了较为全面的论述。

对于从学术流派发展到文学流派的观点，有的学者指出了其中的诸多中介环节需要厘清，学者杨万里在《从永嘉文体到永嘉文派》中就认为不能忽视了九先生之文与永嘉文体之间较为明显的区别，其中"永嘉文体"是形成永嘉文派的关键。他认为，"永嘉文体既流行，永嘉文派即自然而形成"②。也就是说，永嘉文派是由永嘉文体的影响而产生的，具体的是指在以陈傅良、叶适为代表的永嘉文体影响下所形成的文学流派。这里他分析了永嘉文派成立的三个标准：影响较大的领袖人物——陈傅良、叶适；永嘉诸公共有的明确的创作理念和方法；以《待遇集》《进卷》为代表的广为认可的示范性作品。杨万里认为，永嘉文派在孝宗朝是确实存在的，并且有明显的时段特征。他也将永嘉文派的发展分为三个阶段，早期是乾道、淳熙、绍熙年间，以"乾淳诸老"为代表；中期是光宗、宁宗朝，以叶适及其门人为代表；以叶适去世为界，至南宋末，进入了永嘉文派的晚期。对于永嘉文派的分期观点，与朱迎平教授所分析的以叶适为转折的永嘉文派演变的三部曲相呼应。

对于永嘉文派的形成，主要有以上两方面的看法，笔者更倾向于在永嘉学派的发展过程中，由于对文学的重视而自然地形成了永嘉文派的看法。但是，因永嘉文体的存在而形成的永嘉文派的观点也不是毫无道理的，只是侧重点不同而已。虽然这两个方面的看法各有侧重，但都不约而同地突出了叶适在永嘉

---

① 马茂军：《宋代散文史论》，中华书局，2008 年，第 194 页。

② 杨万里：《从永嘉文体到永嘉文派》，《江海学刊》，2011 年，第 1 期，第 200 页。

文派发展中的地位和贡献，也就是叶适在文学审美方面的突出观点和创作实践，对永嘉文派起到了决定性的作用。正如当代学者杨庆存在《宋代散文研究》中所指出的，"与事功派、理学派同时兴起的永嘉派，兴自薛季宣及其弟子陈傅良，而大振于叶适。《四库总目·浪语集提要》说薛氏与朱子相往来，'然朱子喜谈心性，而季宣则兼重事功，所见微异。其后陈傅良、叶适等，递相祖述，而永嘉之学遂别为一派'。该派为文，薛氏渊雅，陈氏醇粹而叶氏宏博，虽各有特点，要之皆能博通古今，以求实用，崇尚意趣高远，辞藻佳丽，主张'不为奇险而瑰富精切，自然新美'。"①

永嘉文派经过薛季宣、陈傅良等人的前期发展，到叶适扛起领军大旗的时候，文章的经世色彩稍显减退，文学性渐强。如叶适的弟子吴子良所言："自元祐后，谈理学者祖程，论文者宗苏，而理与文分为二。吕公病其然，思会融之，故吕公之文早葩而晚实。逮至叶公，穷高极深，精妙卓特，备天地之奇变，而只字半简无虚设者。"②叶适对于文学创作的重视，在文章理气充足、切于实用的时代，补充了文学性不足、感染力不强的缺陷。叶适对于文学审美的追求，是他关注文学性的具体表现。叶适创作的文章，"廊庙者赫奕，州县者艰勤，经行者粹醇，辞华者秀颖，驰骋者奇崛，隐遁者幽深，抑郁者悲怆，随其资质与之形貌，可以见文章之妙。"③叶适以多样的文学艺术特色，扩大了永嘉文派的影响范围。据《宋元学案·永嘉学案》记载，叶适的 33 位弟子，有来自台州的陈耆卿、丁希亮、吴子良等人，来自越州的宋驹、王度、孙之宏等人，来自婺州的王植、厉仲方、张垓等人，来自吴郡的周南、孟猷、王大受等人，永嘉学派的影响扩展到了台州、越州、婺州、吴郡等两浙区域的多地。即使在叶适去世之后，他的影响仍然延续。嘉定十六年（1223 年）叶适去世，次年宋理宗即位，永嘉文派的传人仍然代表了当时散文发展的最高成就，如耆卿的弟子车若

---

① 杨庆存：《宋代散文研究》，人民文学出版社，2002 年，第 184 页。

② （宋）林表民编：《诚斋集》，影印文渊阁《四库全书》本，第 1356 册，台湾商务印书馆，1986 年，第 771 页。

③ （宋）吴子良：《荆溪林下偶谈》，影印文渊阁《四库全书》本，第 1481 册，台湾商务印书馆，1986 年，第 503 页。

水、吴子良的弟子舒岳详，以及舒岳详的弟子戴表元等人。永嘉文派的传人们渐渐将这一流派转化为了散文流派，给当时的人们留下了"水心之见称于世者，独其铭志序跋，笔力横肆尔"①的印象。

　　作为叶适的弟子，吴子良在《荆溪林下偶谈》中系统地总结了"永嘉文派"的文论思想。陈耆卿也在《筼窗续集序》中指出，"永嘉文派"有着一个有序的流传过程，"文有统序，有气脉。统绪植于正，而绵延枝派旁出者无与也。气脉培之厚而盛大，华藻外饰者无与也。六籍尚矣，非直以文称，而言文者辄先焉，不曰统绪之端、气脉之元乎？……唐之文，以韩、柳倡，接之者习之，持正其徒也。宋东都之文以欧、苏、曾倡，接之者无咎、无己、文潜其徒也。宋南渡之文以吕、叶倡，接之者寿老其徒也。"②认为"永嘉文派"的传统可以上溯至韩柳欧苏等领导的古文运动。吴子良的论述说明了"永嘉文派"是对北宋古文传统的继承与发展，是"统绪正而气脉厚"的一派。"永嘉文派"在叶适的领导下，一方面继承了古文的优秀传统，另一方面注重发展创新，形成了独具特色的艺术审美风格。叶适中和的审美态度，自然平淡的审美追求，使"永嘉文派"在南宋末期文风流弊中仍然能坚持平易、流畅的古文传统，为古文的发展也做出了不可忽视的贡献。③

---

① （宋）黄震：《黄氏日抄》，影印文渊阁《四库全书》本，第708册，台湾商务印书馆，1986年，第649页。

② （宋）陈耆卿：《筼窗集》，影印文渊阁《四库全书》本，第1178册，台湾商务印书馆，1986年，第3页。

③ 刘春霞：《"永嘉文派"研究》，华南师范大学，硕士学位论文，2005年，第4页。

结　语

　　叶适生逢中国思想史上的关键时期，理学思想大放异彩，成为宋代文化的主导。同时，这一时期也是中国文学的新变期，传统的雅文学——诗、词、文和新兴的俗文学——戏曲、小说在这里交相辉映。叶适作为政治上有所建树的上层官吏，在学术思想上敢于向理学的权威发出挑战，同时在文学界又能收获"集本朝文之大成者"的盛誉，叶适集士人、学者、文人于一身的三重身份，为我们探寻文化思潮与文学思想之间的关系提供了一个很好的切入点，研究理学文化与叶适的文学思想之间的关系无疑也是一个合理的命题。

　　在理解理学特点的基础上，寻找理学观念与叶适的文学思想的相通之处，是贯穿本书写作的一个核心。中国传统文化，不善于系统的、条理的言说，而注重个人心灵的感悟和体验，从无法之中探寻有法。对于理学观念与叶适的文学思想之间的研究与讨论，本书没有从理学思想与文学关系的总体进行架构，而只是选取了叶适文学思想中的几个重要的理论问题进行辨析。这样做一方面是因为本书的讨论与研究还无法完整的涵盖理学与文学思想的理论体系，另一方面，在理学的理论体系中，明确提出的文学思想也是少见的，我们只能从理学的理论阐述中发现文学思想的意味。这也是受到了陈寅恪先生所提出的"其言论愈有条理统系，则去古人学说之真相愈远"①的精神的影响。在具体的探索过程中，笔者发现了叶适文学思想中的四个突出方面，即独特的文道观、发展

---

　　① 冯友兰：《中国哲学史》，华东师范大学出版社，2000年，第432页。

的文学观、德艺兼成的文学取向和中和、平淡、自然的审美追求。这四个方面的文学思想，离不开其深厚的学术背景，每一个文学思想的展现，都是理学文化影响的产物。因而，笔者又不得不深入到理学的内部，仔细挖掘理学思想的内在脉络，探讨不同的理学观念如何与文学思想产生具体的联系，这一过程是艰难的。即使在文章即将结束之时，笔者仍然觉得自己的努力是远远不够的。

本书初步梳理了在理学对文学复杂影响的背景下，叶适的文学思想所呈现的四个不同的方面。首先，探讨了叶适独特的文道观的形成。因为理学与文学的出发点不同，理学家与文学家在文道关系上有着根本的分歧。理学家在奠定自身继承儒家正统地位的同时，构建了一条道学的传承统绪。这一道统学说的建立，在叶适看来存在着一个最大的问题就是"言孔子传曾子，曾子传子思，必有谬误"。[①] 在对这一问题的批评论证中，叶适建立了以"治道"研究为主的道统论，试图向上推求道的正统。在道的传承过程中，离不开文的承载，叶适力图实现"治道"的过程，也是他的文道观建构的过程。叶适认为"道"是维系社会礼乐政刑的"治道"，"文"亦是文化秩序，两者可以统一。因而叶适呈现出了"合周程欧苏之裂"的文道观。

其次，叶适曾大力提携"永嘉四灵"，以晚唐诗风扭转"江西诗派"流弊，成为文学史上不容忽视的一个问题。叶适以提携"永嘉四灵"彰显自己对于唐诗的提倡，这一点基于其对诗歌发展的纵向变化过程有着清醒的认识，他认为事物是不断运动发展的，对于文学同样应该以发展的眼光来看待，所以，无论是古诗还是近体律诗，只要是文学审美的产物就有一定的文学艺术价值。叶适的这种唯物主义辩证思想，在理学的唯心主义充斥的思想界，具有重要的进步意义。

再次，叶适不但借助"永嘉四灵"的诗歌创作与理论展现自身的文学审美取向，自己也创作了大量的文学作品，在文学实践中贯彻了他"德艺兼成"的文艺观。"德艺兼成"再一次说明了叶适在理学与文学的融合方面所作的有力尝试，一方面他强调道德作为人修养的内在基础，对道德的重视有时超过了艺术

---

① （宋）叶适：《习学记言序目》，中华书局，1977 年，第 739 页。

性，体现了他思想中受到了理学很大的影响；另一方面，他对于审美价值的存在作出了很大的肯定，在文学创作中展现了文学家的艺术水平。

最后，分析了叶适中和的思想特色。在中和思想的指导下，叶适形成了平淡、自然的审美风格，这种审美风格与儒家的诗教观相契合，同时，也是融合理学与文学文道观的产物，对于永嘉文派影响深远。对于理性的推崇，是宋代士人对前代的最大超越，叶适也不例外的在人格精神中充满了理性色彩。这种理性色彩突出的表现在其对理学提出的批判，叶适批判了理学思想存在的某些偏颇，这让正统的理学家们不自然的与其站到了对立面。但是，叶适对于理学思想的大部分还是持认同态度的，这也是他被广义的理学家的范畴所涵盖的主要根据，反映了他思想的中和特色。叶适在理学与文学之间不断地寻找着平衡，也是中和思想不断引领的实践选择。

本书侧重理学对文学思想的影响的分析，因而对于叶适文学思想中的理学观念有所突出，突出理学对文学思想的这种影响，是否会牵强理学与文学之间的关系，是否会过分夸大理学的影响力，是笔者在行文过程中不时担心的问题，在文中也难免存在着这些问题所引起的不当的分析和论述。由于本人的学识能力实在有限，难以对理学观念与叶适的文学思想做出更加全面的讨论和深入、透彻的把握。在理学与文学的关系这样一个涉及范围很大的论题下，以文学理论为切入点，讨论理学观念与叶适的文学思想问题，只是掀开了冰山一角，无论是思想史研究还是文学理论研究领域，都存在着广泛的挖掘空间。

参考文献

一、古籍及考释著作

［1］（梁）刘勰.文心雕龙［M］.北京：人民文学出版社，2002.

［2］（宋）叶适.习学记言序目［M］.北京：中华书局，1977.

［3］（宋）叶适.叶适集［M］.北京：中华书局，2010.

［4］（宋）陈亮.陈亮集［M］.北京：中华书局，1974.

［5］（宋）朱熹注，王浩整理.四书集注［M］.南京：凤凰出版社，2008.

［6］（宋）黎靖德.朱子语类［M］.北京：中华书局，1986.

［7］（宋）朱熹.朱子全书［M］.上海：上海古籍出版社，2002.

［8］（宋）周敦颐.周子通书［M］.上海：上海古籍出版社，2000.

［9］（宋）张载.张载集［M］.北京：中华书局，1978.

［10］（宋）程颢，程颐.二程集［M］.北京：中华书局，1981.

［11］（宋）吕祖谦.宋文鉴［M］.北京：中华书局，1982.

［12］（宋）邵雍.皇极经世［M］.文渊阁四库全书本.

［13］（宋）邵雍.伊川击壤集［M］.文渊阁四库全书本.

［14］（宋）杨时.龟山集［M］.文渊阁四库全书本.

［15］（宋）杨万里.诚斋集［M］.文渊阁四库全书本.

［16］（宋）陈起.江湖后集［M］.文渊阁四库全书本.

［17］（宋）陈起.江湖小集［M］.文渊阁四库全书本.

［18］（宋）陈傅良.陈傅良先生文集［M］.文渊阁四库全书本.

［19］（宋）薛季宣.薛季宣集［M］.文渊阁四库全书本.

［20］（宋）陆九渊．陆九渊集［M］．北京：中华书局，1980.

［21］（宋）吴子良．荆溪林下偶谈［M］．文渊阁四库全书本．

［22］（宋）真德秀．文章正宗［M］．文渊阁四库全书本．

［23］（宋）胡仔．苕溪渔隐诗话［M］．北京：人民文学出版社，1984.

［24］（宋）罗大经．鹤林玉露［M］．文渊阁四库全书本．

［25］（元）脱脱．宋史［M］．北京：中华书局，1977.

［26］（元）方回．瀛奎律髓［M］．文渊阁四库全书本．

［27］（清）永瑢等．四库全书总目提要［M］．上海：商务印书馆，1933.

［28］（清）何文焕．历代诗话［M］．北京：中华书局，1980.

［29］（清）厉鹗．宋诗纪事［M］．上海：上海古籍出版社，1983.

［30］（清）黄宗羲，全祖望．宋元学案［M］．上海：商务印书馆，1933.

［31］（清）孙希旦．礼记集解［M］．北京：中华书局，1989.

二、现当代著作

［1］张义德．叶适评传［M］．南京：南京大学出版社，1994.

［2］周梦江．叶适年谱［M］．杭州：浙江古籍出版社，1996.

［3］周梦江．叶适与永嘉学派［M］．杭州：浙江古籍出版社，1992.

［4］周梦江，陈凡男．叶适研究［M］．北京：人民出版社，2008.

［5］侯外庐．中国思想通史（第四卷下）［M］．北京：人民出版社，1959.

［6］冯友兰．中国哲学史新编（第五册）［M］．北京：人民出版社，2004.

［7］章柳泉．南宋事功学派及其教育思想［M］．北京：教育科学出版社，1982.

［8］王国良．明清时期儒学核心价值的转换［M］．合肥：安徽大学出版社，2005.

［9］萧公权．中国政治思想史［M］．沈阳：辽宁教育出版社，1998.

［10］何俊，范立舟．南宋思想史［M］．北京：人民出版社，2008.

［11］包弼德．斯文：唐宋思想的转型［M］．南京：江苏人民出版社，2003.

［12］刘述先．理一分殊［M］．上海：上海文艺出版社，2000.

［13］何俊．南宋儒学建构［M］．上海：上海人民出版社，2004.

［14］罗立刚．宋元之际的哲学和文学［M］．上海：复旦大学出版社，1999.

［15］朱迎平．永嘉文派考论［M］．上海：上海财经大学出版社，2003.

［16］张宏生．宋诗融通与开拓［M］．上海：上海古籍出版社，2001．

［17］李剑锋．元前陶渊明接受史［M］．济南：齐鲁书社，2002．

［18］胡云翼．宋诗研究［M］．成都：巴蜀书社，1993．

［19］许总．唐宋诗体派论［M］．南昌：江西人民出版社，2008．

［20］马积高．宋明理学与文学［M］．长沙：湖南师范大学出版社，1989．

［21］侯外庐，邱汉生，张岂之．宋明理学史［M］．北京：人民出版社，1984．

［22］郭绍虞．中国文学批评史［M］．北京：商务印书馆，2010．

［23］顾易生．宋金元文学批评史［M］．上海：上海古籍出版社，1996．

［24］方祖猷，藤复．论浙东学术［M］．北京：中国社会科学院出版社，1995．

［25］方如金．陈亮与南宋浙东学派研究［M］．北京：人民出版社，1996．

［26］关长龙．两宋道学命运的历史考察［M］．上海：学林出版社，2001．

［27］漆侠．宋学的发展和演变［M］．石家庄：河北人民出版社，2002．

［28］余英时．朱熹的历史世界［M］．北京：三联书店，2004．

［29］钱穆．朱子新学案［M］．成都：巴蜀书社，1986．

［30］杨天石．朱熹及其哲学［M］．北京：中华书局，1982．

［31］周予同．经学史论著选集·朱熹［M］．上海：上海人民出版社，1983．

［32］尹继佐，周山．中国学术思潮史（卷五）［M］．上海：上海社会科学出版社，2006．

［33］葛兆光．中国思想史［M］．上海：复旦大学出版社，1984．

［34］章学诚．文史通义［M］．北京：中华书局，1985．

［35］何炳松．浙东学派溯源［M］．北京：中华书局，1989．

［36］管敏义．浙东学术史［M］．上海：华东师范大学出版社，1993．

［37］张毅．宋代文学思想史［M］．北京：中华书局，1995．

［38］宋世英．中国散文学通论［M］．合肥：安徽教育出版社，1995．

［39］王水照．宋代文学通论［M］．郑州：河南大学出版社，1997．

［40］程千帆，吴新雷．两宋文学史［M］．上海：上海古籍出版社，1999．

［41］张清华．唐宋散文［M］．桂林：广西师范大学出版社，2000．

［42］莫砺锋．朱熹文学研究［M］．南京：南京大学出版社，2000．

［43］余英时．朱熹的历史世界：宋代士大夫政治文化研究［M］．北京：三联书店，2004．

［44］郭预衡．中国散文史［M］．上海：上海古籍出版社，2002．

［45］杨庆存．宋代散文研究［M］．北京：人民文学出版社，2002．

［46］杜君海.吕祖谦文学研究［M］.北京：学苑出版社，2003.

［47］丁福保.历代诗话续编［M］.北京：中华书局，1983.

［48］郭绍虞.宋诗话辑佚［M］.北京：中华书局，1980.

［49］钱钟书.谈艺录［M］.北京：中华书局，1984.

［50］敏泽.中国美学思想史［M］.济南：齐鲁书社，1989.

［51］韩经太.理学文化与文学思潮［M］.北京：中华书局，1997.

［52］姜广辉.理学与中国文化［M］.上海：上海人民出版社，1994.

［53］陈锺凡.两宋思想述评［M］.上海：商务印书馆，1933.

［54］吴乃恭.儒家思想研究［M］.长春：东北师范大学出版社，1988.

［55］周裕锴.宋代诗学通论［M］.成都：巴蜀书社，1997.

［56］朱刚.唐宋四大家的道论与文学［M］.北京：东方出版社，1997.

［57］吕振羽.中国思想史［M］.北京：人民出版社，2009.

［58］何忠礼.南宋政治史［M］.北京：人民出版社，2008.

［59］包弼德.历史上的理学［M］.杭州：浙江大学出版社，2010.

［60］姜国柱.张载的哲学思想［M］.沈阳：辽宁人民出版社，1982.

［61］刘蔚华，赵宗正.中国儒家学术思想史［M］.济南：山东教育出版社，1996.

［62］庞朴.中国儒学［M］.上海：东方出版中心，1997.

［63］姜林祥.中国儒学思想史［M］.杭州：浙江教育出版社，1998.

［64］陈良运.中国诗学体系论［M］.北京：中国社会科学出版社，1992.

［65］韩经太.中国诗学与传统文化精神［M］.成都：四川人民出版社，1990.

［66］王国维.王国维遗书［M］.上海：上海书店，1983.

［67］钱穆.中国近三百年学术史［M］.台北：台北商务印书馆，1957.

［68］邓广铭.邓广铭学术论著自选集［M］.北京：首都师范大学出版社，1994.

［69］李泽厚.中国古代思想史论［M］.北京：人民出版社，1986.

三、期刊论文

［1］潘志锋.试析儒家"道统"的文化论证功能［J］.江西社会科学，2006（10）.

［2］吕世荣.义利之辨的哲学思考［J］.哲学研究，1998（5）.

［3］王伦信.略论叶适思想的学术渊源和地位［J］.浙江学刊，1994（1）.

［4］李明友.叶适的道统观及其对心性之学的批评［J］.浙江大学学报，2001（1）.

［5］景海峰.叶适的社会历史本体现［J］.哲学研究，2001（4）.

［6］蒙培元.叶适的德性之学及其批判精神［J］.哲学研究，2001（4）.

［7］周梦江.叶适哲学思想述评［J］.人大复印资料，1990（4）.

［8］周梦江.叶适与朱熹［J］.杭州师范学院学报，1997（5）.

［9］张洁.南宋叶适思想研究概述［J］.人大复印资料，2000（3）.

［10］何隽.叶适与朱熹道统观异同论［J］.学术月刊，1996（8）.

［11］陈安金.叶适的事物价值观初探［J］.哲学研究，2001（4）.

［12］郭淑新，臧宏.论叶适的学术批判精神［J］.孔子研究，2001（4）.

［13］叶坦.宋代浙东实事经济思想研究——以叶适为中心［J］.中国经济史研究，2000
（4）.

［14］吴松.叶适理财思想述评［J］.思想战线，1998（3）.

［15］屠承先.论叶适的本体功夫思想［J］.温州大学学报，2001（2）.

［16］漆侠.宋学的发展和演变［J］.文史哲，1995（1）.

［17］张洁，方赛赛.试论南宋叶适的民族思想［J］.温州大学学报，2001（2）.

［18］张洁.试论叶适的军事思想［J］.河北学刊，2001（2）.

［19］孙丽君.叶适的反抑商思想［J］.东北财经大学学报，2001（1）.

［20］李传印.叶适对儒家传统财政思想的批判［J］.安庆师范学院学报，1999（3）.

［21］汤勤福.试论叶适的道统论［J］.中州学刊，2001（3）.

［22］汤勤福.论叶适的历史哲学与功利思想［J］.云南社会科学，2000（1）.

［23］朱晓鹏.试论叶适的经济思想及其现代意义［J］.温州大学学报，2001（2）.

［24］衷尔距.薛季宣、陈傅良哲学思想初探［J］.浙江学刊，1991（1）.

［25］潘富恩、刘华.论浙东学派的事功之学［J］.复旦学报，1994（5）.

［26］包遵信.叶适哲学思想的评价问题［J］.社会科学战线，1978（3）.

［27］杨太辛.浙东学派的含义及浙东学派的求学精神［J］.浙江社会科学，1996（1）.

［28］陈国灿.论南宋浙东学派的反理学思想［J］.安徽史学，1998（3）.

［29］商聚德.传统义利观要义及其改造和转换［J］.中国哲学史，1999（4）.

［30］董平.叶适对道统的评判及其知识论［J］.孔子研究，1993（1）.

［31］符丕盛.叶适心理学思想初探［J］.温州师范学院学报，1980（1）.

［32］李华瑞.南宋浙东学派对王安石变法的批判［J］.史学月刊，2001（2）.

［33］董根洪.试论叶适的经济思想及其现代意义［J］.温州大学学报，2001（2）.

［34］何俊.宋代永嘉事功学的兴起［J］.杭州大学学报，1992（1）.

［35］张祖桐.论叶适的人才观［J］.浙江学刊，1986（1）.

［36］陈植锷.宋代的儒学和文学［J］.文史知识，1988（11）.

［37］廖可斌.理学的二重性及其对文学影响的复杂性［J］.文艺理论研究，1993（4）.

［38］聂振斌.儒道的审美境界——中国古代的形上追求［J］.哲学研究，1998（9）.

［39］李春青."吟咏情性"与"以意为主"——论中国古代诗学本体论的两种基本倾向
　　　　［J］.文学评论，1999（2）.

［40］张立文.朱熹美学思想探析［J］.哲学研究，1988（4）.

［41］程杰.从陶杜的典范意义看宋诗的审美意识［J］.文学评论，1990（2）.

［42］黄坤.道学家论文与文学家论道［J］.文学遗产，1986（2）.

［43］马积高.江西诗派与理学［J］.文学遗产，1987（2）.

［44］张海明.论冲淡美［J］.文学遗产，1988（2）.

［45］许总.论宋诗的发展轨迹与文化特性［J］.晋阳学刊，1993（3）.

［46］韩经太.宋诗与宋学［J］.文学遗产，1993（4）.

［47］黄坤.朱熹的文学观［J］.华东师范大学学报，1983（2）.

［48］周裕锴.自持与自适：宋人论诗的心理功能［J］.文学遗产，1995（6）.

［49］聂瑞芳，黄鹏."温柔敦厚"论［J］.安徽文学，2008（5）.

［50］饶毅，张红.唐宋诗之争中的"温柔敦厚"说［J］.理论界，2006（4）.

［51］涂承日.儒家"中和"思想与古典诗歌的审美生成［J］.学术探索，2004（12）.

［52］梁葆莉.诗论"温柔敦厚"之诗教［J］.零陵学院学报（教育科学），2003，1（2）.

［53］白振奎，石晓宁.儒家"温柔敦厚"诗教散论［J］.贵州社会科学，1999（3）.

［54］雷庆翼."中"、"中庸"、"中和"平议［J］.孔子研究，2000（3）.

［55］雷庆翼.儒家中和观对中国古代文学的影响［J］.衡阳师范学院学报（社会科学），
　　　　2002，23（5）.

［56］焦亚葳，王贵宝.温柔敦厚："中和"美学观的典型性表述［J］.河北学刊，2010，
　　　　30（4）.

［57］殷杰."德"和与"道"和的中和审美观［J］.华中师范大学学报（哲社版），1996
　　　　（5）.

［58］李新.叶适的中和文艺美学观［J］.中共中央党校学报，2008，12（2）.

［59］陈锐.叶适对《中庸》的批评及其对儒学的阐释［J］.杭州师范大学学报（社会科学版），2012（2）.

［60］刘燕飞.叶适"致中和"的哲学思想［J］.河北工程技术职业学院学报，2002,4（3）.

［61］张义德.如何评价叶适的"中庸"、"致中和"思想［J］.孔子研究，1993（3）.

［62］秦李."文如其人"综观［J］.番禺职业技术学院学报，2008，7（2）.

［63］李亮，孟召际.文品与人品［J］.安徽文学，2008（6）.

［64］徐慧.文德说与文如其人说［J］.湖南工程学院学报，2006，16（3）.

［65］蒋寅.文如其人？——一个古典命题的合理内涵与适用限度［J］.求是学刊，2001（11）.

［66］李志明.人品与文品关系新论［J］.湖南教育学院学报，1994（1）.

［67］郭德茂."文如其人"论析［J］.汕头大学学报（人文社会科学版），2004,20（2）.

［68］邓心强."文如其人"研究述评［J］.淮阴工学院学报，2009，18（2）.

［69］徐佩锋.宋诗平淡美发展脉络浅析——兼论梅、欧、苏、黄四家的平淡美理论与实践［J］.佳木斯教育学院学报，2011（1）.

［70］王兆鹏，李菁.宋诗的发展历程［J］.湖北大学成人教育学院学报，2001，19（4）.

［71］刘金波，刘肖溢.中国古代文论的中和之美［J］.武汉大学学报（社会科学版），2009（3）.

［72］张欣.平淡：宋代艺术的审美理想［J］.凯里学院学报，2009（1）.

［73］程杰.宋诗"平淡"美的理论和实践［J］.南京师大学报（社会科学版），1995（4）.

［74］韩经太.中国诗学的平淡美理想［J］.中国社会科学，1991（3）.

［75］张毅.20世纪的唐宋诗之争及宋诗特征研究［J］.淮阴师范学院学报，2002（2）.

［76］刘德重，任占文."永嘉四灵"对宋初"晚唐体"的继承与发展［J］.苏州大学学报（哲学社会科学版），2006（1）.

［77］陈国灿.叶适与南宋反理学思潮［J］.西华大学学报（哲学社会科学版），2011，30（2）.

［78］叶文举.南宋理学家的文道观及其与文学创作之关系［J］.内蒙古社会科学（汉文版），2011，32（4）.

［79］吴晟.南宋理学家与江西诗学的离与合［J］.广东外语外贸大学学报，2011,22（2）.

［80］邓莹辉，林继中."诗以道情性之正"——论宋代理学文学的情性观［J］.福建师范大学学报（哲学社会科学版），2008（2）.

［81］杨清海.理学家文学思想的情理观探析［J］.中北大学学报（社会科学版），2008，24（1）.

［82］郭庆才.理内圣与外王：论牟宗三对叶适的批判［J］.暨南大学学报（哲学社会科学版），2012，（9）.

［83］王长红.叶适易学哲学体系管窥［J］.东岳论丛，2012（6）.

［84］陈锐.叶适对《中庸》的批评及其对儒学的阐释［J］.杭州师范大学学报（社会科学版），2012（3）.

［85］崔海东.论叶适的形上学［J］.中州学刊，2011（5）.

［86］王昕.金儒赵秉文与宋儒叶适的比较研究［J］.文艺评论，2011（2）.

四、学位论文

［1］范希春.宋代中期儒家文艺美学思想研究［D］.北京：中国社会科学院研究生院，2001.

［2］王园.唐诗与宋代诗学［D］.天津：南开大学，2009.

［3］刘漪.叶适功利哲学研究［D］.合肥：安徽大学，2010.

［4］沈尚武.叶适儒学思想研究［D］.上海：华东师范大学，2008.

［5］周文雅.叶适功利思想研究［D］.开封：河南大学，2012.

［6］姜丹莱.唐诗与宋代诗学［D］.天津：南开大学，2009.

［7］袁浩.休谟与叶适功利思想之比较［D］.南昌：江西师范大学，2011.

［8］李继富.叶适功利主义思想述评［D］.重庆：西南大学，2011.

［9］张俊海.叶适散文创作研究［D］.开封：河南大学，2009.

▌后　记▐

一文成书，便生出千百情愫。

也许，这是每一位学者的必经之路吧。

恍惚间，从博士毕业至今只是须臾，掐指一算，却是几度春秋了。"膏火无光已累年，欢娱少味是穷边"，借用叶适的两句诗来概括这几年的生活滋味，也许有几分契合。但是，做学问就要板凳一坐十年冷，文章不写一字空。这是学人的基本素养，也是研究叶适让我逐步领会到的深刻感悟。叶适是儒学承继时期一位重要的学者，程朱的光环太过耀眼，以至于遮住了这位永嘉才子的光辉，但是历史没有忘记。在重回理性的当下，审视他的文字和思想，可以用他在《西江月和李参政》中的"识贯事中枢纽，笔开象外精神"来评价。在研究其文章、主张、思想的牵引下，我对他的人格和行为越来越钦佩。

自本科毕业以来，我一直跟随原东北师范大学新闻系主任、古典文学研究专家张恩普先生从事中古文学批评研究。在广泛的阅读中，我发现了南宋这位与朱熹、陆九渊齐名的大师，颇有一番意思。在张先生的建议和指导下，我对叶适诗文创作与学术思想进行了系统深入的研究，深感其功利之学可谓现代温州商人思想的滥觞。正如他在《对读文选杜诗成四绝句　其一》所写："一从屈原离骚赋，便至杜甫短长吟。千载中间多作者，谁于海岳算高深。"历史的长河浩如烟渺，谁能在其中泛起涟漪，都是千古功过。也许叶适自己也没有想到，他的思想在他身后很长一段时间内不被人提及和重视，或者作为"理学""心学"的衬托存在，到最后却是处处精彩。

毕业之后走上工作岗位，继续从事研究之路较之读博期间又艰难了许多，在"世事从来半局棋，夜眠还有不应时"的低谷期，除了家人的陪伴，更是得到了叶适精神的鼓励。辗转几度，在"长春理工大学基地著作资助计划"的支持下，研究成果终于可以和世人见面了。如同看着自己的孩子将要落地般兴奋，也期待着大方之家的批评和评定，思绪百结。

今年恰逢中国共产党成立100周年，我有幸在这光辉的历史时刻出版本书，心中不禁涌起"沧桑谁与共，一叶轻舟，过夏经冬，恰恰起微风"之感慨。改革开放的春风最早在温州生枝发芽，开创了中国经济腾飞的春天。温州这个自古兴盛地，再次成为焦点。历史的巧合，恰如其分的到来。

回看科研的来路，无畏风雨，未来只有继续披荆斩棘，才能屹立潮头唱大风。